CARLTON:
DE TAMAÑO REDUCIDO

Kennar Tawnee Chasny

Carlton: De Tamaño Reducido
Copyright © 2024 por Kennar Tawnee Chasney

ISBN: 978-1639459179 (sc)
ISBN: 978-1639459186 (e)

Reservados todos los derechos. Ninguna parte de esta publicación puede ser reproducida, distribuida o transmitida de ninguna forma ni por ningún medio, incluidos el fotocopiado, la grabación u otros métodos electrónicos o mecánicos, sin el permiso previo por escrito del editor, excepto en el caso de citas breves incluidas en reseñas críticas y otros usos no comerciales permitidos por la ley de propiedad intelectual.

Las opiniones expresadas en este libro son exclusivamente las del autor y no reflejan necesariamente los puntos de vista de la editorial, que declina cualquier responsabilidad al respecto.

Writers' Branding
(877) 608-6550
www.writersbranding.com
media@writersbranding.com

CONTENIDO

Prólogo vii

James ix

Sara y George..4

Segundo día La primera mañana 11

El regalo 16

Capitán Kennar 22

Compartir 27

El Parque 32

llamada cercana..37

¡Corre bebé corre! 47

Esta Antigua Casa 53

Pequeño Scott..66

La Mañana Después...69

Pistas 72

Viaje 78

La Casa De Scott 89
Bar, Asador Y Piscina De Tanner 95
Signos 99
La Aventura De Scott 114
Rosco 129
El Muro 142
Los Males De Grego 149
Los Socios 169
Reunion De Grupo 175
Informes 178
Terapia 182
Liberació 185
Mensaje 191
Epílogo Tres Meses Después 200
Epílogo SIETE Meses Después 202

*Este libro está dedicado a mi hija Lisa
por sus ánimos. Sin ella, este libro no se habría escrito.
Gracias, cariño.
Realmente eres mi mejor amigo.
Te quiero.*

PRÓLOGO

Cuando su visión se aclaró y sus pensamientos volvieron a su cabeza, se encontró mirando su talón izquierdo, encaramado al borde de un acantilado.

Su visión se amplió hasta las olas que rompían en las rocas. El corazón le latía con fuerza en el pecho y en los oídos. Cada latido de su corazón parecía inclinarlo ligeramente hacia el precipicio. La respiración se le congeló en los pulmones tan repentinamente que se sintió mareado. Se preguntó. *¿Cuánto tiempo llevo aquí?*

La única parte de él que parecía funcionar eran sus párpados. Lo único que podía hacer era cerrarlos y rezar para que aquello fuera un sueño. Mientras la oscuridad se cerraba sobre su visión, dijo en voz alta: "¡Querido Dios, ayúdame, por favor! Ayúdame, por favor". Sintió que el viento frío le acariciaba la espalda.

Temiendo que su corazón y el viento le empujaran al precipicio, se inclinó hacia atrás en el aire. Sentía como si una almohada gigante tocara cada centímetro de su espalda, amortiguando con suavidad. Temía levantar los pies por miedo a que el viento lo levantara y lo lanzara por los aires sobre el océano. Clavó los talones, se inclinó hacia atrás y sintió como si le bajaran suavemente hasta el suelo detrás de él. Inhalando grandes bocanadas de aire, sintió que el corazón le latía por todo el cuerpo........¡Miró! Abrió los ojos: "Gracias. Gracias, Señor. Gracias Señor", fue todo lo que pudo pensar mientras se encontraba sobre sus manos y rodillas arrastrándose lejos del borde del acantilado. Mientras rezaba por haber llegado a una distancia segura, se desplomó boca abajo. Con las manos y los brazos recogió todas las plantas y la tierra que pudo alcanzar y las abrazó con fuerza contra su pecho, enroscó su cuerpo alrededor de ellas y sollozó tan profundamente que le dolió el corazón.

JAMES

¡**H**ey¡ Señor! ¿Está bien?

Se despertó con un suave pinchazo en las costillas, incapaz de responder porque sus músculos aún lo tenían encerrado en un apretado ovillo. "¡Mmmm! Mmmm!" Fue todo lo que pudo decir. "¿Señor?"

Entonces lo sintió, pero no pudo evitar lo que le estaba ocurriendo: una mano metiéndose en el bolsillo de su abrigo. "¡Nnnnooo!" Se las arregló y comenzó a desenrollarse, mientras se aseguraba de mantenerse alejado del borde del acantilado, que cuando miró, no estaba a la vista.

"¡No hay problema, señor!" Dijo la joven. "Sólo intentaba encontrar alguna identificación. ¿Se encuentra bien? ¿Hay alguien a quien pueda llamar por usted?"

Estaba en medio de un parque. Había un lago, podía olerlo. Había árboles de hoja perenne, un césped recién cortado y una lengua muy grande y húmeda limpiándole la cara. Por unos instantes se sintió como un niño otra vez, cuando los cachorros de los perros de la familia intentaban morderle las orejas y lamerle la cara. Rodando por el suelo, tratando de zafarse, se echó a reír. "¡Nnnoo! ¡Ya basta! ¡Ja! ¡Ja! ¡Basta!"

Pensando, pensando dentro de su cabeza - *¿me está hablando alguien? - ¿qué?* Luego en voz alta. "¿Quién... quién quiere mi identificación?" Dijo mientras se enderezaba hasta quedar sentado y volvía a mirar a su alrededor. Había una pequeña multitud. "¡Oh! Tío", dijo en voz alta y luego para sí mismo. *Toda esta gente me ha visto dando vueltas como un idiota. Seguro que piensan que estoy loco...* Frotándose la cabeza - ¿Quién es esta gente y dónde estoy? - ¿Dónde está el acantilado? Estaba justo ahí", dijo extendiendo la mano, buscando un acantilado y tratando de concentrarse. La retiró cuando no encontró ninguna.

Casi podía oírla de nuevo, la voz. "¿Quién es?", dijo confuso. Había estado tan sumido en sus pensamientos que sus oídos no funcionaban. Ahí está otra vez.

Lo que oyó fue como si alguien subiera y bajara el volumen de una radio. "¡Señor! - ¡Señor! ¿Señor está bien?" Ahora le estaba gritando. Se llevó las manos a los oídos para cortar parte del volumen que ella producía. Asintió con la cabeza, entrecerró los ojos y rápidamente se llevó un dedo a los labios. "¡Shhh! Por favor, Mmm... mi cabeza".

"¡Oh! ¡Lo siento!" Dijo bajando la voz.

Cuando por fin volvió a enfocar la vista, estaba mirando a una mujer muy hermosa, con el pelo largo y castaño oscuro colgando de un hombro. Tenía cara de ángel. Tenía pecas de bebé en el puente de su bonita nariz y sus labios se abrieron mostrando unos dientes perfectos cuando dijo: "Lo siento, amigo, pero nos has asustado. La forma en que saliste volando de la furgoneta en lo alto de la colina y llegaste rodando hasta aquí. Es un milagro que no te partieras en pedacitos", dijo preocupada, y él se dio cuenta de que tenía unos ojos castaños preciosos.

Proveniente de la gente que estaba alrededor, oyó: "¿Te duele algo?"

"¿Está sangrando?"

"¿Quién es? ¿Alguien lo reconoce?"

"¿Hay alguien a quien podamos llamar por ti, amigo?"

"¡George! ¡Deja al hombre en paz! Siento mucho lo de... *¡George, para! Ahora!*" dijo ella tratando de alejar al can demasiado entusiasta. "No sé qué le pasa. *Nunca* ha sido así con *nadie*".

Giró la cabeza para ver a un enorme perro de color chocolate que se cernía sobre él mientras estaba sentado en el suelo. Juraría que le sonrió. El aspecto del perro coincidía con el pelo castaño chocolate y los grandes ojos castaños de su dueño. El herido no estaba seguro, pero pensó que el perro parecía un Retriever. "Un Retriever de chocolate necesita un Maestro", dijo borracho arrastrando las palabras. "Tienes unos ojos muy bonitos", le dijo. "¡Gracias! Debes ser un buen tipo, porque George nunca sonríe a nadie más que a mí. Parece que tengo competencia". Le hizo una inspección visual y rápidamente le lanzó algunas preguntas para calibrar sus respuestas. "¿Dónde te duele? ¿Puedes mantenerte en pie? ¿Puedes moverte?" Al no obtener una respuesta rápida, pidió ayuda. "Que alguien me ayude, por favor. Le pondremos a la sombra" dijo señalando en dirección a los árboles. "Bajo el abeto. Allí podremos verlo mejor". "¡Mmmm! Ho- aguanta dijo mientras intentaban ayudarle a levantarse.

"¡Ohh! Mi cabeza. Gracias so..... Ohh ¡Hombre! Estoy realmente mareado".

"¡Démonos prisa! Estará mejor tumbado en el banco que en el suelo mojado. Que alguien le coja los pies", suplicó. "¡Por favor! No camina muy bien".

De nuevo se despertó con la limpieza facial, pero esta vez era con alcohol y gasas. Podía olerlo y esta vez estaba abrigado, cómodo, todo envuelto y atado a un carro de ambulancia. Luces rojas, azules y amarillas parpadeaban en todas las superficies a su alrededor. "¡Vaya! ¡Hombre!"

Un hombre le hablaba, le *había* estado hablando. "-¿Su nombre, señor? ¿Cuál es su nombre? ¿Sabe cómo se llama?", le preguntó el tipo de uniforme. Levantando un dedo dijo: "¿Cuántos dedos estoy levantando?".

"¿Dos?", dijo con los ojos entrecerrados.

"¿Puedes decirme tu nombre?" preguntó con preocupación, tomando notas en un pequeño cuaderno.

"Sí, por supuesto... ¡Estoy... ahhh! Dame un minuto!" Balbuceó y preguntó excitado. "¿Dónde está esa señora? Esa señora - La que estaba mirando en mis bolsillos, debe tener mi cartera".

"Ese era yo, señor. Estoy aquí mismo. Mírame y trata de concentrarte. Hummm, sus ojos están un poco bizcos. Tu cartera debe haberse salido del bolsillo, durante tu rodada colina abajo". Sara dijo: "Alguien debería buscarla".

"Ya tengo un par de tipos en ello, Sara." Dijo un hombre mayor. Se llama Wayne Kennar, capitán del departamento de policía de la ciudad. Estaba junto a su coche patrulla. El capitán es lo bastante alto como para pasar el brazo por encima de la puerta mientras teclea el micrófono. Manteniendo la puerta encajada entre su brazo y su cuerpo dijo. "Capitán a Steve. ¿Encontraron algo para mí?"

Una voz llena de estática respondió: "Nada, señor. Lo hemos cubierto de arriba a abajo. Nada más que tapones de botellas, latas vacías y una vieja zapatilla de tenis que lleva aquí al menos un año". Hizo una pausa. "- telaraña dentro." Lo confirmó mirando dentro de la zapatilla y dejándola caer de nuevo al suelo. "¿Por qué colina? ¿Dónde está el acantilado? ¿Dónde estoy?" el herido

preguntó con urgencia.

"No hay acantilado, señor. Ahora estás a salvo. Estoy cuidando de ti. Estás en Sapphire Park. Eso está en Farewell, Oregón". Hablando por encima de su hombro, el dueño del perro chocolate dijo. "No hay nada en sus bolsillos Capitán. Vacíos. Lo registré mientras estaba desmayado. Pensé que podría llamar a alguien por él. Lo único que encontré fueron cerillas de papel. Los puse de nuevo. No encontré nada escrito en ellas. Del tipo genérico, ya sabes ¿papel de cubierta lisa?"

"¿Alguien tiene ya su nombre?" Preguntó el auxiliar de la ambulancia. "Lo necesito para estos formularios". Dijo levantando su portapapeles.

"¿Qué te parece amigo, ya tienes un nombre para nosotros?" preguntó Sara. "¿No? Parece que llevará un tiempo, Harry. Tiene un huevo de ganso de buen tamaño junto a la oreja izquierda y un par más en la espalda".

"¡Vale! Todo el mundo atrás. ¡Por favor! Déjennos espacio". Harry dio instrucciones. "Llevémoslo a Dune Pines, Emergencia. Sara, por favor, hazle saber al Capitán a dónde lo llevamos. Estoy seguro de que tendrá algunas preguntas para él más tarde. ¡Quizás tenga un nombre para ti! Le llamaremos James hasta que averigüemos su verdadero nombre". Siempre daba a los sin nombre identificaciones provisionales. A lo largo de los años, algunos le han contestado: "No me llames así. Me llamo Sally, Fred o lo que sea". Problema resuelto.

"Bien pensado", dijo Sara, volviéndose hacia el herido. Si no te importa, te llamaremos "James" hasta que sepamos quién eres", sonrió esperando su aprobación.

"No hay problema. Pero no me llames tarde para cenar", balbuceó y le devolvió la sonrisa.

Justo cuando los paramédicos subían la camilla a la ambulancia, la lengua de Georges se estiró y besó la punta de la nariz del herido. "¡Eh, Smiley! Gracias". Dijo James, cerrando los ojos, y pensando para sí mismo. *Lo sé, voy a despertarme en cualquier momento pero el perro es tan real. Mi nariz sigue mojada... ¿o no? ¡Oh! Maldita sea mis brazos están atados. Mmmm, no me gusta esto. Ni un poco. ¿Cómo diablos me llamo?"*

James permaneció despierto durante el trayecto al hospital. Gracias a la conversación de Danny y a sus propios pensamientos acelerados. Era el trabajo de Danny. Con una lesión en la cabeza sabía que es importante no dejar que el paciente se duerma hasta que el médico pueda hacerse cargo del tratamiento. Su mente trabajaba horas extras. Se acercaban a la rampa que les llevaba a la entrada de urgencias. De hecho, para entonces ya estaba casi en estado de pánico. Pensó para sí mismo con rabia. ¿Cómo me llamo? ¿Cómo me llamo? ¿CÓMO ME LLAMO, MALDITA SEA? Se gritaba a sí mismo, dentro de su cabeza. Se retorcía físicamente contra las correas de seguridad. *Vamos. Lo tienes en la punta de la lengua. Sólo escúpelo. ¿Qué te pasa? ¡Maldita sea, vamos!*

"Tranquilo, tranquilo, hijo. Estás respirando demasiado rápido. Respira hondo y aguanta un segundo, ahora suéltalo despacio".

James obedece, pero le resulta muy difícil concentrarse. Su mente no para de desvanecerse, pero no recuerda dónde ha estado cada vez que vuelve a donde está ahora. "¡Mmmm! Esto es tan confuso", dice intentando llevarse las manos a la cara.

"Así está mejor. No intentes sentarte. Te hemos atado para que no te caigas mientras nos movemos. Ahora relájate. Vamos al hospital para que el doctor Handle pueda echarte un vistazo. Tal vez averigüe por qué no puedes recordar tu nombre. Por cierto, soy Danny Coachman, bombero voluntario o paramédico, lo que sea necesario".

"¿Qué me ha pasado?", preguntó y gimió.

"Volvíamos de llevar a la Sra. Henderson a la casa de reposo, cuando vimos su vehículo, -¡Ahh! La furgoneta a unos doscientos metros por delante. La vimos frenar. No prestamos mucha atención hasta que saliste volando por la puerta lateral. Estabas hecho un ovillo. Seguiste rodando colina abajo, muy despacio porque George te agarraba de la ropa. Evitó que tomaras demasiada velocidad en la bajada. Parece que te golpeaste un poco".

"Tendré que acordarme de darle las gracias. Sea *quien sea*". Dijo James. "¿George? Es el perro. El que se encaprichó de ti en el parque. Nunca lo había visto así con un extraño. Evitó que rodaras colina abajo hasta el arroyo. Por lo menos, estarías empapado y frío ahora. Si no hubiera nadie, incluso te habrías ahogado". Danny siguió divagando.

¡"El Perro"! ¡Ah, sí! Seguro que era un tipo amistoso. Juraría que me sonrió. ¿Los perros pueden hacer eso?" James se rió entre dientes y sonrió para sus adentros al recordar a George, el *cachorro*.

"La furgoneta no se detuvo del todo. Sólo redujo la velocidad". Danny continuó. "No había matrícula, sólo uno de esos anuncios de papel. No pude leer el nombre, pero eran letras rojas y azules sobre fondo blanco. Eso debería ayudar a averiguar quién te hizo esto. *No fue algo amistoso*". Danny dijo sinceramente, ladeando ligeramente la cabeza. "¿Tienes idea de quiénes eran?"

"¡No! No me acuerdo de quién soy. Ni siquiera recuerdo la furgoneta de la que todo el mundo habla. ¿Qué fecha es hoy?" Dijo James cerrando los ojos.

"¡Bien Danny!" Harry Sellman gritó desde el asiento del conductor. "Ya casi hemos llegado, así que agárrate a él, mientras giro en la entrada."

Danny apoyó las manos en la barandilla para estabilizar la camilla, mientras la ambulancia reducía la velocidad para hacer el giro. "Hoy es 1 de abril de 1995", estalló. "¡Ja! Menudo día de los inocentes para ti, colega".

"Puedes decirle a quien esté a cargo de las bromas que esto no es gracioso". dijo James apretando los ojos contra el dolor de los empujones mientras la ambulancia maniobraba hacia las puertas dobles en la parte superior de la rampa de emergencia. "Tendré que recordárselo al abogado del pueblo, estos baches se hacen más grandes cada vez que llueve. A ver lo rápido que lo arreglan, si tenemos que *traer a* uno de *ellos* aquí a través de ese desastre". Harry se quejó y soltó una risita.

SARA Y GEORGE

El Dr. Lloyd Handle se presentó. "¡Hola! Soy Doc Handle. Dile acuénteme. ¿Cómo te encuentras ahora mismo?", preguntó.

James respondió con cara de preocupación mientras hacía un inventario mental.

"Me siento rígido y dolorido, pero sobre todo estoy confuso. Parece que no me acuerdo de mi nombre aunque me salvara la vida y este dolor de cabeza", gimió cerrando los ojos. "¿Te importaría bajar las luces? Por favor. Me duele la cabeza".

"¿Salvarte la vida?" Dijo Doc bajando la iluminación con el interruptor regulable de la pared. "¿Sabes por qué dijiste eso?"

"Siento la necesidad de alejarme de algún tipo de peligro. No está lejos". contestó James rodeándose con los brazos y tirando de los hombros hasta las orejas. "Cuando cierro los ojos, casi puedo ver lo que es, pero está a la vuelta de la esquina. Tengo que darme prisa... huir o algo. Estoy muy confundido aquí".

"Vamos a hacer todo lo posible para ayudarte a resolver esto". Dijo Doc. "Mientras tanto, déjame decirte que no encontramos nada roto, ninguna hemorragia interna y ninguna lesión física grave que podamos ver, excepto unos bultos en un lado de tu cabeza. Es muy posible que te hayan causado la pérdida de memoria. Eso pudo ocurrir cuando saliste de la furgoneta. Haré que un experto vea tus radiografías mañana.

Para entonces deberíamos tener los resultados de tus análisis de sangre. Después de obtener algunas respuestas. tendré una mejor idea de cómo ayudarte".

James se miró por primera vez, descubriendo que estaba cubierto de suciedad, arañazos y grandes y feos moratones. "¡Mmmm!", sin recordar su aspecto, pensó al instante. *Este tío se ha hecho daño. Espera un minuto ese soy yo - este soy yo.* Dijo tocándose el brazo con cautela.

Doc vio su preocupación. "Le diré a la enfermera de Urgencias, Carmine, que te limpie eso. No son graves, sólo incómodas. Me gustaría mantenerte aquí hasta que podamos ayudarte con tu problema de memoria. Esto puede pasar en unos pocos días. Si esto resulta ser un problema a largo plazo, hay otras opciones. Por ahora, vamos a pensar positivamente sobre esto, y establecer un objetivo para curar este problema en el menor tiempo posible. Puede ser tan simple como un desequilibrio químico, un shock o una lesión que necesita más tiempo para curarse". Doc dijo mientras examinaba el interior de la oreja del hombre con una pequeña luz de flash, luego caminó hacia el otro lado de la cama para comprobar la otra oreja. Miró a ambos ojos con la luz antes de apagarla y volver a guardarla en el bolsillo del pecho de su bata quirúrgica verde. "Ahora mismo no tengo respuestas para usted, así que vayamos paso a paso. Tú y yo trabajaremos juntos en esto. ¿DE ACUERDO?"

"No creo que pueda pedir más que eso, Doc. Lo siento. ¿Te importa si te llamo Doc? Me parece algo natural". preguntó James despreocupadamente.

"Oh, claro. Todo el mundo lo hace". Dijo Doc. "A mí me gusta. Es informal. Mañana sabremos más. Descansa un poco. Si tienes problemas para dormir díselo a la enfermera. Dejaré una nota en tu historial, para algo suave hasta que averigüemos qué tienes ya dentro. No queremos malas reacciones. También necesitamos saber si eres alérgico, antes de darte mucho de algo. Ahora descansa tranquilo. Sabremos más por la mañana".

Después de limpiar y vendar al joven, Carmine llamó a los dos camilleros que esperaban en el pasillo.

Tenían una camilla en la que transportar al paciente. Después le ajustaron la almohada y le cubrieron con una manta ligera. Lo llevaron a la habitación 333.

"¡Toc! ¡Toc! ¿Estás decente?" Era Sara, la señora del parque. "¿Decente?" James hizo eco. "¡Ah, sí! ¡Entra!" dijo haciendo un gesto con la mano aunque ella no podía verlo a través de la cortina que estaba cerrada alrededor de la cama. Sintiéndose tonto, soltó la mano.

George quería entrar, pero no le dejaron. Realmente se ha encaprichado de ti". Dijo adentrándose en la habitación.

¿"George"? - Ah, sí, el perro que sonríe. Cómo olvidarlo", dijo con su propia sonrisa. "Él da un baño malo. Tendré que acordarme de darle las gracias cuando salga de aquí". Su sonrisa se convirtió en una mirada de preocupación por la expresión de su cara.

"Nunca lo había visto así, especialmente con su entrenamiento. Por cierto, soy Sara, Sara Parker", dijo tendiendo la mano.

Le cogió la mano, pero no pudo decir nada a cambio aceptar. "Maldita sea, ojalá quien tuviera mi nombre me lo devolviera".

"¡Eh! No hay problema. James es un nombre guay". Dijo después de retirar su mano. "¿Puedes levantarte ya? Tal vez puedas mirar al chico en el espejo del baño. Eso podría ayudar", dijo alentadora.

"Esa es una buena idea, pero todavía estoy conectado a esta IV. El doctor Handle dijo que estoy deshidratado. Una hamburguesa con queso y patatas fritas suena muy bien ahora mismo. Mejor aún un porterhouse de una pulgada de grosor, poco hecho con patatas asadas, crema agria y mantequilla. Mmmm". Cerró los ojos, fantaseando.

¡Oye! ¿Quieres volver a la realidad por un minuto? Comprobemos la mesa. Debería haber un espejo ahí". Dijo acercando la mesa a la cama. "Aqui vamos, dejame empujarla un poco mas cerca de ti. Ya está, levanta el tablero", sonrió alentadora.

"¡Ahhh! Tío, ¡esto da miedo! ¿Qué pasa si no lo conozco, err -me?" se preocupó en voz alta. "Ya no reconozco este cuerpo que llevo".

"Vamos, no puede ser nada demasiado malo, porque le gustas a *George*". Ella continuó sonriendo, tratando de mantener una expresión agradable en su rostro. Para sí misma, estaba diciendo *Mmm, Mmm, Mmm este tipo va a volver locas a las enfermeras. Guapo, con lo justo de feo para hacerlo guapo y, su pelo. ¡Maldita sea! ¿Qué mujer no podría perderse en ese largo cabello rubio fresa?*

"Vale, allá va". Interrumpió sus pensamientos. Lo que vio fue totalmente inesperado. El tipo del espejo necesitaba un afeitado y vio un gran moratón bajo su pelo castaño claro, hasta debajo de la oreja izquierda. "Wow. Apuesto a que duele, pero no se siente tan mal como parece", dijo tocandolo ligeramente, y retirando la mano rapidamente de la cara desconocida. "En cuanto a *quién* es, no tengo ni idea", dijo apartando la cabeza del reflejo. "Es como si, de alguna manera, alguien me hubiera cambiado la cara, todo está mal. Sacudió la cabeza dolorida a cámara lenta y se mareó con el esfuerzo.

"¿De quién crees que es la cara?", preguntó preocupada.

"Tampoco estoy seguro de eso. No me viene a la mente ningún nombre, pero no es el aspecto que pensaba que tendría". Arrugó la nariz con fingido disgusto.

Ladeó la cabeza. "Y, ¿cómo crees que *deberías* verte?"

"No lo sé con seguridad, sólo - ¡¡diferente!! Es casi como si fuera el tipo equivocado", dijo todavía mirando en el espejo. "Es como si fuera de la nacionalidad equivocada o algo así" dijo cerrando el espejo de la mesa rápidamente. "Es que... ¡Oh Dios! ¿Quién soy yo?" Dijo llorando y por segunda vez pero solo la primera vez en su vida que recordaba haberlo hecho. Sollozó hasta que el corazón le dolió

7

tan profundamente que pensó que se le rompería. *¿Quién soy? ¿De dónde vengo? ¡Oh, Dios! Ayúdame. Estoy tan perdido.*

"¡Tranquilo! Tranquilo grandullón, ¡no es el fin del mundo!" Dijo Sara luchando contra sus propias lágrimas mientras alcanzaba y pulsaba el botón de la enfermera. "Vamos a solucionar esto". Dijo mientras le frotaba suavemente el hombro. La enfermera llegó en menos de un minuto. "¿Cuál es el problema aquí?

¡Vaya! Acabo de entrar de turno, tendré que comprobar su historial por si hay órdenes médicas". Ahora vuelvo". Dijo, apresurándose a salir de la habitación.

Sara siguió frotándole la espalda consoladoramente. Mientras sus sollozos se convertían en silencio, su cuerpo seguía temblando. Pensando ¿cómo puedo ayudar a este chico? Quiero ayudar, pero ¿cómo? Nunca había conocido a una persona en estas condiciones. La enfermera regresó preparada para administrarle un sedante. "El médico dejó órdenes. Podemos darle un sedante suave". Dijo mientras le frotaba el brazo con alcohol y luego le inyectaba el medicamento. "Pronto se relajará".

Entró la segunda enfermera. Mientras ambas enderezaban su cama, y mullían su almohada. Ella dijo. "Hola Sara. ¿Cómo estás?"

"¡Bien! ¿Cómo os va? No os he visto", *pensando que debía ser*. "Hace tres semanas, ¿no? Es difícil juntarnos ahora que trabajamos turnos diferentes". Les dijo Sara a los dos mientras se sentaba en una silla al lado de la cama de James. "Os echo de menos. Me encantaba trabajar en el turno swing. Voy a ver si puedo volver a hacerlo. Echo de menos correr con George por las mañanas", dice. "Por la tarde está bien, pero hay demasiado tráfico. Con tanto tubo de escape, no puede ser bueno".

Crystal dijo: "¡Bueno! Tenemos fines de semana pero eso no es lo mismo que juntarnos *cualquier mañana* que queramos".

"Quizá deberíamos planear un picnic antes de que haga demasiado frío", añadió Sara alegremente.

Volviéndose hacia James, Ruby, la hermana de Crystal, dijo mientras bajaba la cabecera de su cama. "¿Hay algo más que podamos hacer por ti?"

"No. Gracias, no. Lo siento por todo el alboroto", dijo con una sonrisa de disculpa.

"¡Eso no es problema!" Dijo la enfermera rubia.

"Es nuestro trabajo". Dijo la pelirroja. "No querrás que no tengamos nada que hacer en toda la noche. ¿Verdad?" Añadió con una sonrisa que no podía quitar de su cara.

"Gracias. Sois muy amables", dijo con una sonrisa soñolienta. "Gracias." "Si necesitas algo, pulsa el botón de llamada. Está enganchado a tu sábana junto a la almohada, justo donde puedas alcanzarla". La enfermera rubia dio instrucciones. "Por cierto, soy Crystal y ella es Ruby."

"Tenemos órdenes médicas de controlarte cada 30 minutos hasta mañana". Ruby dijo, y la otra enfermera confirmó con un movimiento de cabeza. Cuando salieron de la habitación, Crystal dijo: "¡Sara! Pásate por la enfermería antes de irte, ¿vale?".

"Lo haré. Nos vemos en un rato". Dijo Sara levantándose de la silla. "Discúlpame un minuto." Entró en el baño privado y regresó, doblando una toallita fría y húmeda, y dijo: "Toma, prueba esto". Le puso el paño frío en la frente. "Esto siempre me hace sentir mejor", añadió.

"¡Mmmm! *Sí que* sienta bien", dijo él mientras ella le ponía el paño frío en la cabeza. "¿Cómo podré devolverte tu amabilidad? Tú y todos los que he conocido hasta ahora habéis sido muy amables conmigo. Ni siquiera me conocéis".

Dijo somnoliento mientras la medicación empezaba a hacer efecto. "No sé qué decir", murmuró y luego bostezó. "Ni siquiera me conozco". Dijo bostezando.

"No digas nada ahora". Sara consoló "Sólo duerme un poco. ¿VALE? Vendré mañana a ver cómo estás, si te parece bien".

9

"Sería muy amable de tu parte..." Se dejó llevar por su nube medicada y sonrió. Se removió un poco inquieto cuando ella le puso el paño frío sobre los ojos y le dijo. "Si esto empieza a estar un poco caliente, pásalo al lado frío".

"Mmmm. Esto está bueno. Gracias." Sonrió. "Espero verte mañana".

Su cuello se relajó y su cabeza se giró ligeramente hacia un lado. Sara sabía que dormía. En silencio, besó el extremo de su dedo y lo acercó ligeramente a la punta de su nariz. *¿Por qué he hecho eso?* sonrió y salió de la habitación en silencio.

Cuando se acercaba a la enfermería, Crystal dijo. "¡Sara! Te estás sonrojando. ¿Qué está pasando aquí?"

"¡Ahhh! Es guapo, ¿verdad?" Ruby contribuyó burlonamente. "¡Sí! En eso tienes razón". Sonrió.

"Le marcaste", refiriéndose al beso, "¿verdad?". dijo Ruby, más como una afirmación que como una pregunta.

"¡Sí!" Ella exhaló a través de una sonrisa y se dio cuenta de que había estado conteniendo la respiración. "No pude evitarlo". Dijo pensando en el beso, mirando su dedo mientras lo enroscaba en su palma. Mirando a las chicas dijo. "Revisemos nuestros calendarios y reunámonos pronto ¿de acuerdo? Os echo mucho de menos. Tengo que irme, George está en el coche. Avísame", dijo alegremente dirigiéndose a la puerta.

SEGUNDO DÍA LA PRIMERA MAÑANA

James estaba de nuevo al borde del acantilado. Fue igual que la primera vez, sólo que él piensa que *es* la primera vez. Él no sabe que ha estado aquí antes. Todo va a cámara lenta Él ve - ¿Qué? ¿Qué es eso de ahí abajo? Está mirando hacia abajo, sobre el acantilado. No, no es un acantilado. Él está de pie en la parte superior de un deslizamiento de tierra muy empinada. Él supondría que tenía que ser por lo menos ... lo que sesenta tal vez setenta pies hasta el fondo? Eso es algo que nunca intentaría en su moto. Ni siquiera en la moto de cross que acababa de vender. Había necesitado el dinero para este viaje. No podía llevarse las dos motos, y no sabía si volvería a... ¿qué ciudad era ésa? No parecía importante en ese momento, así que lo olvidó. Se dijo a sí mismo que lo comprobaría más tarde. La colina es demasiado empinada y la tierra demasiado suelta. Parece que podría haber ocurrido hace poco. Ha llovido mucho los últimos días. Se nota en la tierra que se deslizó colina abajo. Parece ser arena rocosa, oscura por el agua de lluvia. Se agachó para entrecerrar los ojos ante algo que sobresalía de la tierra más o menos a mitad de camino por la zona del tobogán. Sintió que alguien le agarraba el tobillo derecho, tipo de amistoso. Como si trataran de evitar que se deslizara colina abajo.

Inmediatamente abrió los ojos. Una mujer policía le presionaba suavemente el tobillo derecho. Llevaba el pelo retirado de la cara y recogido en una trenza en la nuca. "Hola", le sonrió Sara. "¿Cómo te encuentras? ¿Te acuerdas de mí?" El pelo del color del chocolate le ayudó a recordarla.

"Me siento mejor que anoche". James asintió lentamente. "Y sí, me acuerdo de ti, pero no del uniforme". "¡Oficial de policía! Estoy impresionado, si eso cuenta".

"¡Sí!" Ella dijo un poco demasiado rápido y trajo un rubor rosado a sus mejillas. "Así es y gracias. Ayer no estaba de servicio. George me llevaba a dar un paseo por el parque. Oímos a alguien quemando goma en la carretera, justo encima del parque. Miramos hacia arriba y allí estabas tú, hecho un ovillo, rodando colina abajo. George estaba como loco intentando alcanzarte". Dijo emocionada, y luego alardeó con orgullo. "Me quitó la correa de la mano y fue a por ti. Intentaba agarrarse a tu ropa para detener tu descenso. Ha tenido el entrenamiento. Es un perro policía retirado, con tres medallas que guardamos en un cajón".

"¡Vaya! ¡Ahora estoy doblemente impresionado! Enhorabuena a los dos. "Doblemente... gracias". Ella se sonrojó. "No pretendía presumir, pero me encanta Deorge, es mi Gog". Sabía que lo había dicho mal y decidió dejarlo pasar. Si volvía para arreglarlo, llamaría aún más la atención sobre el desliz verbal. Se pondría aún más roja de lo que ya estaba.

"Lo único que vi fue la parte superior de una furgoneta blanca marchándose muy deprisa", dijo recuperando parte de su color natural "Dejaron una gran nube de suciedad detrás". Eso fue confirmado por Danny Coachman. Es el paramédico que iba en la ambulancia contigo. Dijo que vio la furgoneta que te dejó en el parque. ¡Di! Escuche. Sólo tengo unos minutos. Estoy en un almuerzo tardío".

"Es un honor. Muchísimas gracias. Eso es kery vind - muy amable de tu parte", dijo mientras la sangre corría por toda su cara. "Mi turno". Sonrió tímidamente.

Se rieron juntos y eso es lo que hacía falta para romper el hielo.

Se hizo *el silencio* durante unos segundos.

¡Oh! Qué dulce. Se aclaró la garganta y dijo: "Bueno, he mantenido mi promesa de volver y ver cómo estabas. Me esfuerzo mucho por no romper una promesa. He roto 3 promesas en mi vida, pero esta fue muy fácil de cumplir. ¡Eh!

Veo que aún tienes sueño. Tengo que correr de todos modos. Puede que me pase de camino a casa desde el trabajo. Nos vemos", dijo saliendo de la habitación. "Ya tengo ganas de mi segundo capricho del día". Le sonrió con sueño.

Por alguna razón este tipo me hace hablar tan rápido que tropiezo con mis palabras. Ni siquiera le di oportunidad de responder antes de salir corriendo de la habitación. ¿Lo hice? Chica, cálmate, ¿quieres? A menudo hablaba consigo misma diciendo lo obvio después de los hechos. No en voz alta, pero muy alto dentro de su propia cabeza.

James se deslizó fuera de la cama cuando se cerró la puerta y se dirigió a la ventana. Mientras estaba allí se dio cuenta de que se trataba de un hospital de una sola planta. Construido en forma de "U", con un hermoso parque en miniatura en el centro. El parque estaba lleno de caminos pavimentados que iban en todas direcciones, y árboles con flores plantados a su alrededor. Había bancos por todas partes, pero no se veía a nadie sentado en ellos. Había un par de personas de mediana edad abrigadas contra el frío, que caminaban juntas a paso rápido. Había niebla en el miniparque, de los bajos que se asientan en el suelo y sólo tienen un metro de profundidad. *¡Hmm! Debemos de estar cerca del agua.* pensó para sí. "Se puede oler", dijo en voz alta a nadie en particular, ya que estaba solo en su habitación. "¡Estoy solo aquí! Humm! realmente solo. ¡Wow! De alguna manera esto se siente- Mmm- *no* como algo malo". Oteó la zona fuera de su ventana y descubrió una pequeña zona de aparcamiento en el interior, al fondo del edificio en forma de "U". Los diferentes carteles colocados decían:

ENTRADA DE AMBULANCIAS
DEL HOSPITAL DUNE PINES
FAREWELL, OREGON
MANTENGA LOS CARRILES DESPEJADOS
EN TODO MOMENTO
ESTACIONAMIENTO DE EMERGENCIA
SÓLO A LA DERECHA
VISITANTES Y TODOS LOS DEMÁS POR FAVOR APARCAR
EN O CERCA DE LA ENTRADA PRINCIPAL

Ruby entró en su habitación. "Si sigues la línea amarilla del sendero de ahí fuera, puedes recorrer exactamente media milla de principio a fin". De pie detrás de él, mirando por la ventana, dijo: "Se cruza y va y viene alrededor de algunos de los árboles. Hay muchos sitios para sentarse si te quedas sin aliento. Algunos de nuestro personal y algunos pacientes de fisioterapia lo disfrutan todos los días, si el tiempo lo permite. Se supone que mañana hará buen tiempo, quizá el doctor te deje sentarte un rato al aire libre. Eso si te apetece". "¿Adiós, *Oregón?*" Dijo James mientras sus ojos se clavaban de nuevo en el cartel. "Eso está en la costa oeste, ¿verdad?", dijo casi distraídamente. "¡Sí!" dijo ella, sondeando un posible trozo de memoria. "Estamos a unos 80 kilómetros de la costa. Dime, ¿qué estás viendo ahora, en tu mente?

No pienses en ello. Di lo primero que se te ocurra".

Agarrado al marco de la ventana y mirando fijamente la imagen en su mente, sin ver nada fuera de la ventana, dijo. "Estoy en mi bicicleta, una motocicleta. Estoy pedaleando por la costa, hace un día precioso y yo... estoy asustado, ¡oh, tío!", inhala bruscamente. "Voy deprisa a algún sitio... ¡Si no me doy prisa va a ser demasiado tarde! ¡Mmm! Nnoo!"

Ruby coge una silla y la empuja detrás de sus rodillas justo cuando se sentaba con bastante rapidez y soltura. "¡Quieto, quieto ya! Tranquilo, siéntate aquí y agárrate al alféizar de la ventana", dice mientras gira y pulsa el botón de llamada de enfermería, gira de nuevo y lo sujeta a la silla por los hombros.

Crystal llega en unos siete segundos y la ayuda a meterlo de nuevo en la cama. Le limpia la cara pálida con una toallita húmeda, mientras Ruby llama al médico de guardia para que venga a la habitación "333 CON. STAT". Lo que significaba que la situación en la habitación 333 estaba bajo control temporal, pero date prisa de todos modos.

EL REGALO

Después del desayuno se le permitió ducharse. La enfermera estaba en su habitación con un ayudante que le ayudó a cambiar la cama y a enderezar su mesilla de noche.

Como no era muy estable de pie, estaba sentado en una silla de plástico de patio, en en la ducha, bajo un agua *casi* insoportablemente caliente. Se sentía tan bien que cerró los ojos y dejó que el calor empapara sus doloridos músculos. Inmediatamente tuvo una visión de sí mismo al aire libre bajo el sol, bajo una cascada de agua caliente, rodeado por todos lados por paredes de piedra natural de unos treinta a cincuenta pies de altura. El suelo era un estanque poco profundo de unos quince metros de ancho y un metro y medio de profundidad. Estaba revestido de piedras lisas, planas y resbaladizas del tamaño de dos manos, colocadas una al lado de la otra. Eran de la misma piedra que las paredes y el suelo, pero más oscuras porque estaban mojadas. El estanque desembocaba en un río ancho, frío y profundo. "Este es el río Colorado. He estado aquí. Conozco este lugar", se dijo en voz alta.

Luego volvió a la ducha, ajustando la temperatura. Se lavó el pelo largo con toda la naturalidad del mundo. No pensó por qué tenía el pelo tan largo que le llegaba hasta la mitad de la espalda. Se quitó las pequeñas tiritas de los cortes mientras enjabonaba su cuerpo delgado y musculoso.

Fue entonces cuando vio el tatuaje en la parte superior de su brazo, "Hum" y no pensó más en ello. Se enjuagó y salió de la ducha.

Se limpió el espejo con la toalla, miró fijamente a los ojos del desconocido y preguntó a la persona que le devolvía la mirada. "¿Quién es usted? ¿De dónde vienes? ¿Por qué alguien te arrojó de una furgoneta y luego se marchó a toda velocidad?". Miró profundamente a los ojos de su imagen. No había nada en la superficie ni en su interior que reconociera. Pero sabía que tenía que estar en alguna parte, porque estaba allí de pie, mirando a esa persona que se movía cuando él lo hacía. *¡Hombre! Esto debe ser la Dimensión Desconocida, o tal vez estoy un paso más allá, dondequiera que esto sea*. Pensó, mirando alrededor de la habitación.

Se lavó los dientes, se afeitó y se vistió con una bata de hospital limpia. Sonrió al ver que, independientemente del mundo en que vivieras, las batas de hospital te dejaban *con el culo al aire* por detrás. Cogió la bata, del mismo material que la bata, y metió los brazos en las mangas, con una pequeña mueca de dolor en los músculos y los moratones. Se ató el cinturón y salió del cuarto de baño. "Ahí estás. Iba a ver cómo estabas si no habías salido de ahí. ¿Dejaste agua caliente?", se burló una joven rubia y bajita que no había visto antes. Por su aspecto, probablemente tendría unos veinte años. Acababa de colocar sus sábanas sucias en un carrito de lavandería. "Creo que sí. Supongo que perdí la noción del tiempo con mi pequeño viaje por el carril de los recuerdos. Aunque sigo sin conocer al tipo del espejo". James negó con la cabeza suavemente. Giró la cabeza para aflojar los músculos del cuello.

"¡Oh! Eso me recuerda. Crystal y Ruby dejaron algo para ti. Está en la enfermería, ahora vuelvo", sonrió y se dio la vuelta para marcharse. "No te vayas a ningún lado", se burló mientras empujaba el carrito de la ropa sucia fuera de la habitación. "No te preocupes. No quiero salir de esta habitación", dijo y se preguntó por qué estaba aprensivo. Se acarició la frente con todas las yemas de los dedos. Pensó en voz baja. *¿Por qué tengo esta sensación de inseguridad?* - "Aquí está todo bien envuelto y aquí hay una nota para acompañarlo". Renuente a irse antes de que descubriera lo que había dentro del regalo. "Por cierto mi nombre es Kathy, es Kathy Manning. Soy tu enfermera de día. Si necesitas algo o simplemente quieres hablar pulsa mi botón... ahh el botón de las enfermeras que está prendido al lado de tu almohada", dijo con un rubor muy encantador en sus mejillas. Para cambiar de tema, dijo emocionada. "¿Vas a abrir eso o qué? Nunca he podido contener mi curiosidad. Esto me está matando".

"¡Oh cielos! Lo siento, estaba leyendo la nota. Fue muy considerado por su parte, pero tengo curiosidad por saber qué quieren decir aquí, mira esto", dijo mientras le entregaba la nota.

Lo leyó en voz alta: ¡Buenos días!

Nosotros, (Crystal y yo) estábamos pensando que tal vez este pequeño regalo será de alguna utilidad mientras intentas ordenar tus pensamientos perdidos. A veces, la mente tiene muchas puertas cerradas y nos gustaría ayudarte a encontrar las llaves, si nos lo permites.

Recibimos vibraciones especiales de que eres una buena persona, pero (obviamente) muy problemática. Nos vemos esta noche cuando entremos en servicio.

Ruby y Crystal Smith

"Vale, veamos qué es este regalo y quizá podamos averiguarlo", dijo mientras lo desenvolvía.

"Es un cuaderno pequeño. Encuadernado en cuero", anunció. "Es muy bonito. Tiene un juego de bolígrafo y portaminas. Toma", le dijo entregándole el libro. "Échale un vistazo, ¿qué te parece? Tengo tanta curiosidad como tú antes de desenvolverlo".

"Ah, ya entiendo", dijo mientras hojeaba las páginas en blanco. "Ya hicieron esto antes, con un niño al que golpearon en la cabeza con una pelota de béisbol en su partido de la liga infantil".

"El pobrecito no recordaba nada. Ni siquiera a sus padres". No sabía escribir muy bien, pero era un buen artista. Llenó ese pequeño libro con muchos dibujos. Le hacían mirar cada página antes de irse a dormir por la noche. En tres días volvió a las andadas y pidió a sus padres que le llevaran a casa porque estaba harto de la comida del hospital. Lo cogieron en brazos y se dirigieron a la puerta en cuanto el doctor Handle dio el visto bueno.

"Eso es probablemente lo que piensan de ti. Podrías escribir todo lo que te venga a la memoria, o las preguntas que puedas tener. Lo lees todo cada noche antes de irte a dormir". dijo Kathy triunfante. "Puede que te ayude. Inténtalo. ¿Quién sabe?", dijo devolviéndole el cuaderno.

"Ahora mismo... probaré cualquier cosa", dijo, mientras seguía chasqueando distraídamente el portaminas hasta que la mina saltó del extremo, cayendo sobre su regazo. "¡Vaya!" Volvió a pulsarlo hasta que sólo quedó un poco de mina en la punta.

"Bueno, parece que has encontrado algo que escribir, así que me voy" dijo Kathy mientras giraba sobre un pie hacia la puerta.

"¡Eh! ¡Espera!" Dijo, deteniéndola a mitad de camino. "¿Qué es eso de las 'vibraciones'? ¿Son psíquicas o algo así?" Preguntó preocupado. "De hecho, sí. Sí, lo son. Y muy buenas. Son gemelos. No idénticos, pero gemelos al fin y al cabo. Un poco espeluznante en cierto modo. Hay gente que quiere estudiarlos, pero no quieren saber nada. Dicen: 'Tenemos algo especial y no queremos que nadie lo estropee'. Lo entiendo". dijo Kathy mientras se acomodaba en el borde de la cama. "Siempre han trabajado juntos en el mismo turno, van juntos de compras, dondequiera que veas a uno, sólo tienes que mirar a tu alrededor y encontrarás al otro..."no muy lejos. Incluso tienen citas dobles; a los chicos les vuelve locos".

"¡Oh!" Se sonrojó, [Se supone que el personal no debe sentarse en la cama del paciente] levantándose rápidamente y se volvió para enderezar la manta donde había estado sentada. "Lo siento. - Tengo que volver al trabajo. Nos vemos con la bandeja del almuerzo". Dijo mientras abandonaba a regañadientes la habitación de este hermoso hombre.

Mientras la miraba marcharse, manoseó el cuaderno y encajó otro trozo de plomo en su regazo. "¡Vaya! ¿Qué está pasando aquí?"

Mirando el libro, lo pulsó dos veces más y procedió a abrirlo por la primera página, pensando para sí: "¿Qué recuerdo? Nada". Se estremeció, y sintió como la página en blanco que estaba mirando. "¡No! ¡No! ¡Basta!" Se reprendió a sí mismo. *No llegarás a ninguna parte pensando así. Vamos, hagámoslo.* Escribió una palabra en cada página, y luego fue añadiendo más a medida que las palabras evocaban imágenes en su mente. Cuando terminó con lo que la memoria le permitía, repasó las páginas.

Hasta ahora lo había hecho:

Moto - Honda 500 - ¿dónde está? En la playa / sobre el acantilado. Tenía una moto de cross la vendí - $ para el viaje en el que estoy. ¿De dónde viene? Sensación - demasiado tarde si no me doy prisa.

Tatuaje - parte superior del brazo izquierdo - una rosa - sin nombre.

¿Piscinas termales - cascada - río Colorado? ¿Arizona? Acantilado - sobre el océano - el borde del acantilado se desmoronó hasta la orilla, como si se hubiera desprendido en una avalancha - muy empinado - parecía fresco.

Talón en punta, casi me caigo. Muy asustado. Último recuerdo antes del parque.

¿Qué pasó antes del parque? George y Sara.

¿Dónde está ese acantilado? ????????

Furgoneta blanca - no un recuerdo - se dijo.

Cerró el libro y apoyó la cabeza en la almohada. "¡Vaya! Este dolor de cabeza!"

"Veo que sigues con eso". Dijo Kathy al entrar en la habitación de James. "Esa fue una buena idea" dijo ella apuntando su nariz al libro porque sus manos sostenían su bandeja de comida. "Aquí está tu comida. Tenemos una nueva cocinera; esto tiene muy buena pinta. Parte del personal ha vuelto a comer en la cafetería, incluido yo mismo. ¡Toma! - Tienes que volver a la cama, estás un poco pálido", dijo mientras pulsaba el mando y levantaba la cabecera de su cama. "Moveré la mesa de tu regazo delante de ti, para que puedas relajarte mientras comes este delicioso almuerzo. ¡Qué rico! Qué bien huele. Hoy parece italiano. Ya sé dónde voy a almorzar -dijo levantando la tapa del plato-. Recuerda, si necesitas algo…".

"Lo sé, *sólo pulsa tu botón*". Dijo burlonamente.

"Sí", se sonrojó de nuevo y giró para salir de la habitación, aclarándose la garganta al cruzar la puerta.

Demasiado dulce y demasiado joven. Casi dolorosamente alegre. Pensó para sí mismo. *Tal vez sólo me molesta porque no me siento muy bien todavía. Tío, este dolor de cabeza… pensando demasiado, supongo.* Aspirando, dijo en voz alta.

"Puede esperar, aún no estoy listo para apretar el botón de pánico - enfermeras". *Probablemente debería comer algo, tengo hambre.* Tomando el primer bocado, "Mmmm" Sonrió ruidosamente alrededor de una boca llena de comida que estaba deliciosa. "Buena cosa". Proclamó en voz alta. No terminó la comida. Se quedó dormido mientras comía.

CAPITÁN KENNAR

James se despertó de la siesta y encontró la bandeja del almuerzo delante de él. Esta vez no había soñado nada. Se sentía bastante bien, relajado y hambriento de nuevo. Cerró los ojos, se estiró, se dio la vuelta, abrió un ojo y miró la cara sonriente del capitán.

Wayne Kennar tiene cincuenta y siete años, mide un metro setenta y dos y pesa doscientos treinta y cinco kilos. Pelo castaño sal y pimienta y no muy salado, y tiene una complexión musculosa robusta. Fue trasladado a Farewell, Oregón, para sustituir al capitán que se jubilaba. Su último trabajo fue de sargento en una región de Alaska, hace ocho años. Cuando se acercaba a su cincuenta cumpleaños, decidió que Alaska no era para él. *Demasiado frío para sus viejos huesos*, y además su mujer y su hija de quince años se estaban angustiando y querían dejar atrás todo este hielo y nieve. Querían lluvia que no se helara, árboles verdes e inviernos que no fueran casi siempre oscuros. Jill le dijo a su padre más de una vez que le salía moho porque no había suficiente sol. Janet, su esposa y él habían acordado que era hora de mudarse al sur, hacia el sol. No pasaron ni dos semanas cuando se presentó la oportunidad de mudarse aquí, a Farewell. El tío de Wayne jubilaba el puesto y quería saber si podía convencer a Wayne para que viniera aquí a ocupar su lugar. El ayuntamiento ya le había dado vía libre para elegir a su sucesor. Por qué no tener a otro Kennar sentado en la silla del capitán. Ni siquiera tendrá que cambiar el nombre en la puerta. Tres semanas después trasladó a su familia y todas sus pertenencias a Farewell.

El capitán no llevaba uniforme, vestía unos Levi's y una sudadera con un dibujo del Pato Lucas en la parte delantera. En realidad, solo eran un par de ojos y un gran pico de pato naranja sobre un fondo negro, que no podían representar a otro personaje que al propio Lucas.

A James le cayó bien desde el primer momento, hace falta cierto tipo de hombre para llevar una camisa como aquella y tener pinta de pegarle un puñetazo a cualquiera que pensara que no debía. Todavía no podía hablar, pero mantuvo su único ojo abierto en Daffy mientras ordenaba sus pensamientos, todo lo que pudo hacer fue sonreír somnoliento y levantar las cejas. "Mmm hola Daffy."

"¡Hola! Te has arreglado muy bien". dijo Wayne alegremente. "Tienes un aspecto muy diferente al de anoche". Esperó un rato, dejando que el joven recobrara el sentido, y extendió la mano y dijo. "Me llamo Wayne Kennar. Capitán Wayne Kennar del departamento de policía de Farewell. Eso es en Oregón, por si nadie te lo ha dicho aún".

"¡Mmm sí! Lo vi a través de la ventana, - - - el cartel en el estacionamiento". dijo James, asomando la mano para estrechar la del capitán. Con los músculos doloridos impidiéndole sentarse sin forcejear, pulsa el botón para levantar la cabecera de la cama. "Siento no tener un nombre para ti todavía. Por ahora me llaman 'James'. No me importa, es mejor que 'hola tú' o 'cómo se llama', ¿no?". Sonrió.

"No te esfuerces y quizá te resulte un poco más fácil. A veces, si te esfuerzas demasiado, lo haces más difícil. Relájate. Por favor, entiéndelo, no te estamos presionando. Pasé por aquí para ver si podía ser de ayuda. Me gustaría tomarle las huellas si no le importa. Tal vez podría acelerar las cosas un poco. ¿Qué te parece? ¿Algún problema?". preguntó Wayne.

"Bueno... no estoy seguro. Me sentí un poco aprensiva, cuando dijiste 'huella digital'. Tal vez sea la emoción, no sé... algo dentro de mí me dice que no, pero hagámoslo. ¿Cuánto tardarán en averiguar quién soy? preguntó James.

Wayne se encogió de hombros "No puedo estar seguro. Depende. Normalmente no demasiado. Pero si estás en el programa de protección de testigos..." Hizo una pausa. "Bueno, crucemos ese puente *sólo* si es necesario. Enviaré a uno de mis chicos del laboratorio más tarde. "¿Tienes alguna otra preocupación, o pregunta mientras estoy aquí? ¿Cualquier cosa? ¿Cosas de chicos, que no sientas que puedes preguntarle a tu enfermera?"

"Ahora que lo preguntas...", dijo James en voz baja mientras se inclinaba un poco hacia delante. "¡Sí! Estoy bastante perdido aquí; no conozco a nadie. No tengo ni un objeto que me pertenezca. No tengo ni dos monedas y me muero por una Pepsi. La ropa que llevaba puesta está destrozada. No sé si podré pagar la factura del hospital, ya debe ser una fortuna. ¿Dónde voy a alojarme cuando salga de aquí? Me gustaría tener algo de ropa interior, y ropa de calle, ¿hay algún Good Will por aquí? Tal vez podría cambiar algo de trabajo por algo de comida y ropa... ¡Oh! Dios, ¿qué me está pasando?". Empezó a hablar más rápido. "¿Por qué siento tanto miedo cuando pienso en irme de aquí? Estoy. ¡Estoy OH! Dios, por favor!!!" Respiraba con dificultad, sudaba y tenía los ojos muy abiertos.

Mientras alcanzaba el botón de enfermería Wayne dijo. "¡Oye! ¡Oye! ¡Tranquilo grandullón! Vayamos un poco más despacio". Wayne añadió mientras palmeaba a James en el hombro. "Iremos paso a paso. Ahora túmbate y respira despacio. Eso es, sloowww, deeeep, eso está mejor, un poco más despacio, relájate ahora. Sé que quieres todas las respuestas ahora, pero no parece que vaya a ser así".

Cuando la enfermera entró en la habitación, Wayne dijo: "Lo siento, no tenía ni idea de que estuviera tan tenso, supongo que debería habérmelo esperado. Sé que me asustaría si despertara en otro mundo". La enfermera estaba preparada para lo que se necesitaba.

Llevaba una bandejita con la medicación en una jeringuilla. Le frotó el brazo con alcohol y le puso una inyección. "Esto es suave, pero le calmará", dijo bajando la cabecera de la cama, enderezó las sábanas y salió de la habitación con una sonrisa.

"¡Lo siento! Es que no recuerdo haber dependido de nadie antes, siento que siempre he sido independiente. Ahora he perdido el control de toda mi vida. ¿Quién demonios soy?, ¿Cómo me llamo y de dónde vengo? ¿Por qué tengo tanto miedo?". Se incorporó inclinándose hacia delante mientras se secaba la frente sudorosa con el dorso de la mano.

Wayne le dio a James una palmada paternal en la espalda y le dijo: "Déjame todas esas preguntas a mí ahora mismo, hijo. Ese es mi trabajo. Haremos las cosas de una en una a la vez hasta que lleguemos de abajo a arriba de esto. ¿DE ACUERDO? Ahora descansa un poco y deja que tu cuerpo sane primero, luego lo resolveremos juntos, ¿de acuerdo?". Voy a dejarte descansar ahora. Nos vemos mañana.

"Antes de irte, echa un vistazo a esto", dijo James y le entregó a Wayne el cuaderno. "Esta es la suma total de mis conocimientos a partir de este minuto, película a las once".

"¡Ahh! Veo que los gemelos Smith están al tanto de tu problema. Son muy buenas noticias. Considéralo un buen augurio, hijo. Estas señoras saben lo que hacen. Tampoco ayudan a cualquiera. Veo por la nota doblada aquí dentro que se ofrecen voluntarias para ayudarte sin que ni siquiera les pidas ayuda. Esa es una *muy* buena señal jovencito".

"Sí. Kathy Manning me habló de ellos esta mañana. Empecé a escribir en cuanto me quedé solo. No encontré mucho sobre lo que escribir, pero mira lo que tengo hasta ahora".

"Vale, esto es interesante. ¿Te importa si lo copio en mi cuaderno?" preguntó Wayne, mientras sacaba su propio cuaderno.

"No, en absoluto. Mi esperanza, es que puedas conseguir algo de una lista tan pequeña", dijo James sin esperanza.

"No temas, joven. Pequeños mapas, encuentran grandes tesoros". recitó Wayne mientras abría su propio cuaderno encuadernado en cuero. Era lo bastante pequeño para caber en el bolsillo de su camisa. Copió la lista del joven, levantó la vista y lo vio observando el procedimiento. "Sí, llevo uno de estos desde que conocí a los gemelos. Hace ya casi siete años. Nunca salgo de casa sin él, lo guardo con las llaves y lo cojo al salir por la puerta. Cosas personales sobre todo, empiezo uno nuevo cada año, en mi cumpleaños. ¡Ahh! - La de viajes que he hecho por el carril de los recuerdos hojeando los viejos. Algún día cogeré este y pensaré: *"¡Ahh! Qué bien lo pasábamos entonces"*. *dijo* casi soñador bajo la influencia de los recuerdos del pasado. Se aclaró la garganta, terminó de copiar lo que necesitaba y le devolvió el otro cuaderno al joven. "Voy a ponerme con esto", dijo volviendo a colocar la silla donde la había encontrado contra la pared. "Hasta luego". Al llegar a la puerta, se volvió. "Tú relájate y déjame ver qué se me ocurre. Descansa un poco. DESCANSA. Te he dejado mi tarjeta en la mesa, si te acuerdas de algo más, no dudes en llamarme. Si no estoy en la oficina, alguien sabrá dónde estoy". Ansioso por empezar, se despidió y se dirigió a toda prisa al aparcamiento.

    Cuando Wayne se marchó, James volvió a apoyar la cabeza en la almohada y se dejó llevar perezosamente por la corriente ligeramente agradable de los fármacos que le había administrado la enfermera. No recordaba por qué estaba tan alterado.

COMPARTIR

"¡Hmmm! Algo huele bien". James murmuró para sí mismo mientras abrió un ojo, para ver a Crystal poniendo su bandeja de la cena en la mesa, empujando la bandeja del almuerzo a un lado con la bandeja que ella estaba sosteniendo. No había comido mucho. Quitó la tapa del plato abanicando los deliciosos olores en su dirección, y sonriendo con picardía. "Antes de que mires, dime qué hay para cenar", dijo Crystal, protegiendo el plato de su vista.

"Cena de Acción de Gracias, con todos los adornos", dijo frotándose las manos con hambre.

"Cierra los ojos antes de decírmelo", le ordenó Crystal. "Eso es. Siéntate un poco más recta, ahora lenta y profundamente, inspira por la nariz y espira de la misma manera por la boca. Así está bien. Ahora mira si puedes hacerlo sin hacer ningún ruido al respirar", dijo en voz baja y casi susurrando.

"Roast beef con... con trozos de patata y zanahorias enteras asadas en el jugo", dijo entusiasmado mientras se le abrían los ojos.

"¡Excelente! ¿Quieres el peluche o la cena?". preguntó burlonamente, sosteniendo la bandeja justo fuera de su alcance.

"Creo que podría comerme los dos con el hambre que tengo. Es un buen truco, ¿puedes enseñarme algún otro? Eres Crystal, ¿verdad?" Dijo, alcanzando la bandeja. "Cierto. Soy Crystal. En realidad, Ruby es mejor con los trucos que yo". Dijo cogiendo la bandeja del almuerzo. "¿Quieres esta manzana de la bandeja del almuerzo?" preguntó. "¿Quizás para un tentempié a media noche? Podrías conseguir

hambriento; parece que dormiste hasta el almuerzo".

"¡Buena idea!", dijo cogiendo la fruta. Luego, señalando la bandeja del almuerzo, dijo sonriendo ampliamente. "¿Podrías poner esa gelatina en la nevera por mí? Purdee, por favor".

"No hay problema". Sonrió y se dio la vuelta para salir de la habitación. "Volveremos más tarde para ver cómo estás", dijo por encima del hombro. "¡Disfruta de la cena!" Se quedó dormido casi en cuanto terminó de cenar y se despertó cuando le apretaron el manguito de la tensión arterial en el brazo izquierdo. Todavía tenía la cuchara en la mano derecha. "¡Ahh Mmmm!", dijo mientras aspiraba el aire con un siseo. "Lo siento." Dijo Ruby disculpándose. "No hay un lugar en ti que sea no ha sido golpeado, doblado o rayado. Me daré prisa; casi lo tengo". "Esas cosas duelen de todos modos". Crystal dijo extendiendo su mano para la cuchara, antes de retirar la bandeja.

"Gracias, señoras, por el cuaderno con el elegante juego de bolígrafo y lápiz. Han sido muy amables. Al principio no lo entendía, pero Kathy me habló del niño al que ayudasteis. No hice ningún dibujo, pero escribí algunas cosas en él. ¡Toma! ¿Quieres mirar? Esto es todo lo que se me había ocurrido hasta ahora -dijo tendiéndoles el cuaderno.

Ruby lo cogió y se lo entregó a su hermana después de deshacerse de la bandeja. Sin abrirlo, lo apretó entre sus dos palmas aplastadas (como si rezara). Cerró los ojos mientras lo levantaba y se tocaba la frente con la esquina del libro y el puente de la nariz con ambos pulgares. Abrió los ojos y lo miró directamente. "¿Te dice algo el nombre Carl? ¿Quizá algo sobre un puente?". Ella empezó a temblar.

"No, la verdad es que no", dijo encogiéndose de hombros.

Ruby se acercó y puso la mano sobre las manos de Crystal. Ella aún sostenía el libro en la frente y temblaba. Las apartó de la cara de su hermana, la miró a los ojos y habló. "Esta vez ha sido rápido. Tal vez podamos obtener más detalles más tarde".

"Lo escribió a lápiz", añadió Crystal, todavía con el cuaderno en la mano. "Eso está bien". dijo Ruby mirando a James.

"¿Y eso por qué?" Dijo con curiosidad.

"El lápiz es cambiante, flexible y borrable. La tinta es, fija, estriada y permanente. La elección dependía de ti", le dijo Ruby.

Se aclaró la garganta y dijo. "No sabía que tenía elección. Simplemente cogí el lápiz distraídamente. ¡Vaya! ¿Acabo de decir distraídamente? JA!" estalló.

Rechazando el juego de palabras, Ruby dijo: "Crees que fue una elección sin sentido, pero te aseguro que no lo fue. Hablaremos de *eso* más tarde. Si el tiempo lo permite -dijo tendiéndole la mano mientras Crystal le ofrecía el libro.

"Lo *paranormal* siempre me ha fascinado", ofreció.

"Ahora, veamos lo que tienes escrito aquí. Esto me dice que eres una persona organizada. Esto es probablemente por qué Crystal fue capaz de escanearlo tan rápidamente. Mira esto Sissy, tiene un artículo en cada página, dejando espacio para pensamientos posteriores."

"Tu moto será encontrada pronto si no lo ha sido ya. Tendrás que arreglarla antes de volver a conducirla. Tenías un pasajero la última vez que la condujiste", Ruby frunció el ceño. "Aún no lo tengo claro. Tendré que volver a hablar con ella más tarde. Su aura no influyó para nada en la tuya. Es como si su aura fuera muy débil para empezar o no tuviera ninguna, lo cual sólo es posible si estás muerto. Pero ella no podría haber estado conduciendo una motocicleta si estaba muerta, ¿verdad?"

"Eso realmente me desconcierta", ofreció.

"El tatuaje es un nombre: es 'Rose', en memoria de tu hermana gemela". Y continuó: "Veo que ella fue una parte importante de tu vida hasta hace poco. La obra de arte en tu piel es un vínculo físico y un punto focal para tu conexión espiritual con Rose. Esa conexión no se cortó con su muerte. Vuestros espíritus siguen conectados y siempre lo estarán. Vuestra conexión se restablecerá con la disolución del muro. Quizás algún día nos permitas conocer su espíritu".

"Puede ayudar pensar que este muro es como *el bloqueo del escritor*, con toda la información ahí dentro esperando a que el muro caiga". Hizo una pausa mirándole.

"Tengo una buena sensación de la cascada." Los gemelos sonrieron.

"Me acordé de ese en la ducha esta mañana", ofreció. Ella continuó con una rápida mirada en su dirección por la interrupción.

"Murciélagos y mosquitos cuando se pone el sol". Ruby se encogió y habló. "Creo que hemos estado allí, Sissy. Está río arriba, a unos 30 minutos de Willow Beach. Tienes razón, es el río Colorado. La única manera de llegar es en barco. Te detienes en esta pequeña alcoba y atas el bote para que el río no lo saque con sus fuertes corrientes. Está muy aislado. Caminas entre paredes de roca, bajas por un corto pasadizo y, voilà, estás en un pequeño recinto con una cascada calentada de forma natural".

Los gemelos se sonrieron. Se dio cuenta de que estaban compartiendo una imagen en sus mentes. Él quería estar en la cascada con ellos. Las dos se giraron para mirarle, y al instante estaban compartiendo la cálida cascada. Después de unos instantes, volvió a la habitación, justo donde estaba hace un minuto.

"¡WOW! Ha estado *muy bien*. ¡Muchísimas gracias! Nunca olvidaré esta experiencia señoritas". Dijo asombrado de no estar mojado. "¡Hey! Recuerdo ese lugar. Estuve allí con una amiga y sus dos hijos. A su niña la picaron porque las 'chaquetas amarillas' se sintieron atraídas por las barritas luminosas que usábamos para alumbrarnos."

"No fuimos sólo nosotros los que te llevamos allí". Le dijeron. "Tu deseo era tan fuerte que decidimos llevarte con nosotros. Necesitabas esta experiencia para reforzar tu confianza en nosotros. Si no confías plenamente en nosotros, si pones pegas, entonces no podremos ayudarte en nada". amonestó Rubí. "Si hablas de esto a alguien, lo negaremos, porque vendrán

atraparnos. Ya quieren diseccionar nuestros cerebros, intentando ver si pueden duplicar lo que hacemos. Ya hay gente que nos molesta por eso".

"Mums" la palabra señoras. Me acabas de confirmar que las cosas paranormales son reales. Eso fue hermoso. Gracias, otra vez". Ebullía de emoción. "Eres la primera con la que compartimos. Si me preguntaras por qué, sólo podría decirte que sentí que era lo correcto". dijo Ruby. Aún sosteniendo el libro, Ruby dijo: "Tu experiencia en el acantilado fue muy difícil para ti. Probablemente piensas que es por aquí, pero los acantilados más cercanos están a cincuenta millas al oeste, - en la costa. Creo que tu moto se encontrará en la costa".

"La furgoneta blanca era - no veo la propiedad - podría ser nueva, probablemente de un concesionario. Todavía está por ahí. No ha sido devuelta. Wayne necesita saber esto. Nos vemos luego, tenemos que hacer una llamada". Dejando el libro sobre la mesa, ambas mujeres salieron de la habitación.

EL PARQUE

Esto era emocionte. No conseguía relajarse. Salió de la cama después de unos cinco minutos y se puso la bata atándose el cinturón y se puso las zapatillas del hospital. Se dirigió a la enfermería al final del pasillo. Las gemelas estaban allí: "¿Creéis que podría pasearme un rato? Todavía estoy un poco alterado". Preguntó amablemente.

"Oh, claro que no hay problema. ¿Por qué no te doy una vuelta? Ruby está esperando una llamada, y a nuestros pacientes no se les permite deambular sin escolta". Crystal informó.

"No me siento muy turista. ¿Te importa si nos sentamos en el pequeño parque que he estado admirando fuera de mi ventana? Creo que necesito aire fresco". Suplicó con una ceja levantada y una sonrisa.

"Me parece una buena idea". Dijo Crystal, tocando a Ruby en el hombro haciéndole una "señal gemela". (No todos, pero algunos gemelos tienen su propia y privada forma de comunicarse.) Carl comprendió sin decir nada. Ese tipo de cosas eran personales y no estaba dispuesto a interrumpirlas. *Quizá más tarde.*

Ruby asintió y continuó con algunos historiales de pacientes que había sobre la mesa.

"Paremos en la máquina de refrescos antes de salir. Yo invito". Dijo Crystal mientras buscaba cambio en el bolsillo de su uniforme.

"¡O.K.! Gracias. Soda suena bien ahora mismo. Estáis siendo muy amables". Dijo subiéndose los hombros hasta las orejas.

"El placer es mío. Tú primero". Dijo mientras introducía algo de cambio en la máquina. Pulsó el único botón de Pepsi y oyó las latas rodar dentro de la máquina. "¡Ka-thud! Ka-Plop!" Salieron dos Pepsi. "¡Vaya!" Dijo un poco nerviosa. "¡Oh! Este tipo de cosas pasan cuando me emociono. Una vez saqué como siete latas de refresco a la vez de una máquina del centro comercial. Un chico del que estaba enamorada se paró a hablar conmigo mientras sacaba un refresco. Esta vez es porque es la primera vez que comparto una visión *a* tres con alguien. Fue muy emocionante para mí. Antes de hoy, solíamos ser sólo nosotras dos, mi hermana y yo. No sabía que pudiéramos". Dijo rápidamente mientras intentaba sacar las dos latas de la máquina. Se enderezó, sosteniendo una lata en cada mano y dijo con un gesto de la cabeza. *Síganme"*. Salieron del edificio climatizado. "Esto es bonito. Un poco fresco, pero muy agradable. Huele muy bien aquí fuera. ¿Tal vez trabaje fuera para ganarme la vida? Parece que tengo la piel bronceada". Dijo abriendo la tapa de su refresco mientras caminaban por la carretera asfaltada de dos carriles hacia el pequeño parque. Le tendió la mano vacía para que la examinara. "Tengo callos en las manos.

"Tal vez. Podrías habértelas hecho montando en moto. Sin línea de bronceado en las muñecas, no llevas guantes". Dijo mirando a su alrededor un poco aprensiva. No era la primera vez que llevaba a un paciente fuera del edificio, pero hoy se sentía un poco incómoda. "¡Humm! Eso también tiene sentido". Dijo inspeccionándose las manos de nuevo.

"No había pensado en eso. Ruby dijo algo acerca de que tuve un pasajero la última vez que monté en moto. Eso me molesta, porque..." Hizo una pausa pensando y continuó más o menos pensando en voz alta. "Porque si salí así de mal parado del accidente. Qué pasa con - ellos o lo que me haya pasado, o nosotros. Estoy confundido. No sé cómo sentirme ante toda esta situación. No puedo evitar

33

preguntarme. ¿Qué le pasó a mi pasajero y qué le pasó a mi moto?". Preguntó sin esperar respuesta.

Localizaron un par de bancos y se sentaron junto a una de las muchas mesas de picnic.

"Estoy segura de que el capitán Kennar averiguará algo pronto. Le aseguro que es muy bueno en su trabajo", dijo. "También tendremos el resultado de tu análisis de sangre mañana. Ayudarán al médico a ayudarte". Le tranquilizó. "Parece que tenemos compañía", dijo mirando por encima de su hombro, mientras el coche patrulla giraba en la entrada y se dirigía en su dirección.

"Me alegro de haberte visto". Wayne gritó mientras terminaba de bajar la ventanilla del coche. "Aparcaré en el aparcamiento y enseguida estaré contigo."

Crystal dijo: "¡Ves! Ya hay noticias". Se levantaron y caminaron hacia la zona de aparcamiento, ambas ansiosas por escuchar cualquier noticia.

Wayne dijo: "He recibido respuestas a algunas de mis solicitudes de información. No *todo es* bueno. Busquemos una mesa". Sólo había unos metros hasta una pequeña mesa y sillas donde se pusieron cómodos.

"En primer lugar". Wayne puso su maletín sobre la mesa. "Se encontró una motocicleta a mitad de camino hacia el fondo de un tobogán de tierra bastante empinado. Son unos setenta y cinco pies hasta la playa. Por lo que parece, la moto tomó la curva demasiado rápido, se tumbó y se deslizó hasta el borde. El suelo estaba saturado, debido a una lluvia reciente que tuvieron. Se desmoronó con bastante facilidad. El peso de la moto se llevó por delante un buen trozo de tierra".

Algunas personas que paseaban por la playa, ayer por la mañana, informaron de ello. Vieron el manillar y parte de un neumático delantero sobresaliendo de debajo de la arena y la tierra en la zona del tobogán.

Cuando la grúa lo sacó, había una mujer joven, o más bien adolescente, atada al respaldo. El forense, dijo que tenía unos 16 años. También dice que llevaba muerta unas 12 horas antes de ser enterrada con la moto. Obviamente, una sobredosis de drogas, había sido abusada sexualmente, y golpeada bastante mal. Tenía el cuello roto, pero eso ocurrió horas antes de caer por el acantilado. Han empezado a revisar los informes de personas desaparecidas intentando encontrar su descripción. Mañana deberíamos saber más". explicó Wayne.

El FBI está ansioso por hablar contigo porque una de las drogas de la chica, coincide con una droga que fue tomada en un robo la semana pasada. También tienen curiosidad por saber qué drogas aparecen en tus análisis de sangre. Les dije que tienes amnesia y no sabes tu nombre. Eso los detendrá por un corto tiempo al menos. Vamos a intensificar nuestros esfuerzos y tal vez obtener las respuestas que necesitamos, mientras que todavía tenemos el FBI a distancia. No creo que nos den mucho tiempo.

"La moto está registrada a nombre de "Carlton F. Bridgeman, de Manhattan Beach, California". ¿Le suena algo de esto?"

Crystal y James se miraron y James dijo, señalándola. "Crystal, ¿no me preguntaste antes si el nombre *Carl* significaba algo para mí, o algo sobre un puente?

Respondió en silencio con un movimiento de cabeza.

"¡¡Di!! Eres bueno!" Sonrió y se bebió casi la mitad de su Pepsi de un doble trago. Buenas o malas, cualquier noticia era emocionante para James. "No sé 'Carlton', pero 'Carl' me queda muy bien en la lengua, -como si lo hubiera dicho muchas veces. También tengo otra petición: ¿podemos cambiar James por Jim? James me suena un poco engreído. No me siento nada como un 'James - James Bond', eso es. Lo mismo pasa con Carlton, si ese resulta ser mi nombre. Sé que me gustaría más Carl. Carlton sería como qué, ¿un mayordomo?". "¡Ja!", ululó, se masajeó la frente y suspiró: "¡Oh, tío!".

"Está bien hijo, ya lo resolveremos. Déjame esto *a mí* y tú dedícate a curarte". No pudo evitarlo, este joven le caía bien. "El único recuerdo que tengo de estar en mi moto, era que estaba asustada, y tenía que darme prisa en llegar a algún sitio, o sería demasiado tarde".

El capitán Kennar hizo las preguntas obvias. "¿Tiene alguna idea de por qué iba a ser *demasiado tarde*, o tal vez de *qué* tiene miedo?".

Jim negó con la cabeza. "No, señor. Todavía estoy en la niebla en muchas cosas y no recuerdo un pasajero. Parece que un pasajero se aferraría a mí". Dijo y su mente se quedó en- nada, no podía conjurar una imagen de ella en su mente.

Crystal interrumpió "Dijeron que la chica estaba atada a la moto". "Eso me trae dos preguntas a la mente de inmediato". dijo Jim. "¿Estaba inconsciente? Y si no, ¿por qué estaba atada a la moto? No me imagino a nadie queriendo un cinturón de seguridad en una moto".

Crystal informó a Wayne del plan de Ruby y de ella de hablar con James después de que todos los demás se instalaran para pasar la noche.

"Eso está bien. Si alguien puede acelerar la recuperación de su memoria sois vosotros". Dijo el capitán Kennar mientras se levantaba ofreciendo su mano al joven sin nombre. Se dieron la mano y el capitán dijo: "Volveré a pasarme mañana. Ahora tengo que volver a casa y dar de comer a Samson, mi perro. Él también me avisa si llego tarde. Me saluda y me sigue con el plato de comida en la mandíbula hasta que le doy una patada con mis zapatos y guardo mi pistola. Es un pesado, pero no lo cambiaría por nada. Somos amigos, él y yo. Buenas noches, hijo. Nos vemos mañana Crystal. Sin previo aviso Crystal tembló y supo que el peligro estaba cerca. "Buenas noches Wayne", contestó mientras también se levantaba, casi con urgencia, tirando del codo de Jim. "Vamos. Deberíamos regresar. Se acerca la niebla terrestre. No queremos que te resfríes". Dijo mientras se apresuraba hacia las puertas del Hospital.

No vieron la camioneta que pasó justo después de que las puertas dobles se cerraran tras ellos.

El conductor tampoco *los* vio.

Las puertas y ventanas del hospital eran de las que no se pueden ver desde fuera, parecen de cristal negro. Se puede ver hacia fuera, pero no hacia dentro. Es el mismo tipo de cristal que se ve en los edificios de oficinas, reflejan tu imagen como un espejo.

LLAMADA CERCANA

¡Wayne tardó sólo un minuto en llegar a su coche para llamar al cuartel general e informarles de que estaba de camino a la comisaría. En el momento en que estaba en movimiento, se encontró frenado por una camioneta que salía del aparcamiento. Se dijo a sí mismo en voz alta con admiración "Hmm! Bonito camión. El dueño lo cuida bien. ¿Qué es eso de un 53?" y mientras giraba a la izquierda, salía a la calle. "¡Lado escalonado también - bonito!"

La enfermera y el paciente habían entrado en el edificio cuando él pasó. Wayne giró a la derecha y, mientras se dirigía a la comisaría, pensó en voz alta. "No suelo pensar mucho en los pelilargos, pero este tipo me gusta mucho. Hay algo en él... no sé lo que es... ¿Y qué me dices de cómo se lo tomó George? - Espero que no sea una decepción, tal vez mezclado con esa chica muerta".

Una imagen de Ruby pasó por su mente mientras cogía el micrófono de la radio. A menudo se dirige así a Wayne. *Eso me recuerda* algo- pensó. Cuando respondieron a su llamada, dijo en voz alta. "Soy el capitán otra vez, Jill. Cuando llegue el Sargento de Noche, que envíe a un hombre a vigilar la habitación 333 del Hospital de Dune Pines. Es el tipo que dejaron en el parque. Asegurémonos de que no lo tiren por más colinas".

"¡Sí! Capitán - se lo diré ahora mismo, acaba de entrar. - ¿Algo más, señor?" Jill preguntó.

"¡Sólo uno! Llama a Ruby Smith a Dune Pines y dile que la llamaré en cuanto llegue a casa". Luego añadió: "Saldrás de tu turno cuando yo vuelva, así que que pases una buena noche". Hasta mañana", concluyó con una sonrisa.

Jill sonrió. "¡Buenas noches papá!"

Cuando Wayne llegó a casa, Sansón le estaba esperando con su cuenco de plástico encajado en la mandíbula. "¡Hola, amigo! ¿Qué has estado haciendo todo el día aparte de dormir?"

La cola de Sansón se movía tan deprisa que sus patas traseras se deslizaban hacia delante y hacia atrás, bailando pequeños círculos sobre el suelo de linóleo.

Terminó de guardar el arma, se quitó el uniforme y se ocupó de Samson. En la cocina cogió una cerveza fría y queso en tiras de la nevera, unas patatas fritas de la encimera y se dirigió al sofá. Llamó a Ruby a Dune Pines. "Ala Este, por favor". Dijo y utilizó el mando a distancia para encender la televisión, mientras esperaba.

Ruby estaba al teléfono en menos de un minuto. "Ala este, Ruby al habla.

"Soy Wayne. Recibí tu mensaje. Tu imagen es cada vez más fuerte. Quizá algún día no tenga que llamarte para saber lo que quieres. Sigue practicando. ¿Qué pasa jovencita?"

"Más bien tienes que practicar recibiendo grandullón. bromeó en su tono amistoso habitual. Deberíamos reservar algo de tiempo para practicar.

Tal vez recibiste mi mensaje. Ya está solucionado. Uno de tus chicos, Justin Walker, acaba de aparecer para hacer guardia. Me estaba poniendo un poco inquieto. Después de todo, alguien hirió bastante a este tipo. Estaba pensando que tal vez ellos podrían saber dónde está. Tuve una *fuerte* sensación de aprensión, justo después de que Crystal llevara a su paciente de vuelta al interior del edificio. Ella también era consciente de ello. Lo metió en el edificio justo después de que te fueras. También veo color turquesa alrededor o cerca de él. "Creo que deberíamos mantenerlo dentro, hasta que sepamos más sobre él o sus enemigos."

"Sí. Tampoco queremos que se escape solo". Wayne añadió. "Si la persona equivocada sabe dónde está. - Debemos saber más detalles para mañana. Buena suerte, esta noche, cuando lo visites. Ya sabes dónde estoy si surge algo importante. Buenas Noches.

"No seremos duros con él. No han pasado ni treinta y seis horas desde que lo trajeron. Buenas noches, Wayne", dijo colgando el teléfono.

Cuando Jim regresó a su habitación, el técnico en huellas dactilares estaba sentado en una silla, preparándose para esperar el regreso de Jim. Sus nalgas no tocaron la silla durante tres segundos cuando volvió a ponerse de pie. "Hola, vengo de los servicios de laboratorio del departamento de policía. Me llamo Alfred Chase y esta es mi testigo Crystal Smith, ella verificará que usted es la persona a la que pertenecen las huellas dactilares que tomaré hoy aquí, o mejor dicho, esta tarde." Carraspeando cortésmente y levantando la mano en señal de silencio, dijo: "Me doy cuenta de que *ya* conoce a su enfermera, pero tenía que hacerlo *oficial* con una presentación. Necesito un testigo, porque usted *no* recuerda su nombre. ¿Tiene alguna pregunta antes de que empiece?".

"¡No! Hagámoslo. Estoy ansioso por saber quién soy" dijo Jim con entusiasmo, y añadió con un guiño en dirección a Crystal. "Tenía la sensación de que iban a empezar a llamarme 'Juan Nadie' u otra cosa igual de sosa o indescriptible".

Después de que el técnico de impresión saliera de su habitación, Jim se lavó las manos y volvió a meterse en la cama para echarse una siesta. Tenía los músculos doloridos, pero no quería más drogas, así que cerró los ojos e intentó relajarse. Lo siguiente que supo fue que se estaba quedando dormido.

Vuelve a mirar hacia abajo, pero esta vez no hacia el acantilado. Esta vez está mirando el extremo de un palo de billar. Ve dinero tirado al lado de la mesa de billar. Mirando un poco más arriba, más allá de la mesa, ve a una chica. Esta vez mira más de cerca. Está reclinada hacia atrás, con la cabeza apoyada en la pared de la esquina. Incluso con las gafas de sol puestas, se da cuenta de que es joven. Y demasiado maquillada. Probablemente piensa ocultar su edad. ¿Qué está haciendo con estos tipos de todos modos? Niños en estos días. Probablemente una fugitiva. Pensó para sí mismo. *No parece que se sienta bien, probablemente borracha, con el brazo colgando así. Sus piernas separadas. No es muy femenina. Sí, probablemente se ha desmayado. Va a tener una buena resaca por la mañana. Déjala en paz. Ella no es tu problema.* Ahora alguien intenta quitarle el palo de billar de la mano. "Todavía es mi turno". Gritó mientras se le abrían los ojos.

Era Ruby intentando que soltara la barandilla de la cama. "¡Shhh! Ahora no siempre te toca a ti. Necesito tu brazo unos minutos, así te tomo la tensión y luego te lo devuelvo. ¿DE ACUERDO? Dijo con una sonrisa burlona.

"¡Mmmm! Lo siento. Claro, adelante". Miró a Ruby un poco confuso mientras relajaba el brazo.

"Tu corazón está muy acelerado. ¿Has tenido una pesadilla?" preguntó Ruby preocupada.

"No puedo decir si fue un mal sueño o no. Creo que fue un recuerdo, más que un sueño. Era tan realista, los detalles". Les contó lo que vio, la chica y todo lo que acababa de vivir.

Ruby y Crystal acordaron que saldrían de la habitación mientras él escribía todo en su cuaderno, tal y como lo recordaba de su sueño. De lo contrario, se distraería y olvidaría los detalles, o se confundiría. Se marcharon diciendo que volverían cuando él pulsara el botón de llamada.

Por favor, tómense su tiempo. Estaremos aquí toda la noche". Susurró Crystal.

Al cuaderno añadió:

Jugando al billar / ubicación desconocida

Veo dinero tirado al lado de la mesa de billar. Chica con grandes gafas de sol - se puede decir que es joven.

Ella no se ve bien - probablemente borracho, brazo colgando hacia abajo- las piernas abiertas, no muy propio de una dama, probablemente desmayada.

Cuando terminó de escribir, pulsó el botón de llamada. Mientras esperaba, cogió distraídamente la manzana de la mesa y la masticó con avidez, sorbiendo ruidosamente el zumo que amenazaba con chorrearle por la barbilla con cada bocado. Mientras buscaba la caja de pañuelos para sus manos pegajosas, las gemelas aparecieron en la puerta, sonrientes.

Crystal dijo: "Creo que tu paño aún está húmedo, funcionará mejor en manos pegajosas. El pañuelo se te pegará a los dedos". Ella captó una pregunta que salió de sus ojos, y dijo: "Sí, por eso algunos dicen que un ladrón tiene los dedos pegajosos. Casi todo lo que quiere se pega a sus dedos, o a los de ella, depende-".

"¡Eso es espeluznante!", dijo en voz alta. "Oíste mi pregunta y respondiste antes de que pudiera decir nada".

"Lo siento, no quería entrometerme en tus pensamientos, pero estás proyectando muy fuerte". Dijo Crystal asombrada. "Ten por seguro que sólo podemos leer lo que se proyecta a la superficie de tu mente. No podemos leer tus pensamientos privados". Le tranquilizó. "Por favor, créeme. No se desanime porque crea que podemos leer sus pensamientos. Algunas personas se niegan a estar en la misma habitación que nosotros por miedo".

"No tengo motivos para creerte, ni para no creerte". Dijo, mientras la miraba a los ojos con honestidad. "No te temo a ti ni a tu hermana. Tengo una sensación de paz, viniendo de ustedes dos. Y, no puedo creer lo que acabo de decir. ¿Qué está pasando aquí? ¿No entiendo lo que está pasando?" Preguntó, confundido pero excitado.

"Esto es lo que hacemos". Ruby dijo. "Si te sientes incómodo, pararemos ahora mismo. Sólo tienes que decirlo. Pensamos que sería mejor presentarte nuestros métodos cuando estuvieras en un estado mental relajado, como ahora que te acabas de despertar. Reduce el factor miedo. El miedo puede frenar a veces. Es imposible ayudar a una persona mientras el miedo la controla".

Inclinándose y sacudiendo la cabeza, Crystal intervino. "La gente que tiene demasiado miedo". Dijo mirando a su espacio privado durante unos segundos. "Es triste".

Ruby dijo: "En realidad, es más como *tú*, conectado a *nosotros*. Tu señal es fuerte en este momento, pero puede desvanecerse a medida que te cures y las drogas extrañas abandonen tu sistema. Tienes un aura tensa a tu alrededor. Lo hemos visto antes en pacientes con amnesia", le informó, y luego añadió. "Esto está consumiendo mucha energía, podemos hablar más tarde", ella y Ruby recuperaron su energía, exhalando con cansado alivio.

Sintió la desconexión de inmediato, casi como si le hubieran cambiado el interruptor del cerebro de alto a medio. "¡WOW! Qué subidón, pasar de de un nivel a otro", dijo agarrándose a la barandilla como si fuera a caerse de la cama. "¿Cuándo podemos volver a ir? Me siento muy bien".

"Mmmm, suenas como si fueras a estar muy decepcionado cuando esto se desvanezca. Por favor, no te hagas muchas ilusiones. Puedes encontrarte en una depresión que podría ser emocionalmente dolorosa". advirtió Ruby. "¡Sí, señora! Ya *lo estoy*, decepcionada". Dijo con un pequeño saludo y una sonrisa, "pero entiendo lo que dices.

Cuando los paseos terminan, tienes que salir del coche". ¡Humm! Alguien solía decir eso, mucho.

Me pregunto quién", reflexionó.

"Bueno". No eres el único huésped que tenemos en Dune Pines, y las otras dos enfermeras necesitarán nuestra ayuda en cuanto los médicos terminen con las dos urgencias que han llegado hace un rato. ¿Quiere la gelatina de su almuerzo antes de que estemos demasiado ocupados para molestarle?". Ella continuó con una gran sonrisa, haciéndole saber, que estaba bromeando acerca de estar *demasiado ocupada* para molestar.

"Sería un placer, gracias", dijo en voz alta, y luego pensó para sí.

Una joven muy amable y considerada.

"Sí, lo es. Gracias". Ruby dijo mientras ella y su hermana salían de la habitación. Crystal volvió rápidamente. "Aquí está tu gelatina", dijo dejándola con una cuchara de plástico y una servilleta. Luego comprobó que su almohada estaba mullida y que tenía agua fresca para la noche. "¿Necesitas algo más, antes de que vuelva al trabajo de verdad?". Regañó alegremente.

"Me está dando otro dolor de cabeza; ¿crees que podría conseguir algo para el dolor?". Preguntó, pellizcándose el puente de la nariz.

"¡Claro! Por qué no te instalas para pasar la noche, ahora vuelvo" dijo Crystal mientras salía de la habitación.

Mientras se recostaba en la almohada, puso la televisión en el canal de dibujos animados con el mando a distancia.

"*Debes* saber que demasiada educación hace que el cerebro se hinche". dijo Doc Handle, entrando en la habitación con su atuendo verde de cirujano y una máscara verde colgando de sus cuerdas alrededor del cuello. "Tienes mi *canal de aprendizaje* favorito ahí, hijo", sonrió, y añadió. "Ruby vendrá con algo para ese dolor de cabeza en un minuto. Crystal está ayudando con los nuevos bebés".

"¡Hola Doc! Veo que trabajas hasta tarde". Dijo James, observando la ropa de Doc Handles.

"Sí, acabo de dar a luz a una niña a una pareja que viajaba por la zona- Se mudan a Washington. Entonces me rompí un dedo, dos de hecho, que se cerró en la puerta de un coche. Cuando volví a ver a la nueva madre, estaba dando a luz al segundo niño, que resultó ser un varón. ¡Gemelos! ¿Qué te parece?" dijo con gran placer.

"¡WOW! Este es el lugar para los gemelos muy bien.

"No hace falta decir que la madre está agotada. No lo sabían, iban a tener gemelos -de viaje y todo-. Hace tiempo que no va al médico. Sin embargo, todos gozan de buena salud. Gracias a Dios". añadió Doc con voz cansada pero feliz.

"Me pregunto si esas serán las emergencias de las que hablaba antes Crystal". preguntó Jim distraídamente.

"De hecho, sí. Sólo hemos tenido dos emergencias esta noche. No hay mucho, nada que pase por aquí que los gemelos no sepan". Dijo Doc Handle con asombro. "Son gente maravillosa. Una vez que los conoces y deciden ayudarte. Siempre estarán conectados a tu vida. Siempre los conocerás por lo que hicieron para ayudarte. Se convierten en parte de tu proceso de pensamiento. Como...", vacila pensando. "Cambian tu forma de ver la vida, toda tu actitud", dijo con reverencia.

"Creo, sé lo que estás diciendo. Me acaban de presentar '*lo que hacen*' esta tarde". Jim dijo levantando dos dedos en cada mano y los movió todos juntos hacia arriba y hacia abajo en la misma dirección. (Me siento un poco bien, con energía en cierto modo". Dijo con asombro.

"Conozco la sensación. Me sacaron de un '*gran bajón*' después de que mi mujer muriera en un accidente de coche, hace un par de años". dijo Doc. "También, me enseñaron una nueva forma de ver la vida y la muerte. Me ha ayudado a tratar con familiares y amigos de pacientes que mueren o están a punto de morir. Ahora lo veo todo de otra manera.

"¡Hey escucha! Pensé en pasar a ver cómo estabas antes de irme. Algún día nos sentaremos y hablaremos de cosas sociables, no relacionadas con problemas médicos, pero ahora mismo estoy agotado. Me voy a casa a ponerme todo lo horizontal que es posible para un cuerpo. Buenas noches, joven, nos vemos mañana".

"Buenas noches, doctor". dijo Jim mientras el hombre mayor salía por la puerta.

Doc se encontró con Ruby en el pasillo. Se dirigía a la habitación de Jim con su medicación. "¿Cómo te fue en tu primer encuentro esta noche, querida?" Preguntó.

"Bastante bien. De hecho, va a ser fácil trabajar con él. Sus pensamientos son tan abiertos que están a flor de piel. Sólo tenemos que averiguar qué está bloqueando su memoria". dijo Ruby. "Por cierto", añadió. "Cuando Crystal y yo estábamos sondeando, sentí un material extraño / droga. Es algo con lo que no me había topado antes".

"Es más que probable que su traumatismo craneal sea la causa de la pérdida de memoria, pero creo que esto, sea *lo que sea,* puede estar impidiendo la recuperación de su memoria". Añadió con preocupación. "Estoy ansiosa por ver los resultados de sus análisis de sangre". Levantó la bandeja de la medicación hacia él. "Tengo que llevarle esto". Ruby se volvió para irse. "Buenas noches, doctor".

"Buenas noches, querida", dijo, mientras se daba la vuelta para volver a casa.

Cuando ella entró en la habitación, Jim se pellizcaba el puente de la nariz con los pulgares y se llevaba los dedos a la frente. Se aclaró la garganta en voz baja, para no sobresaltarlo. "Ejem, tengo algo para ese dolor de cabeza, si estás listo". Dijo en voz baja.

"¡Oh, por favor!" Dijo y bajó la voz a casi un susurro. "Estoy listo, esto ahora sí que *duele" Dijo* él, subiéndose la manga, ella notó gotas de sudor en su frente. "Si fuera posible. Diría que tengo el cerebro bizco. ¿Conoces esa sensación?" Se calló entre dientes. Ella le frotó el brazo con alcohol y le inyectó la medicación, sin decir nada. Cuando terminó, procedió en silencio a mullir la almohada, bajar la cabecera de la cama y atenuar las luces. Ruby le puso la mano en el hombro y señaló el televisor con una mirada interrogante.

cara, como diciendo "¿quieres la tele encendida?".

Sacudió la cabeza en señal de "no" e inmediatamente se llevó una mano a la frente en señal de dolor. "¡Ohh!"

Ruby se llevó los hombros a las orejas y susurró en silencio *"lo siento"*, mientras apagaba el televisor.

Jim le susurró: "No pasa nada. Es culpa mía". Se echó hacia atrás y cerró los ojos.

Ruby abandonó la habitación en silencio tras colocarle un paño húmedo y fresco sobre los ojos. Su paciente durmió tranquilamente toda la noche.

Cuando llegó a la enfermería, estaba vacía. Mientras esperaba a que Crystal volviera, escribió una nota al hombre sin nombre. Le sugirió que leyera su cuaderno por la mañana, porque no había podido hacerlo debido a la medicación que tomaba por la noche.

¡CORRE BEBÉ CORRE!

Mientras el hombrecillo yacía en su cama, reflexionaba sobre cómo había acabado aquí, en el hospital. "¿Cuánto tiempo llevo aquí?". Se preguntó a sí mismo más veces de las que quería recordar. Respondía a sí mismo, casi incrédulo cada vez que se oía decirlo. "Una semana… Dicen que cinco días es casi una semana. Es difícil de creer. Dijeron que estuve inconsciente dos días".

Su mente repasaba lo sucedido. Los trozos y las piezas iban encajando, pero no necesariamente en orden. Imágenes que le rompieron el corazón le venían a la mente. Luego, el FBI y la policía le hacían muchas de las mismas preguntas. Una y otra vez, una y otra vez. Entonces se negó a contestar más preguntas. Le dolía físicamente el corazón volver a vivir lo que había pasado, una y otra vez, de nuevo - no les importaba cómo se sentía hablando de ello repetidamente. ¿No oyeron cuando se lo conté la primera vez? Los malditos del gobierno debían de estar sordos. Parecían más preocupados por las drogas desaparecidas que por el paradero de su nieta.

"¿Dónde está mi dulce pequeña Sylvia? Mi nieta. Se la llevaron. Esos animales, se llevaron a mi niña". No era la primera vez que se le llenaban los ojos de lágrimas. Ella estaba allí después de la escuela, ayudando a reponer los estantes en la en la farmacia. Ha estado viniendo todos los viernes por la noche desde que empezó el instituto.

Ella le había suplicado. "¡Papá! Por favor, no hace falta que me pagues mucho. Sólo necesito un poco de dinero para cosas personales que mamá no puede comprarme. Ya sabes, pintalabios, maquillaje o tal vez un collar o algo así. ¡Por favor! ¡Papá, por favor! Así podré comprar regalos de cumpleaños y Navidad sin tener que pedir dinero".

Sylvia acababa de cumplir diecisiete años el fin de semana pasado. Sacaba buenas notas en el colegio. A veces hacía los deberes en la trastienda de la tienda. *porque su madre aún no había vuelto del trabajo y no le gustaba estar sola.* No era viernes, era miércoles. Eso es lo que estaba haciendo cuando esos animales robaron la tienda. ¡Sus deberes! "¡Oh Dios! No lo hagas. ¡Por favor no la lastimen!" Suplicó mientras la arrastraban fuera de la trastienda por el pelo. Le pusieron un cuchillo en la garganta.

Querían todo el dinero y todas las drogas *buenas*. Lo que acabó incluyendo un cargamento de productos químicos especiales. Los estaba guardando para que el laboratorio de drogas de la ciudad vecina viniera a buscarlos. Habían pedido una pequeña cantidad de los productos químicos con poca antelación para poder completar una prueba que están haciendo. Un cargamento más grande del gran almacén no les llegará hasta la semana que viene. Ya lo había hecho antes y no le había dado importancia. Se trataba en gran medida de una droga experimental, pero sólo conocía a un cliente que necesitara unas gotas en un elixir que se tomaba por vía oral.

Estos productos químicos se guardaban normalmente en su caja fuerte, pero acababa de hacer el pedido para el laboratorio farmacéutico y había metido los envases en una caja de envío. Aún no los había devuelto a la caja fuerte. El tiempo se le había escapado y se apresuró a cerrar y bajar las persianas. Pasaban cuatro minutos de la hora de cierre y debía asegurarse de que los clientes fueran atendidos y acompañados a la puerta. Cerraría todo cuando los clientes, las cerraduras de las puertas y las ventanas estuvieran cerrados.

Ahora se lo estaba pensando mejor. Pero todo lo que pensara no cambiaría el hecho de que tuvieran a su nieta. "Los mataré, si les pongo las manos encima", dijo en voz alta. Lloró hasta quedarse dormido. Y, otra vez soñó todo, todo de nuevo.

Jasper Carson, el farmacéutico, estaba cerrando por la noche. Se dirigía a la entrada de la tienda para bajar las persianas de las ventanas, y darle la vuelta al cartel para que se leyera "cerrado" desde la calle. Cuando falleció su padre y socio en el negocio, se convirtió en el único propietario. Ni siquiera tuvo que cambiar el nombre de los escaparates. Llevaban impreso "Carson's Pharmacy", hecho por un estudiante que necesitaba dinero extra. Hizo un trabajo realmente elegante.

Observó que había dos jóvenes empujando una cesta de la compra por la tienda. Llevaban unos cuantos artículos en la cesta: maquinillas de afeitar desechables, crema de afeitar, muchos caramelos y otras cosas que ahora no recuerda. Lo que sí recuerda es que se llevaron todos los artículos de la cesta.

Alguien al frente de la tienda estaba gritando. Nunca lo olvidará. "Creo que está teniendo un ataque al corazón. ¡Eh! ¡Señor! Venga a verla". Trotó hacia el frente de la tienda para ayudar a su anciana cajera, Maggie Penworthy. La encontró en el suelo, detrás de la caja registradora. Cuando se arrodilló para ayudarla, alguien le golpeó en la nuca. Al principio no supo por qué veía las estrellas. ¿Habría corrido demasiado antes de agacharse? Esas preguntas le rondaron por la cabeza durante los primeros diez segundos, antes de darse cuenta de que *"alguien me había golpeado"*. Cayó al suelo por el golpe, pero la negrura no cegó por completo su visión. No se había desmayado. Cuando recobró la lucidez, estaba mirando fijamente a los ojos sin vida de su querida amiga, y su cajera, Maggie Penworthy. ¡Oh! ¡Maggie! Lo siento mucho. Susurró mientras las lágrimas acudían a sus ojos. "*Oh querida.*" ¿Cómo iba a decírselo a su marido, su amigo de toda la vida? Sin pensarlo, alargó la mano para cerrarle los ojos. Fue entonces cuando vio la sangre en su pelo. Aspiró ruidosamente. Se puso en pie y se giró. Vio a uno de los hombres abriendo la puerta de la parte trasera de la tienda. Gritó "¡Corre, Baby corre!"

Siempre había llamado a su nieta "Baby".

Se le paralizó la lengua cuando sintió el frío metal en la nuca. "¡Eh, Pops! Dame la llave de la sala de drogas". Dijo el más alto mientras presionaba con más fuerza el arma contra su columna vertebral en la base del cuello. "Para ya, asqueroso". Dijo Sylvia retrocediendo. Se encontró de espaldas en un rincón de la pequeña habitación. Estaba frente a un hombre que tenía una media de nailon puesta sobre la cabeza, hasta la barbilla. "Quítame las manos de encima. No me toques así". Ella podía ver el contorno de su pene en la parte delantera de sus pantalones. Estaban muy ajustados. Le frotaba la entrepierna contra el muslo. Sudaba, gruñía y le lamía el cuello con su lengua grande, gorda y fea. Parecía un animal en celo.

Sabía que estaba en apuros. En ese momento, su abuelo emitió un fuerte gruñido desde la entrada de la tienda, y sonó como si hubieran volcado uno de los expositores. "¡Eh! No tenemos que hacer esto aquí. Si dejáis en paz a mi abuelo, iré con vosotros. Sin problemas. Sin molestias. Os lo prometo. Lo que queráis, pero dejadle en paz. No le hagáis daño. No le hagas daño. Es viejo. ¿Qué clase de tipos son ustedes? Metiéndose con un anciano". Dijo tratando de sacar algún tipo de piedad de su agresor. "No hay tratos aquí señorita. Te vienes con nosotros de todos modos". Dijo el más grande.

"Sois animales, nada más que animales". Estaba gritando y fue entonces cuando sintió el golpe en la cabeza. Maldición, eso dolió. Su visión se volvió oscura.

Desde la otra habitación, "Tengo la llave. Vamos a hacer esto."

"Zorra", maldijo el matón, y arrastró a Sylvia por el pelo hasta el interior de la tienda, donde la dejó caer al suelo. Yacía como una muñeca de trapo, semiconsciente. Podía ver a su padre, pero no podía hacer nada más que mirarlo. Parecía vivo. Intentó pensar en él. "¡No te muevas papá, por favor! No te muevas. Te golpearán de nuevo. No te muevas." Se desmayó. "No te muevas". Jasper se dijo a sí mismo. Por alguna razón parecía urgente que no moviera un músculo. Se sentía en peligro. Él siempre decía: "Sigue siempre tus instintos. Puede que te hagan sentir tonto, pero es mejor ser un tonto vivo, que un héroe muerto". Se quedó donde estaba. No le prestaban atención, así que pudo observarlos con los ojos entrecerrados. Lentamente, giró la cabeza y fue capaz de ver la mayor parte de lo que estaba pasando.

Estaban saqueando la sala de suministro de drogas. Saqueando y tirando al suelo todo lo que no querían. Aplastando cápsulas y pastillas bajo sus botas militares. Se llevaron dos cajas grandes de suministros y medicamentos. Dos o tres cartones de jeringuillas, las que entregaba a los diabéticos, para su insulina. Había algunas con agujas más grandes que se utilizaban para medir, cuando él preparaba fórmulas especiales. También había frascos de insulina aplastados bajo los pies cuando los animales revolvían la habitación. Un desastre tan grande creado en tan poco tiempo.

Sylvia estaba allí, en el suelo, justo delante de él. Su corazón dio un vuelco cuando su visión se aclaró lo suficiente como para verla. Intentó desesperadamente proyectar sus pensamientos hacia ella. No tenía ni idea de si era posible hacer algo así, pero tenía que intentarlo de todos modos. ¿Cariño? Cariño, ¿estás bien? Dios mío, por favor, que esté bien.

Cuando se dispusieron a marcharse, se llevaron a Sylvia con ellos. Uno de los hombres del grupo se acercó, la levantó y se la echó al hombro como si fuera un saco de grano. "Esta es mía". Dijo mientras se dirigía a la puerta "Puedes quedártela cuando termine". Su risa hizo llorar a Jasper. No podía ayudarse a sí mismo ni a nadie. El dolor era casi más de lo que podía soportar. Se le escapó un grito ahogado. Apretó los labios, impidiendo que se le escapara más ruido, pero ya era demasiado tarde. El aire que había estado reteniendo, de repente lo abandonó de golpe. "¡Ahhhh!" Lo último que vio - Mirando a su Papa *que* la alcanzaba desde el suelo, *no había seguido sus instintos, se movió.* y ahora se enroscaba alrededor de una bota que le golpeaba el estómago. Ella gritó "¡Nooo! Para!" y volvió a gritar "¡Para!" mientras la otra bota le daba patadas en los brazos, intentando que soltara el otro pie. Su padre la soltó cuando algo, *no sabía qué, probablemente una bota* le golpeó la cabeza. Su cuerpo yacía tendido en el suelo, sin moverse. ¿Todavía respiraba? Se desmayó, de nuevo en la oscuridad, y se quedó inmóvil sobre el cuerpo del hombretón. La llevó hasta la camioneta que esperaba fuera.

Poco después de recobrar el conocimiento, alguien intentaba que viera unas fotos. Jasper identificó a tres hombres a partir de las fotos que le mostraron. Eran tres de los cuatro tipos que escaparon de la Prisión Estatal de Oregón.

"¡Que Dios la ayude! Estos hombres no han estado con una mujer en quién sabe cuánto tiempo". Jasper repitió su oración silenciosa. "Si todavía estás vivo - Corre - Bebé corre."

ESTA ANTIGUA CASA

La casa estaba a unos doscientos metros de la carretera. Construida hacia 1942, la mayoría de los materiales procedían de restos de madera y clavos sin doblar rescatados de las obras de la ciudad. La guerra se había llevado los pocos materiales que quedaban alrededor de la ciudad. Debido a la guerra, apenas había nada en abundancia o fácilmente disponible para construir una casa. Seguían viviendo de las raciones, como la mayor parte del país. Era la posguerra y se trabajaba con lo que había. Nadie tenía dinero, salvo los grandes contratistas, así que había que rebuscar entre sus desechos. Empalmando piezas cortas de madera, alambre o tuberías para hacerlas lo suficientemente largas.

Aprendiste a usar y reutilizar: "Entonces nada se desperdiciaba ni en la cintura". La abuela se lo contaba a menudo a la mamá del pequeño Scott. Él nunca olvidaba lo que hablaban, lo que hablaba cualquiera. Sobre todo cuando creían que estaba dormido. Los recordaba especialmente luchando y riendo en sus dormitorios. "Lo entenderás cuando seas mayor, hijo. Los mayores tienen sus propios juegos.

Su padre nació en esta casa en 1943. Creció, sirvió a su país, viajó, se jubiló después de veinte años con una pensión y luego se estableció a la edad de cuarenta y cinco años. Se casó con mamá y ella vino a vivir con ellos. Scott nació tres años y siete meses después.

Mamá había abortado cuatro veces intentando dar un hijo a papá. Para entonces, ella ya tenía cuarenta años. Por aquel entonces, los médicos no conocían los problemas especiales que afectan a los hijos de parejas mayores.

No fue hasta muchos años después cuando se estudió en profundidad la "psicología criminal". Uno nunca sabía quién era la persona con la que estaba hablando. ¿Es normal o sólo se encuentra en un estado de aceptación social que han creado las drogas?

A lo largo del camino de entrada crecían arbustos de zarzamora. La casa estaba rodeada de arbustos y árboles que habían crecido enormemente con los años. Un pequeño arroyo atravesaba la propiedad. Toda la vegetación prosperaba y crecía hasta convertirse en un pequeño oasis. La vieja casa estaba escondida de la carretera principal.

Scott era el único pariente vivo, así que pasó a sus manos cuando falleció su abuela. Nadie ha estado aquí desde que "Big Scott" fue a la cárcel por robo a mano armada hace seis meses.

Le dieron tres años, pero él y otros tres tipos se fugaron anteayer y llegaron hasta aquí en un camión robado del que se deshicieron. Esta noche, cuando entraron en la entrada de la vieja choza, todos saltaron del camión, levantaron las manos y se chocaron los cinco, dándose palmadas en la mano unos a otros. Riendo con gusto y alivio, "Lo hicimos. Lo hemos conseguido". Estaban de pie alrededor del camión, "Hora de la fiesta. Tenemos suficiente material para el resto del año".

Gran Scott coge a la chica y se dirige a la casa, y grita a los demás. "Pongan la camioneta atrás, traigan las cosas a la cocina y pónganlas sobre la mesa. No toquéis nada hasta que pueda comprobarlo".

Antes de dejarla caer sobre la cama, cogió rápidamente la colcha cubierta de polvo, la tiró al suelo y dejó a la niña sobre la cama de su abuela. *Es preciosa*. Pensó mientras se frotaba la entrepierna y se estremecía, no he *tocado a una mujer en ocho meses. Los tipos de la cárcel están bien, pero esto es de verdad.* Se volvió hacia la cocina, pensando para sí mismo. *No me va a hacer ningún bien mientras esté desmayada. La despertaré cuando haya sacado a los chicos. Seguro que ya están hurgando entre las cosas. Bastardos codiciosos.*

Sylvia oyó cerrarse la puerta. Se quedó inmóvil, por si todavía había alguien en la habitación. Escuchó si respiraba y no oyó nada. Dejó que sus párpados se abrieran ligeramente y echó un vistazo alrededor de la habitación para asegurarse de que estaba sola. Nadie, gracias Señor Jesús. Los latidos de su corazón se aceleraron y respiró aliviada. Era difícil no estornudar con todo el polvo que había en la habitación. Se pellizcó y frotó la nariz y respiró por la boca. Estuvo a punto de toser, pero lo evitó tapándose la nariz y la boca con el jersey que llevaba puesto. Lamió la superficie interior del jersey y luego lo mordió, para que el polvo quedara atrapado en la humedad en lugar de salir a través del material de punto suelto. No sabía por qué lo hacía, pero funcionaba. Miró a su alrededor y encontró el retrato de una pareja de ancianos que le sonreía. Probablemente los abuelos de los chicos. Parece que la pintura es muy fina en algunas partes. ¿La gente no sabe que no se debe usar un limpiador en una pintura al óleo? *Tiempos perdidos.* Se dijo a sí misma, mientras se acercaba a la ventana. No estaba cerrada con llave, pero estaba pintada. *Otra puerta, ¿está cerrada?* Probó la manilla lo más silenciosamente que pudo, daba a un cuarto de baño. No había agua en el retrete y los grifos tampoco daban agua. Qué sed. Tenía mucha sed. No había comido ni bebido nada desde antes de ir a la farmacia. *Papá, por favor, ponte bien.* El cristal de la ventana estaba completamente roto, como si alguien hubiera entrado en la casa por aquí. Había cristales en el suelo y en el fregadero polvoriento. Sacó la cabeza por la ventana. Podía ver una carretera, justo a través de aquellos árboles, unos quince metros más adelante. Sólo había unos dos metros hasta el suelo. Levantó la mano, se agarró a la parte superior del marco de la ventana, se levantó y metió los pies por la ventana. Soltando el marco, se dejó caer al suelo, sobre manos y rodillas. Se puso de pie y se apoyó en el viejo edificio. Se acercó a la esquina y echó un vistazo. Los hombres estaban descargando el camión en la puerta trasera de la casa. *Tengo que ir por el otro lado*, se dijo. Se giró y corrió hacia la otra esquina. *Bien, hay unos arbustos.* Al girarse de nuevo, se arrastró al principio, pero luego corrió y saltó hacia el follaje, sólo para descubrir que eran zarzas. Una docena de preguntas estúpidas y sin importancia revolotearon por su mente. ¿De qué tipo? - Zarzamora a mi favor- "Ouch" Se dio una bofetada.

Mano sobre la boca, y al hacerlo se dio cuenta de que su jersey estaba enganchado en espinas de una pulgada. ¡Hermano oso! Te pedí que no me arrojaras al zarzal. Cuanto más se movía, más se enganchaba. Era inútil. Se quitó el jersey. Tenía tres grandes arañazos en un brazo. Tenía una espina rota en el sujetador. Se la clavó en el pecho y trató de arrancársela. *No pude agarrarla. Más tarde, cuando tenga más tiempo.* Tiró de la tela del jersey y se dio por vencida. Estaba demasiado enredado para sacarlo. No le daba vergüenza llevar sólo un sujetador. *Cubre más que la parte de arriba de mi bikini. ¿En qué estoy pensando? ¿Avergonzada?* Susurró, aturdida. *Tengo que salir de aquí. Muévete Sylvia. ¡Corre, pequeña, corre!* Los recuerdos amenazaban con abrumarla. Sacudió la cabeza para dispersarlos y rezó. ¡Abuelo! Por favor, ponte bien. Dios mío, ayúdame. Por favor. Se reprendió a sí misma. ¡Muévete, niña! Sal de aquí. Muévete aunque esté mal. Muévete ya.

Miró a su alrededor y vio una zanja por la que se deslizó. El fondo estaba embarrado y resbaladizo por la lluvia reciente. Perdió pie y se agarró a unos hierbajos altos que crecían allí. No le sirvieron de nada. Se desprendieron de la tierra húmeda, con raíces y todo. Aterrizó de lado con un golpe sordo y un aplastamiento. "¡Mierda!" Siseó y volvió a taparse la boca con la mano. Al apartar la mano de la cara, vio que estaba cubierta de barro. Eso le dio una idea. Recogió un poco de barro y se lo untó en los brazos, las piernas, la cara y el pelo.

Como Rambo. Se dijo a sí misma. *Si no me ven, no me encontrarán. Maldita sea, esto no me va a sentar nada bien en el pelo.* Siguió así hasta que quedó cubierta de barro.

Tenía que darse prisa. La encontrarían perdida en cualquier momento. Salió de la zanja pero se mantuvo alejada de los arbustos de bayas. Se agachó y corrió paralela a la calzada, manteniéndose detrás de los arbustos. Al final de la zanja había una valla. Tuvo que apretujarse entre el poste de la valla y los arbustos. Las espinas se clavaron profundamente en su espalda al deslizarse. Esta vez no hizo ningún ruido.

Se levantó, se enderezó la espalda dolorida e hizo una mueca de dolor ante los nuevos arañazos. Creyó sentir sangre goteando, ¿o era un insecto que se arrastraba sobre ella? No importaba. Gritó mentalmente: "*Viene un coche*". Estaba a un kilómetro de la carretera. No quería que sus captores la vieran, así que se escondió entre unos hierbajos altos al borde de la carretera. "Les haré señas cuando se acerquen", se dijo a sí misma.

Cuando retrocedió hacia la maleza, un brazo la rodeó por la cintura. Tiró de él y se soltó. Se dirigió hacia la carretera y empezó a agitar los brazos hacia el coche que se acercaba. Esta vez por el pelo, y la tiraron al suelo, entre la maleza.

"¿Qué fue eso querida? ¿Has visto... a un lado de la carretera?". Mientras la pareja pasaba, el marido aseguró a su mujer que era. "*Sólo un animal, querida. Asustado por nuestro coche. Seguro que se ha escapado*".

Sonrió. "Sí, querida. Seguro que tienes razón. Parecía marrón por todas partes", dijo mientras se alejaban por la carretera.

Ed y Carol Palmer no querían ir despacio de todos modos. Tenían que llevar sus provisiones a la tienda. Eran dueños de "Palmer's Catchall". Una pequeña tienda a unas veinte millas por la carretera, en Wide Creek, Oregón. Hicieron un buen negocio. Tenían casi todo lo que necesitabas. Si no lo tenían, te lo encontraban. Eso es lo que estaban haciendo ahora. Volviendo a casa después de conseguir un pedido especial para alguien.

"¡Ahhh! Ahhh!" dijo una voz detrás de Sylvia. "No te muevas". Le ordenó. "Debes hacer todo lo que se te diga. El gran hombre, se vuelve loco si *alguien* se niega a cumplir sus órdenes".

"¿Entonces por qué te quedas? ¿Simplemente te vas?" Me preguntó.

"¡No! Nunca haría eso. Este hombre tiene mi lealtad. Me sacó de las fauces de la muerte. Nunca apuñalaré por la espalda a este hombre".

"Vale, entonces háblame. Hazme entender". Me suplicó.

"Scott me salvó la vida. Él hace las maldades. Lo disfruta". Contó y luego continuó. "Le debo mi vida. Es suya". Se señaló el corazón con el puño cerrado en el pecho. "Mi trabajo es procurar que nadie le haga daño. Debes encontrar otra forma de detenerle sin hacerle daño ni matarle. No tendréis éxito contra él mientras yo respire. Debes matar al *mal*, no *a él*. Te aseguro que los *dos no* son lo mismo. No está bien matar a uno para que muera el otro. Te aseguro que el hombre que ves es sólo… una cáscara, una marioneta para el malhechor. No trates de destruir a este hombre. ¡Por favor! Y, te lo *advierto*. Te detendré.

Mientras la obligaba a volver a la casa. "No puedo volver sin ti, o él me matará. Mi vida es suya, pero me aseguraré de que no seas *tú* quien le haga quitarme la vida".

"¡Eh! ¿Qué pasa aquí? ¿Quién va ahí?" Gritó uno de los chicos desde el porche delantero. ¿Qué tienes ahí, Rosco?"

"Nada que te concierna Grego".

Grego: diminutivo de Gregory, un hombrecillo *dulce* que aprendió a sobrevivir dentro de la cárcel. Sus compañeros de prisión le habían colgado 'Grego' hace años. Nadie se mete con Grego excepto Tuc, ahora que están fuera. Tuc: diminutivo de Tucker que es otra historia, por sí sola.

"Esto pertenece a Big Scott". Rosco dijo y continuó hablando en voz baja a Sylvia. "Presta atención a mis palabras ahora, o es la muerte para ti. Una muerte muy dolorosa, como ninguna otra".

"Es *un honor* que me digas estas cosas". Ella le contestó bruscamente. Hablando muy rápido, entre dientes dijo. "Una muerte dolorosa contra una muerte muy dolorosa. Sé que no me vais a dejar vivir. No pueden dejarme vivir. Así que, depende de mí, cuánto tiempo puedo soportar el dolor. ¿Qué hago entonces, cuando ya no pueda soportar el dolor? ¿Qué? ¿Ser una chica mala y que me mates para acabar con mi sufrimiento?". Dijo forcejeando contra la mano de él, llena de su pelo. Rosco es un pie más alto que el metro setenta y cinco de Sylvia, así que todo lo que tiene que hacer es levantar hacia arriba. Y sus pies abandonan el suelo. "Te pedí que me hicieras entender. No lo has hecho, ¿verdad?". Dijo acusadoramente.

Rosco no dijo ni una palabra más, sino que la llevó, cogida por el pelo, escaleras arriba, hasta el porche delantero. Se quedó allí, sosteniéndola como un trofeo, en el umbral de la puerta.

Scott salía del dormitorio, justo después de descubrir que ella ya no estaba allí. Se notaba que estaba cabreado, por la expresión de su cara. Acababa de abrir la boca para gritar su ausencia, cuando la vio. De la ira a la repugnancia en una fracción de segundo.

Cuando Sylvia vio el repentino cambio en su rostro, su corazón se paró por segundo y tercer latido. "*Dios mío*", pensó. "*Este tipo está totalmente loco. Chiflado, ¡aquí no! No sólo hace el mal. Él es el mal*".

"Llévala al arroyo de atrás y báñala para quitarle esa mierda". Le dijo a Rosco. "Recuerda", reprendió, "No la toques, Rosco. Ella es mía primero".

"Por supuesto, no será de otra manera. Tú guías, yo sigo". Rosco recitó por enésima vez.

"Te arrastras muy bien, Rosco". le espetó Sylvia, mientras se dirigían al pequeño arroyo situado a unos ochenta metros detrás de la casa.

"No tengo deseos de morir. Hasta que pueda salvarle la vida, haré lo que haga falta para seguir vivo". prometió Rosco.

"Eso podría tomar toda una vida Rosco, Mira al tipo. Es grande y está loco. ¿Quién en su sano juicio va a ir contra él?" Sylvia preguntó. "Alguien más fuerte, o más loco que él". Respondió Rosco.

tipo del que tengo que cuidarme, porque vendrá a por mí primero para llegar a él. "¡Sí! ¡Sí! Trabajo de por vida, Rosco. Eres un tipo muy leal". Ella bromeó

a él. Sabía que no debía reprenderle así. Pero, ¿qué podía perder? Creía que iba a morir de todos modos. De ninguna manera podrían dejarla ir ahora que podía identificarlos. "¡Así que! ¿Cuántos tipos han intentado matarle hasta ahora? ¿Aún no le ha pagado?" Soltando su pelo, y agarrando su mano. Rosco enrolló una pequeña cuerda alrededor de su muñeca. "Los arroyos de ahí abajo, no intentes nada. Límpiate y te daré tu intimidad, o la perderé si tengo que hacerlo por ti", dijo, casi paternal. Siguió hablando. No podía evitarlo. Se dirigieron al agua helada. Le gustaban sus agallas. "Sobre todo es el barro lo que no le gusta, especialmente en tu pelo. Su mujer siempre quería que pasara los veranos de vacaciones en algún baño de barro termal. Fueron tres años seguidos. El tercer año ella no volvió, por eso él estaba en la cárcel, además de los cargos por robo.

Estaban teniendo sexo en el baño de barro". Le informó.

Ella interrumpió. "Qué asco. ¿No es antihigiénico? ¿No tienen que usar otras personas el mismo barro?"

"Cuando terminó". Rosco la fulminó con la mirada por la interrupción. "Descubrió que su cabeza se había deslizado bajo el barro demasiado tiempo. Afirmó que pensaba que estaba durmiendo, como siempre hacía después del sexo. ¿Cómo iba a saberlo con tanto barro por todas partes? Siempre tenía los ojos cerrados en la cama, ¿por qué no en el barro? No quería que le entrara nada en los ojos". dijo Rosco.

"El Jurado no se lo tragó. Yo no soy su juez. Lo declararon culpable de homicidio involuntario y robo cuando robó dinero de otros huéspedes que habían dejado sus objetos personales *bajo llave*, (pensaban) en las duchas y vestuarios".

Acabó como pudo, teniendo en cuenta el agua helada, la falta de jabón y la maldita cuerda que tenía atada. *La maldita cosa se ponía más tensa y rígida con el agua fría. Le estaba entumeciendo la mano.* Tiró de ella hacia la casa con la cuerda. Cuando entraron en la casa por la puerta de la cocina, Scott agarró la cuerda y la arrastró hasta el dormitorio. Por el camino le arrebató un par de cervezas, dos sándwiches preparados y luego la arrojó sobre la cama con la comida y la cerveza. Le cortó la cuerda cuando vio que sus dedos se estaban poniendo azules, como ella se quejaba.

Pensando para sí misma. ¡Qué bien! Esas sucias mantas se han ido'. Mis alergias-. Todavía con el cuchillo en la mano, Scott se sentó en la cama con las piernas cruzadas, apoyándose en las estanterías que formaban un cabecero sobre la cabecera de la cama. Abrió uno de los bocadillos y empezó a comer. Después de lavarse parte del bocadillo con una cerveza. "Los he traído para ti -le dijo, señalando la otra cerveza y el bocadillo con el cuchillo-. Eso es todo lo que

conseguir, así que cómetelo *ahora*".

Sylvia pensaba con rapidez. *Intenta entretener a este tipo. No le cabrees. ¡Por favor! No quiero sentir dolor. ¡¡¡OH!!! ¡¡¡Dios, por favor!!! Ayúdame.* Cogió el bocadillo y se puso a juguetear con el precinto de plástico del paquete. Tenía los dedos fríos y entumecidos por el agua helada. Sólo llevaba puesto el sujetador, los vaqueros y las zapatillas de tenis, que estaban empapadas y frías. El cuchillo pasó por delante de ella y desapareció antes de que pudiera reaccionar.

Había perforado el plástico del envoltorio de su bocadillo. Pensó para sí misma. *Demasiadas evasivas.* Se aclaró la garganta, seca y nerviosa, mientras despegaba el envoltorio de plástico del bocadillo. Antes de que pudiera darle un mordisco...

"Agarra esa cerveza". Scott instruyó. Ella hizo lo que le dijo. "Mantenla firme contra tu rodilla". Dijo mientras usaba la punta de la cuchillo para abrir la tapa.

"Eres bastante bueno con esa cosa". Sonrió nerviosa.

"No me hagas enseñarte lo bueno que es, cariño". Se jactaba. "Haz *lo que* te digo sin discutir y nos llevaremos bien. ¿Cómo te llamas?"

"Sylvia", dijo. "¿Cuál es el tuyo?"

"Scott", ofreció, "Apellido también, vamos", sondeó, rotando. "Scott", ofreció, "Apellido también, vamos", sondeó, rotando el cuchillo una y otra vez en una mano.

"Tempest, Sylvia Tempest." Ella dijo. "¿Cuál es *tu* nombre completo?" "Scott. Big Scott' es todo lo que necesitas saber.

Respiró hondo y habló. "Déjame decirte ahora mismo, que si estás planeando tener sexo conmigo trata de recordar, que soy nueva en esto del sexo. Por favor, no te enfades si no lo hago bien".

"HA! HA! JA!" Estalló, sorprendiéndose a sí mismo. "Buen intento pequeña. ¿Te enseñan eso en clase de defensa personal? ¿Conseguir que el tipo sienta pena por ti? ¿Alguna vez te han dicho que una vez que un *hombre de verdad* se apodera de ti, te arruina para cualquier otro? No querrás a nadie más, porque él era tan bueno. Nada más es tan bueno. Te deja deseándolo aunque sepas que volverá a hacerte daño". Dijo asintiendo con movimientos cortos y lentos de la cabeza, luego bajó la barbilla y levantó las cejas. Se inclinó directamente hacia su cara.

Se sentó con las piernas cruzadas, en diagonal frente a él. Estaba apoyada en un poste a los pies de la cama, tratando de poner la mayor distancia posible entre ellos. Entonces, al instante, las cosas cambiaron. En el tiempo que tardó en inclinarse al otro lado de la cama, su rostro cambió totalmente. Supo que había conocido al *otro*. Al *malhechor*. Supo, en un instante, *que* no opondría resistencia. No podía, no quería bromear con él. ¿Qué podía hacer? Bromear siempre había sido su defensa cuando se encontraba en una situación en la que se sentía incómoda. Hacerse la dura era su defensa más poderosa frente a los matones del colegio. Era obvio que esta situación requería algo más. Este no era el hombre que le había dado el bocadillo y la cerveza hacía unos momentos.

Se le echó encima en un instante. Le había agarrado los tobillos cruzados y tirado de ella por la cama hacia el centro. Con una mano le sujetaba los tobillos y con la otra le metía la mano por debajo de las piernas.

¡Querido Dios! ¡Ayudadme! ¡Mi cuerpo me está traicionando! Gritó dentro de su cabeza. "Mmmm - esto no se supone que se sienta - bien, pero-." Intentó resistirse. "Mmmm." Gimió involuntariamente. Descubrió que su zona pélvica se levantaba, empujando contra su mano. Gimió cuando sus caderas adquirieron un ritmo sensual y se ofrecieron voluntariamente a girar. Llegó al clímax. Estaba fuera de sí por la vergüenza, el pudor y el miedo, todo envuelto en esas maravillosas y lujuriosas sensaciones que aún la recorrían. Respiraba con dificultad, jadeando. Él estaba tumbado a su lado y la miró a los ojos. Era demasiado, se desmayó. En cuanto él habló, ella se despertó, pero fingió estar inconsciente.

"¡Eh!", se sorprendió. "Joder, debo de ser bastante bueno". Esperó un minuto entero y luego la sacudió. "No es la hora del descanso, todavía estás vestida. Ahora quítate esos pantalones. Aún no hemos terminado". Ordenó, puso la punta de la hoja del cuchillo debajo de cada tirante del sujetador y los cortó de uno en uno. Por último cortó el sujetador, entre sus pechos con un movimiento de su muñeca.

"Tengo que levantarme de la cama para poder quitarme los vaqueros". Me aconsejó.

Soltándole los tobillos, la empuja fuera de la cama con el cuchillo.

También se levantó y se quitó la ropa.

Después de quitarse los zapatos, los vaqueros y las bragas mojados y fríos, se quedó allí temblando. El gran Scott era más grande que cualquiera que hubiera visto antes.

"Ahora mírate en el espejo. Sé que te has mirado en el espejo antes. Te has tocado antes. ¿No es así? No mientas, lo sabré". Me pinchó.

"Es natural que un humano se explore a sí mismo", dijo con sinceridad. "DE ACUERDO". Dijo pacientemente. Él se excitó mientras ella seguía sus órdenes de posar en diferentes posiciones para su inspección.

Hizo lo que le dijeron. Se miró en el espejo mientras él la tocaba aquí y allá. Se le agarrotaron las piernas y casi se cae de la silla en la que él le había dicho que se sentara. Lo vio, cuidándose y pensó. *Qué bien. A lo mejor me deja en paz. No quiero que se enfade conmigo. Todavía no se ha acostado conmigo.* Se escucha a sí misma diciendo. "Ahora. ¿Qué puedo hacer por ti?" ¡Oh! Dios mío. Lo siento. Estoy tan confundida. No quiero que se enfade conmigo. Lo siento. Tengo miedo del dolor que podría hacerme sentir.

"Nada", dijo caminando hacia la puerta y la desbloqueó. Sacó la cabeza y le dijo a Rosco. "Trae a Tuc aquí".

¡Oh! ¡Dios, no! ¡¡No!! ¡¡No!! Las lágrimas brotaron inmediatamente de sus ojos.

Sostuvo la puerta hasta que Tuc llamó para entrar. Cuando llamó, Scott le habló al oído.

Ver a los dos hombres hablar en voz baja le puso los pelos de punta. Su situación había cambiado. Tuc, el hombre que hablaba con Scott era más alto que el metro setenta y cinco de Scott por unos cinco o más centímetros. *Es un gigante. Debe pesar trescientas libras. Ni un gramo de grasa en esos músculos de ébano.* La miraba por encima del hombro de Scott y asentía con la cabeza lentamente, escuchando las instrucciones de Scott.

"Tráenos a todos unas cervezas frías cuando vuelvas". Dijo, mientras Tuc se daba la vuelta para salir de la habitación. Scott dijo:

"Cuando Tuc vuelva aquí, vamos a tomar una cerveza fría y conocernos mejor". Me dio instrucciones. "Tucker, no le llames así a la cara. Tuc tiene un deseo muy profundo de estar contigo. Vas a dejar que haga *lo que* quiera. ¿Entiendes?", dijo casi amistosamente.

"Sí, señor". Por *favor, no dejes que me haga daño*. ¡Por favor! Dijo tirando de la sábana, para cubrirse. No se movía con él sentado encima.

Bajó la mirada y sonrió ante sus esfuerzos. "¡Ah! ¡Ah! ¡Ah! No tendremos nada de eso tampoco señorita. Sube aquí a la cama y te prepararemos para él". Dio una palmada en la cama.

De mala gana, se subió a la cama y se sentó con las rodillas juntas en la esquina.

La agarró del brazo y la hizo girar como si fuera un peso pluma. La agarró de la pierna y la arrastró hasta la cama, junto a él, donde se sentó apoyado en el cabecero.

Ella no sabía lo que él tenía en mente hasta que hizo lo que le decía. Mientras se sentaba, su mano volvió a masajearla. "Mmm" Susurró un gemido.

"Mírame a la cara. Mírame a los ojos", giró la cara siguiendo las instrucciones. Su otra mano estaba ocupada cuidándose mientras observaba el cambio que se producía en su rostro y en sus ojos.

¡Ahhh! ¡Mmmm! Ella gimió con la conmoción de las nuevas sensaciones. "Ponte a cuatro patas", le ordenó impaciente.

Mientras él continuaba, ella se encontró empujando contra él. "Mmm mira la avaricia que tiene esta niña/mujer". De repente saltó de la cama y echó un chorro de semen por toda la foto de sus abuelos, luego tiró el retrato al suelo y gritó. "¿Ya estáis contentos?" Les escupió. "¿Os ha bastado esta vez?"

PEQUEÑO SCOTT

Los padres de Scott estaban fuera de la ciudad en una segunda luna de miel. Regresarían en dos semanas. Había dormido en casa de sus abuelos todos los veranos que recordaba. Este verano, en su primera noche allí, era una noche muy calurosa y húmeda y se metió en la cama bajo una sábana, sin nada puesto. Echaba de menos a su amigo Sammy. Solían masturbarse juntos. A ver quién disparaba más lejos. A veces se tocaban. Realmente podía disparar muy lejos cuando Sammy se lo hacía.

Sólo tenía que pensar en Sammy y se le ponía dura. Había aprendido a llevar papel higiénico (para disparar) cuando se iba a la cama. Esta primera noche, la cama temblaba de excitación. Cuando terminó, su cuerpo se calmó y dejó caer el pañuelo en la cesta que había junto a la cama.

"Eso fue encantador querida. Lo hiciste muy bien".

Se detuvo en seco. Habría salido corriendo de la cama si llevara ropa, pero no la llevaba. Así que se quedó congelado, estupefacto y sin habla. Lentamente al principio, luego rápidamente empezó a aspirar el aire que tanto necesitaba en sus pulmones.

"¿Se sintió, tan bien como se veía cariño?" No había oído a sus abuelos entrar en la habitación. Allí estaban. Abuelo y abuela estaban recostados en un pequeño sofá en un rincón de la habitación de invitados en la que iba a dormir las próximas dos semanas. Estaban justo ahí.

"Por favor, no te enfades. *Todo el mundo* se toca. Espero que no creas que eres la única persona que ha descubierto que se siente bien. Nos preguntábamos cuándo empezarías a explorarte. No estamos aquí para avergonzarte, sino para asegurarnos de que lo haces bien y obtienes el mayor placer posible".

Y lo hicieron, cada mañana y cada noche durante las dos semanas que estuvo allí.

No cejaban en su empeño. Le enseñaron cremas y lociones. Cuando tenía dificultades, sólo tenía que cerrar los ojos y visualizar a Sammy. Nunca les habló de Sammy.

La primera vez tenía doce años. Sus padres nunca le habrían creído si hubiera delatado a sus abuelos. Estaría demasiado avergonzado porque se estaría delatando a sí mismo. Las noches de cada verano se mezclaban con un torrente de emociones. Todos se retiraban temprano. El chico debía fingir que sus abuelos no estaban en el rincón oscuro. Debía tocarse mientras hacía poses que les mostraran sus placeres. Debía prolongarlo todo lo posible. Esto continuó cada verano hasta que se fue a la universidad, donde Sammy y él compartieron un pequeño apartamento.

Sammy encontró otro amor, una chica que el primer año de distancia. Le dice a Scott "Deberías probarlo. Las chicas se sienten bien".

Así que Scott lo hizo. Se casó con la primera chica con la que salió. No habían tenido hijos. No llevaban casados más que cuatro años cuando ocurrió el trágico *"accidente"*. Ahora aquí estaba él. Huyendo de la ley.

Scott estaba de pie junto a la cómoda, cuando Tuc volvió a la habitación y puso las cervezas en la mesilla de noche. Quitándose la ropa, se subió a la cama, se tumbó boca arriba y le dijo que se sentara sobre él.

Era enorme. Ella no podía... le dolía demasiado.

"Está bien pequeña, sólo apóyate en tus rodillas… ¿Tienes sed? Creo que una de esas cervezas ya está abierta. ¿Por qué no te la bebes antes de que se desinfle y se caliente? Eso es, ve allí y cógela".

Silvia tenía la garganta muy seca. No bebió más que unos sorbos de la cerveza que Scott le había dado antes. No le gustaba el sabor. No había bebido nada desde antes de ir a la farmacia después de clase. Se bebió la mitad de la lata antes de parar. "¡Lo siento! ¿Quieres un poco?" Le ofreció. "No, gracias. Ahora no tengo sed. ¿Por qué no te mueves un poco sobre mí?" Dijo con calma.

Después de unos cinco minutos. Ella lo quería. Esta vez no dolía tanto. Pronto no pudo contenerse. "Mmm, Mmm, todavía no has terminado, ¿verdad?" Sylvia preguntó.

"No pasa nada, nena, Grego tiene una buena para ti. Hizo un gesto al hombrecillo que había estado mirando desde un lado de la cama. Ven aquí, Grego". Dijo Tuc satisfecho.

Estaba fuera de la cama y tirando de la ropa de Grego. Tirando y tirando hasta que estuvo desnudo. Le empujó sobre la cama y empezó a besarle por todas partes. Él no la aguantó. Sus besos fueron suficientes para darle la satisfacción que necesitaba. Con eso y toda la bebida que había estado bebiendo se durmió después.

Su espalda desnuda era más de lo que Scott podía soportar. Se subió a la cama y la tomó por detrás. ¡Sammy! ¡Oh Sammy! Agarrándola del pelo, tirando de su cabeza hacia atrás mientras la tomaba.

Pensando para sí mismo, "Maldita sea, debo ser bueno, es la segunda vez que se desmaya. Debe haber tenido suficiente. No está pidiendo más. Probablemente está agotada". Se agachó en el suelo y recuperó la cuerda, ató su tobillo al poste de la cama. Se desmayó con el grupo en la cama.

LA MAÑANA DESPUÉS

La curiosidad, sacó lo mejor de Rosco. Llevaba levantado casi una hora. Abrió de golpe la puerta del dormitorio después de no oír más que ronquidos. "¡Os vais a quedar dormidos, joder! El olor le llegó de inmediato. Rosco le agarró la parte delantera de la camisa y se la subió sobre la boca Se lo tapó la boca y se dirigió a la cama donde yacían todos en un montón de brazos y piernas enredados. Al examinarlos de cerca, vio que de la boca de la chica salía espuma blanca. Alguien había utilizado la cama como retrete. La cabeza le colgaba en un ángulo extraño y se había hecho encima. *Uno de esos malditos tontos le había roto el cuello.* Le desató el tobillo y la tumbó sobre la colcha que había en el suelo, el polvo se levantaba en el aire haciendo dorados los haces de luz que entraban por las ventanas.

Sacudió el hombro de Scott. "Vamos hombre tenemos un problema. La chica está muerta".

Scott se revolvió y abrió los ojos. "¿Qué mier...? ¿Qué? ¿Quién se ha cagado en mí?" Rugió.

Los otros dos se despertaron inmediatamente. Con los ojos muy abiertos, intentando que sus cerebros aceptaran lo que veían.

La vejiga y los intestinos de las niñas se liberaron cuando murió. El olor era desagradable. Grego corrió al baño y vomitó en el retrete seco.

Todos bajaron al arroyo y se limpiaron lo mejor que pudieron. Se vistieron y fueron a la cocina. Eran alrededor de las siete y media de la mañana. Tenían que hacer planes. La única preocupación de la chica era *cómo deshacerse del cuerpo.*

"La casa está escondida de la carretera. Hay que abrir el agua y el gas. Pero no hay electricidad porque las luces se ven desde la carretera. Tenemos velas. Mantengan esas linternas apuntando al suelo. No necesitamos a nadie que venga a saludarnos o a vendernos una aspiradora.

Scott preguntó: "Rosco, ¿podrías ver si puedes convertir algunos de esos comestibles que compramos anoche en algo comestible? Probablemente hay algunas ollas y sartenes en el armario. Mira a ver si hay una olla para el agua caliente. Tenemos un montón de café instantáneo. También es más que probable que haya algunas tazas".

Rosco respondió sin demora. "Lo siento jefe, pero nunca aprendí mucho de cocina. Puedo hervir agua para el café instantáneo".

"Puedo cocinar un poco". Grego saltó, ansioso por salir de la habitación y alejarse del horror.

"OK." Scott dijo: "A ver qué puedes hacer con lo que tenemos".

Grego había preparado una tortilla bastante buena. Era más o menos huevos revueltos mezclados con dados de cecina, tomates y queso. Tortillas de harina calentadas sobre el quemador de la estufa. Todos dijeron que no estaba nada mal. Había una olla grande de agua caliente en la estufa. Todo lo que tenías que hacer era echar una taza de agua caliente y remover un poco de café instantáneo. *Servir tu propio café.* Eso no funcionó, así que Grego echó café instantáneo en la olla de agua. "Vamos a tener que hacer otra cosa con la comida y la cena".

Grego se preocupó. "Huevos es casi todo lo que aprendí a cocinar".

Después del desayuno, todos se sentaron a hablar del buen sexo que habían tenido la noche anterior. La niña también estaba muy excitada.

Tuc dijo que había puesto algo en la cerveza, como Scott le había pedido.

"¿Qué *fue* lo que le pusiste?" Scott preguntó.

"No lo sé. La caja decía 'laboratorios experimentales'. Estaba en uno de esos buzones de cartón que cogimos de la farmacia". Contestó Tuc.

"Bueno, fuera lo que fuera la hizo querer más, y más". Grego contribuyó. "Como la 'mosca española', la ponía cachonda. No tenía suficiente". "Tenía la esperanza de que podría hacer que se desmayara, para que todos pudiéramos conseguir lo que que quisiéramos, sin demasiado alboroto. Al fin y al cabo sólo había una como ella y cuatro como nosotros. Se volvió loca". Tuc informó a todos, y preguntó. "¿Qué vamos a hacer con ella ahora?".

PISTAS

Kathy trajo la bandeja del desayuno de Jim con una nota de los gemelos. "¡Buenos días! Espero que tengáis hambre". Dijo con una sonrisa radiante. "Veo que ya te has duchado. Te cambiaré de cama cuando terminemos de servir el desayuno". Puso la bandeja sobre la mesa, la hizo rodar hasta donde él estaba sentado en una silla. "Te veré dentro de un rato. El desayuno huele bien, mejor comer, mientras está caliente", dijo saliendo de la habitación para servir a los otros pacientes.

¿"Humm"? ¿Qué es esto? Una nota, a ver qué dice", dijo en voz alta a nadie en particular. Estaba solo, pero leyó la nota en voz alta, como si fuera a entenderla mejor si la oía en voz alta.

¡Buenos días!

Esperamos que hayas descansado bien anoche. Tenemos trabajo para usted esta mañana. Su historial muestra que ha tomado analgésicos para aliviar su dolor de cabeza por la noche. Esto le quita la oportunidad de revisar su cuaderno antes de irse a dormir. Es importante que lo haga. Por favor, revise su cuaderno esta mañana. Es muy importante que te relajes hasta que lleguemos. Hoy gastaremos mucha energía.

Nos vemos a las 10 a.m.

Ruby & Crystal

Se dijo a sí mismo en voz alta, después de leer la nota. "¿Mucha energía? Bueno, la parte de *relajarse* se me está dando *muy* bien. Tomaré una siesta después de comer "¡Buenos días Carl!" Era el capitán Kennar.

"¿Carl?" Jim sonrió. "¿Carl seguro? - Maldita sea, ¡eso es genial!".

"No te emociones demasiado", le guiñó un ojo a Carl y le puso el primer dedo delante de los labios. "El FBI está apostado justo delante de tu puerta. Se presentaron en mi despacho al mismo tiempo que estos informes llegaban a mi mesa. Querían detenerte, pero el doctor Handle dijo que sería perjudicial para tu recuperación sacarte del hospital en ese momento. Dijo que estabas haciendo terapia con un par de sus técnicos". Le informó el capitán.

"Termina de desayunar mientras está caliente, hijo. Te contaré lo que he aprendido hasta ahora mientras comes", dijo mientras acercaba una silla a la cama de Carl. "OK Capitán, déjeme oír lo que tiene". dijo Carl consumiendo hambriento su comida. "Por cierto, tengo una sesión de terapia esta mañana, los *técnicos* estarán aquí a las diez". Dijo entregándole la nota a Wayne.

Wayne asintió. "Esas son buenas noticias. Ahora aquí hay más. Tu nombre completo es Carlton Frederick Bridgeman. Tienes treinta y un años. Pelo largo castaño claro, ojos verdes. No necesitas lentes correctoras y estás dispuesto a donar todos los órganos y glándulas utilizables. Todavía estás cubierto en tu póliza de vida/salud. Por lo tanto, su estancia aquí está pagada. Su cobertura durará hasta que recupere la memoria o termine su terapia. Es una buena póliza".

"Eso me quita un gran peso de encima. Quizá parte del estrés que siento se alivie ahora que sé que no estoy endeudado hasta las cejas por toda esta ayuda que estoy recibiendo."

"Tienes ocho mil quinientos dólares en efectivo en cuanto los reclames. Eso es de tu seguro de moto. Cubre reparaciones y pérdidas personales. No creí que te importara que preguntara por tu seguro "En realidad no, es información útil. ¿Pérdida personal? ¡Ja!" Se rió.

¿Me van a pagar para que me compre una memoria nueva? ¿Qué pasa cuando encuentre la vieja? ¿Debo devolver el dinero? Lo siento". bromeó Carl. "Es broma. Ahora mismo me siento un poco *tirado*. ¿Cómo sabes todo eso de mí? Ni siquiera yo sé tanto". "Puro genio, jovencito. Puro genio". Wayne dijo mientras entregaba a Carl una cartera de cuero. Antes de soltar la cartera, justo cuando Carl lo estaba tocando Wayne sintió una sensación de hormigueo y casi un chispazo mental, cuando lo soltó.

Carl no sabía que Wayne había sentido nada, pero cuando tocó su cartera dijo. "¡Joder! ¡Esto *es mío*! Puedo decírtelo ahora mismo. Esta es *mi cartera*. Susurró casi inaudiblemente pero con emoción. "No puedo decírtelo con sólo mirarla, pero parece *mía*", dijo cerrando los ojos y tocando el cuero desgastado.

"No hagas ruido, hijo. Si el gobierno se pone curioso podría tardar tres meses en abrir esa cartera. Todavía no lo saben". dijo Wayne mientras se interponía entre Carl y la puerta abierta de la habitación. ¿Quieres que la cierre por ti? Podría pasársela a tus "técnicos" al salir. se ofreció.

"Toma esto". dijo Carl devolviéndole la cartera a Wayne después de sacar el papel moneda de ella. "No sé *qué hay* en mi pasado, *pero* quiero ser el *primero* en averiguarlo. Esos tipos parece que me comerían para almorzar. Uno de ellos incluso tiene un palillo en la boca. Fíjate". dijo Carl mientras señalaba discretamente con la nariz hacia la puerta. "Esto debería mantenerme en sodas hasta que pueda conseguir algo de dinero del seguro".

Wayne no tuvo que preguntar cuánto dinero había porque metió el dinero en la cartera vacía. Hay algo en Carl. Wayne no sabía por qué, pero sabía que el chico era inocente de cualquier delito en este caso. Le parecía tan obvio. Tampoco le gustaba que el FBI pusiera micrófonos al chico.

"¿Cómo has conseguido mi cartera?" preguntó Carl.

"El camarero lo entregó a la policía cuando no volviste a por él. Le dijo a la policía que te fuiste con unos tipos vestidos de militar. Ellos buscaron tu nombre en los archivos del DMV. Sacaron tu huella del reverso del carnet de conducir. Las huellas coincidieron con las que nos diste. Y ¡voilá! Aquí está".

¡Vaya! Esto es genial". Carl sonrió mostrando un montón de dientes. "¡Genial!" "¡Genial! Ya te digo". dijo Wayne con orgullo, luego apoyó el pie en la silla, se inclinó para atarse el zapato y habló en un susurro. "El FBI no lo sabe. Lo vas a necesitar para tu reunión de las diez". Sonrió disimuladamente. "El FBI va a armar un escándalo si se entera.

Que una de las chicas lo guarde en la caja fuerte cuando termines". Luego se levantó y dijo señalando con la mirada al baño. "Ábrelo sól durante sus momentos de intimidad. Creo que puede ser importante para su tratamiento, estar con los gemelos la primera vez...

"Esos tipos de afuera". Wayne dijo. "No voy a dejarlos solos ahí fuera. También tengo un puesto las veinticuatro horas. Algo me dice que no están por encima de andar a escondidas para conseguir lo que quieren. Y nunca les digas que no pueden hacer algo. Tendrán la regla que siguen, *cambiada* para ayer. Por lo que tengo entendido, están esperando *por si acaso* estás involucrado en el robo/secuestro de la farmacia. No quieren que vayas a ninguna parte. Hablaremos más sobre eso más tarde. No te preocupes, hijo, no te preocupes". Le dio unas palmaditas tranquilizadoras en el hombro. Carl suspiró: "Gracias, Wayne. No tengo palabras ante tu generosidad. Tu amabilidad ha aliviado mis recelos ante esta situación. Los gemelos también son otra cosa".

El intercomunicador se activó. "*Capitán Wayne Kennar por favor llame a la operadora. Capitán Wayne Kennar por favor llame a la operadora*". dijo Wayne. "¡Disculpe!" y cogió el teléfono de la mesilla de Carl. Pulsó el "0" y se puso con la operadora. "Soy el capitán Kennar, contestando a su llamada... Sí, - "¿Podría pasarme el teléfono, por favor? - Gracias". Dijo y le conectaron directamente con el Cuartel General. "Soy papá Jill, ¿qué pasa? - OK, tengo que hacer una parada en el camino, pero estaré allí en breve. Gracias, cariño". Colgó el teléfono. "Creo que mi hija está tan ansiosa por ayudar en el caso como yo. Se llama Jill. Trabaja en el departamento. Desde hace tres años". dijo Wayne con orgullo mientras su sonrisa se ensanchaba y luego se transformaba en un ceño fruncido.

"Fue herida en el mismo accidente que se llevó a mi mujer... su madre". Dijo, tragó saliva y se quedó inmóvil unos segundos. "Ahora va en silla de ruedas, pero eso no la frena". Inclinó la cabeza llena de recuerdos.

Carl ladeó ligeramente la cabeza. "¿Qué hace allí?"

"Es telefonista". Levantó la cabeza sonriendo con orgullo. "Y despachadora de radio. Atendió la llamada de emergencia de Danny Coachman justo después de que te viera salir volando de aquella furgoneta. Está enganchada a este caso desde entonces". Wayne dijo con orgullo. "Creo que ella pensó que Danny estaba bromeando al principio, porque ella le preguntó. '¿Quién echaría a otro?' ¡Que Dios la bendiga! Es muy independiente. Incluso tiene su propio apartamento". Se jactó. "Las gemelas han sido un 'envío de Dios'. La han levantado espiritualmente. Ella pensaba que el accidente había sido culpa suya. Pensaba que *su* castigo era *salvarse*. Así *tuvo que ver* el dolor, y dolor que le había causado la muerte de su madre. Le mostraron la verdad sobre la vida y la muerte. Ahora está bien. Gracias a Dios...". Hizo una pausa. "¡Oye! Escucha, tengo que irme, tengo más respuestas esperando en la estación.

"¡Gracias de nuevo, Wayne! Avísame si encuentras *algo más*. Por favor". suplicó Carl.

"No te preocupes, hijo. Serás el primero, justo después de mí". le aseguró Wayne. "¿Has terminado de comer?"

Carl estaba sentado mirando fijamente a la nada. Respondió mentalmente "¡Mmm! Sí, la comida es mi último pensamiento ahora mismo".

"Puedo entenderlo. Deja que te saque esta bandeja", se ofreció Wayne. "Necesitas descansar un poco, antes de que lleguen las diez. Los gemelos son muy puntuales". Con la cartera en la mano, Wayne cogió la bandeja guardando la cartera debajo y salió de la habitación, pasando junto a los dos agentes federales. Asintió y habló con su hombre mientras se marchaba. "Buenas noches, Thomas".

"Buenas noches, señor". Thomas asintió.

dijo Wayne en voz baja. "Mantente alerta hijo. No me fío de estos tipos. Consigue que una de las enfermeras esté con él si necesitas un descanso", advirtió. "Si pasa algo, *llámame* cuanto antes a la comisaría. Pueden encontrarme. Estos tipos no tienen ninguna razón para estar dentro de esta habitación. Recuerden eso de 'ninguna razón'".

"Sí, señor. Comprendo. ¿¡Capitán!?" Dijo el oficial que había sido asignado para acompañar a Jim la noche anterior, para asegurarse de que tenía toda la atención de su jefe. Porque lo que dijo a continuación fue apenas audible. "Señor, mi sustituto tendrá que ser informado antes de llegar, porque no puedo dar órdenes verbalmente mientras los demás agentes estén presentes. No quiero dejar mi puesto para transferir la información. Señor".

"Muy buen joven. Estoy impresionado". Wayne sonrió ampliamente al novato. "Muy pronto tú también podrás ser agente del FBI". dijo Wayne y dio un ligero golpecito en el brazo del joven. Tenía una buena relación con sus hombres. Le guiñó un ojo al chico.

"Gracias, pero por favor señor, no quiero terminar como esos tipos. Nadie te quiere porque te tienen miedo". Thomas puso cara de disgusto fingido. "Buenas noches, señor". Añadió con una sonrisa que desapareció, mientras volvía al servicio.

VIAJE

¡Carl! ¿Carl? No reconoció su nombre, así que Ruby puso su mano en su brazo. Se revolvió un poco, se puso de lado y murmuró. "Está soñando". Le dijo a Doc Handle, que estaba junto a Crystal al otro lado de la cama. Doc rodeó el brazo de Carl con un manguito, pero no lo apretó. Quería poder tomarle la tensión rápidamente en caso de necesidad.

Doc también tenía preparados tres medicamentos diferentes por si eran necesarios. Había recibido los resultados de los análisis de sangre. Había una gran cantidad de un producto químico poco utilizado, además de otros dos en su sistema. Se utiliza sobre todo en unidades psiquiátricas con pacientes incontrolables. Permite que el cuerpo funcione, pero no el centro del miedo del cerebro. Apaga casi por completo la mente psicótica. Una persona con esta medicación puede parecer y actuar con cierta normalidad. Sin ella, sería un peligro para sí misma y para todos los que la rodean. En raras circunstancias, si alguna vez se aprueba su distribución en farmacias. Ahora mismo, está restringida a centros institucionales donde el paciente está bajo supervisión constante. No se han realizado estudios sobre el efecto que tendría en una persona con patrones de comportamiento normales."

"Esta droga tarda mucho tiempo en abandonar el cuerpo cuando se utilizan pequeñas dosis" informó Doc a todos. "Carl tenía una gran cantidad en la sangre. Sólo Dios sabe cuánto tardará en salir de su cuerpo. ¿Habrá daños permanentes? ¿Qué podría poseer a alguien, para inyectar una droga que no sabía lo que era en otra persona?". Sacudió la cabeza; no podía entenderlo. "Reconozco el mal cuando lo veo y puedo decir que ha estado en contacto con esta situación".

preguntó Crystal a Doc con voz suave. "¿Lloyd? ¿Estás bien? ¿Pasa algo?"

Los gemelos conocían las sustancias químicas del cuerpo de Carl y los peligros que corría. Doc susurró. "¡Sí! Estoy bien. Sólo estoy reflexionando sobre la crueldad de la humanidad. A veces me afecta de verdad. A veces me invade la ira cuando pienso en ello. Hay gente que no es humana.

"¡Hola, Doc!" dijo Carl estirándose, bostezando y luego se detuvo cuando se dio cuenta de que su habitación estaba llena. "¡Oh! ¡Hola a todos! Se os ve diferentes con la ropa de calle. Me gusta más así, no es que vuestra ropa de hospital sea mala". Sonrió.

"Estos *son* más cómodos". Crystal se ofreció.

Ruby se aclaró la garganta para llamar la atención de todos: "¡Ejem! Creo que deberíamos empezar, mientras aún está relajado. ¿Están todos listos?"

Todos asintieron, incluido Carl.

Ruby empezó diciendo: "Carl, quiero que cierres los ojos, respires hondo y sueltes el aire tan despacio como puedas". Hizo una pausa y lo observó seguir sus instrucciones. "Eso es. Déjalo salir hasta que creas que no te queda ni un poco de aire en los pulmones. Eso es bueno.

Carl se sentía más relajado cuanto más hablaba ella.

"Ahora muy despacio, inhala por la nariz hasta que tengas cada centímetro de tus pulmones tan llenos de aire que no podrían contener más aunque lo intentaras. Eso es, siéntate, deja que tu pecho sobresalga, haz más espacio para que el aire bueno y saludable penetre en tus pulmones. Ahora lentamente, con la boca y la garganta bien abiertas. Exhala, simplemente dejando que el aire salga de ti sin empujar hasta que estés completamente vacío. Exhala lentamente, eso es. Ahora cierra los ojos. No apretados. Relájate. Así está bien. Quiero que hagas esto de nuevo, unas tres o cuatro veces más. Voy a bajar la cabecera de la cama, mientras haces esto. Si empiezas a sentirte mareado, acelera un poco el ejercicio. Probablemente estás respirando demasiado despacio".

Carl sonrió. Se sentía bien, mientras seguía respirando lentamente. Se sentía como si flotara. La relajante voz de Ruby sonaba de fondo. A partir de ese momento no se pronunció ni una sola palabra en la habitación.

Los talentos gemelos especiales de Ruby y Crystal tomaron el control. Estaban en la mente de Carl comunicándose con él.

Ruby dio más instrucciones a Carl sobre lo que iba a ocurrir durante el procedimiento. "Puede que sientas que alguien te toca el hombro, el brazo u otras partes del cuerpo, y esto no te distraerá. Sólo oirás las voces de Crystal y la mía. Aquí estás a salvo".

"El médico está aquí para asegurarse de que usted está físicamente fuera de peligro. Puede que sienta que el manguito de la tensión arterial le aprieta el brazo. Eso no significa que haya ningún tipo de problema. Está aquí para controlarte físicamente, nada más. Aquí nada puede hacerle daño".

"*Verás sin sentir* de dónde viene el dolor y nos lo contarás. Las acciones y el dolor que ves ya han ocurrido en tu pasado y no pueden perjudicarte ahora. Vamos a traer de vuelta algunos hechos que se perdieron para ti en tu pasado reciente. Hay una sustancia química en tu cuerpo que podrás detectar. Está bloqueando su memoria. Usted será capaz de encontrar otro camino alrededor de esto, a sus recuerdos perdidos. Una vez que encuentres este camino, nunca lo perderás. Es un camino fuerte. Una vez que la droga haya perdido su capacidad de bloquear tu memoria, se disipará. Tu cuerpo la expulsará de tu organismo de forma natural. Si lo entiendes, por favor asiente con la cabeza".

Carl, asintió.

Ahora oyó la voz de Crystal. "Hola Carl. Hay algo que quiero decirte. Asiente con la cabeza, si oyes mi voz".

Carl asintió.

"Bien". Crystal dijo sin mover los labios. Todo lo que ella le decía estaba dentro de la cabeza de Carl. "Ahora en vez de asentir con la cabeza quiero que digas la palabra 'sí' en tu cabeza. Te oiremos igual que nos estás oyendo ahora. Nuestros labios no se mueven. Abre los ojos y mírame ahora mientras te hablo".

Carl abrió los ojos y vio que ella hablaba de verdad sin mover la boca. Intentó pensar algo para ella, pero no pudo. Su mente tenía demasiados pensamientos intentando salir.

La voz de Ruby entró flotando y él la miró mientras se comunicaba con él. "Carl estás respirando demasiado rápido, eso consume energía. Por favor, vuelve a sus ejercicios de respiración. Cerró los ojos, decepcionado. Así es. Despacio. Profundamente. Despacio. No hagas ningún ruido al respirar. Expande los músculos alrededor de tus pulmones, no hagas que el aire empuje los músculos hacia afuera. Bien. Despacio. Cierra los ojos. Así está mejor. Vamos al sótano a buscar tus recuerdos perdidos. Imagínate entrando en una escalera mecánica cuya velocidad controlas. Tus primeros pasos van a ser lentos. Tú controlas la velocidad. Todo lo que tienes que hacer es apretar este interruptor". Le dijo mientras le ponía en la mano una *suave "bola de Nerf"*. "Este es un interruptor sensible a *la presión*, sólo tienes que apretar *suavemente* el mango para que funcione". Se lo dijo porque no quería que empleara su energía física en una herramienta mental. "Cuando entres en la escalera mecánica dinos el primer recuerdo que te venga. Mira por los escalones donde está tu recuerdo. Recuerda que estamos compartiendo. Muéstranos qué es lo primero que te viene".

Crystal y Ruby esperaban con Carl. "Toda tu memoria está almacenada ahí abajo. Relájate y avanzarás hacia tu memoria más fuerte. Hazlo". "Sólo tú puedes sacar tus pensamientos para inspeccionarlos. Necesitas sacarlo a la superficie para que podamos verlo *contigo*. No podemos verlo sin ti. Tus pensamientos privados están a salvo a menos que los saques a la superficie. Ahora caminemos hacia la escalera mecánica".

"¡Sí! Entiendo". Pensó para ellos, y sonrió.

Ruby les dijo a ambos que necesitaban un descanso. Esto es muy agotador para los gemelos.

Ruby le dijo a Carl que la *próxima vez que* se reunieran gastarían menos energía porque él ya tenía las instrucciones necesarias. Él sabía lo que tenía que hacer. Ella le entregaba una nota de *su puño y letra sólo* con la palabra *Escalera mecánica* escrita a mano. (Esto era para que el trance no pudiera activarse accidentalmente si él la veía escrita en otro lugar). Ella le mostraba su escritura a mano en su cabeza. El volveria inmediatamente a este lugar en el que estan ahora. Y, estaría en el mismo estado mental y de relajación. "Vamos a *retroceder* ahora y todo estará como estaba antes de venir aquí". Ruby informó.

Mientras todos volvían al aquí y ahora. Permanecieron en silencio, pensando para sí mismos. El Dr. Lloyd Handle apretó el manguito de presión del brazo de Carl y al cabo de un minuto dijo: "Todo parecía normal aquí".

"Hoy es nuestro día libre habitual. No son ni las diez y media. Tenemos un par de cosas que hacer esta mañana". Crystal dijo cansada: "Te diré algo. Vamos a reunirnos hoy después de comer". Hizo una pausa. "¿Digamos sobre la una? Miró a su alrededor en busca de aprobación.

Doc dijo que no creía que tuviera que estar presente en la siguiente sesión a menos que se sintieran incómodos sin él.

Ruby dijo que estaría bien. Podían llamarle si lo necesitaban. Todos iban a estar en algún lugar del hospital de todos modos.

Doc terminó de tomarle el pulso a Carl y le dijo: "Antes de la reunión de esta tarde sería conveniente que leyeras tu cuaderno y añadieras cualquier cosa nueva que se te haya ocurrido".

"¡De acuerdo, Doc! Me parece una buena idea", dijo mientras le veía salir de la habitación. Se levantó de la cama y se dirigió a la puerta de su habitación antes de acordarse de los guardias. Le preguntó a Thomas si podía traerle una Pepsi de la máquina. Thomas se negó pero se ofreció a acompañarle hasta la máquina de refrescos. "Después de todo no eres un prisionero aquí" dijo lo suficientemente alto como para que los chicos del FBI lo oyeran.

Thomas cerró la habitación, antes de que caminaran por el pasillo. Sólo hizo falta que un agente del FBI les siguiera.

Caminaban por el pasillo y pasó un tipo con dos dedos vendados, saludó con la cabeza y siguió su camino hacia la puerta. Thomas y Carl observaron al hombrecillo salir del edificio y subirse a una preciosa camioneta Chevy 1953 de color turquesa sobre blanco. Parecía estar muy bien cuidada y ambos coincidieron en que era una camioneta muy bonita. Carl pasó veinte segundos más mirando la camioneta a través de la ventanilla, antes de doblar la esquina hacia las máquinas de refrescos. No sabía qué era, pero había algo en el camión que le provocaba una sensación que no reconocía. Le hacía sentirse incómodo y no estaba seguro de por qué. Lo dejó pasar porque últimamente había tenido muchas sensaciones extrañas. *Probablemente no era nada.*

Cuando llegaron a la habitación de Carl, Thomas alargó la mano y abrió la puerta. Carl sonrió e inclinó la cabeza en señal de reconocimiento a los agentes del FBI cuando ambos entraron en su habitación y Thomas cerró la puerta tras ellos. Disculpe. dijo Thomas. "¿Le importa si me quedo un minuto? Sólo el tiempo suficiente

¿dejar que esos tipos sepan que no tienen el control? Sé que se mueren por saber qué hacemos y qué decimos aquí dentro con la puerta cerrada.

"Quédate todo el tiempo que quieras. No me importa". dijo Carl sonriendo.

"Un par de minutos bastarán, sólo como recordatorio". Thomas dijo con picardía, mientras se acercaba a la ventana. "Los tipos de la camioneta parece que están discutiendo. Todavía no se han ido".

Carl se giró para ver el camión justo delante de *su* ventana. Era un poco extraño observar a alguien que no podía verte. Observaron cómo la discusión se calmaba y la camioneta se alejaba. A Carl se le erizaron los pelos de la nuca. Sintió que se le ponía la carne de gallina en los brazos. Carl se encogió de hombros pensando que estaba escuchando a escondidas una discusión privada. No era asunto suyo. Se apartó de la ventana, se acercó a la cama y se metió en ella, cansado.

Preguntó Thomas. "¿Hay algo que pueda hacer antes de volver a la sala?"

Carl utilizaba los mandos para bajar la cabecera de la cama, se reclinó y cerró los ojos. "No. Gracias de todos modos. Creo que me echaré una siesta hasta el almuerzo". "Descansa tranquilo. Estoy fuera si hay algún problema". Thomas dijo mientras cerraba la puerta tras de sí.

Cuando Carl se quedó solo, sacó el cuaderno de debajo del colchón. Sujetó el libro entre ambas manos y cerró los ojos. No se le ocurría nada nuevo que añadir a las páginas, pero decidió repasarlas de todos modos.,

Hasta ahora, lo había hecho:

Moto - Honda 500 -En la playa/sobre un acantilado.

Tenía una moto de cross la vendí - $ para el viaje que estoy haciendo. ¿De dónde? Me siento demasiado tarde si no me doy prisa.

Tatuaje - parte superior del brazo izquierdo - una sola rosa - "Rose" es un nombre. Aguas termales - cascada - ¿Río Colorado? ¿Arizona?

Talón en punta, casi me caigo. Muy asustada. - Último recuerdo antes del parque, George y Sara.

¿Dónde está ese acantilado? ????

Furgoneta blanca - no un recuerdo - se dijo.

Sentimiento - ¿Por qué alguien me tiraría como basura?

Jugando al billar - lugar desconocido - mirando por el extremo de un palo de billar.

Veo dinero tirado a un lado de la mesa de billar. - Veo a la chica inclinada hacia atrás, con la cabeza apoyada en la pared de la esquina. Gafas de sol grandes - puedo decir que es joven. "Ella no se ve bien probablemente borracho, brazo colgando hacia abajo- piernas separadas, no muy señora de ella, probablemente desmayado. Ella no es tu problema.

Después de leer la lista, Carl se sentó en silencio deseando recordar cosas, lugares y personas olvidadas. Se echó una siesta irregular.

No había nada que pareciera claro. Había una pared que parecía estar hecha de cristales multicolores de color pastel con una superficie lisa, plana y escamosa, muy parecida a la mica. Esta pared tiene obleas muy grandes y planas u hojas como escamas. Una encima de la otra formando la pared.

La mica está emparentada con los minerales de silicato de aluminio y se divide característicamente en láminas flexibles que se utilizan en aislamientos y equipos eléctricos. A menudo se utiliza en ventanas de hornos.

Estaba arrancando uno de los cristales más grandes cuando se desprendió de su mano con poco esfuerzo, no podía ver a través de la pared debido a su grosor y a la curva del pasadizo o túnel. "¡Sí!" Se dijo a sí mismo. "Cuando lo vi desde lo alto de la colina, pude ver que hay otro lado de este muro. - Otra salida", dijo. Luego preguntó: "¿Salir de dónde? Fuera del muro o fuera de donde estaba antes de encontrar el muro". Le estaba dando dolor de cabeza.

Sin proponérselo, se vio arrastrado al *interior* del túnel. *Dentro* de la pared. Se arrastró hacia el interior del túnel, que no tardó en curvarse hacia arriba, a la izquierda, y luego volvió a curvarse en otro ángulo y dirección, y luego se estrechó. Estaba a pocos centímetros del otro lado de la pared y de su capa exterior, su salida. Estiró los brazos, pero no pudo entrar en contacto con el otro lado. Le detuvo el tamaño cada vez menor del túnel que tenía delante, y una capa de cristales como la que acababa de arrancar del otro lado de esta pared para entrar aquí. Necesitaba volver a por algunas herramientas para poder ampliar esta zona y derribar las escamas cristalinas del otro lado. Necesitaba ayuda.

Tenía los brazos estirados por encima de la cabeza mientras intentaba alcanzar el otro lado del muro. Se introdujo con las piernas en el estrecho túnel. Se había metido hasta el fondo. Estaba atascado. No había mano ni punto de apoyo contra el que empujar o tirar. ¡Dios mío! ¿Qué hacer ahora? Sentía como si la pared le hubiera rodeado. Tenía la imagen en su mente de estar atrapado dentro de una de esas "trampas japonesas para dedos". Un juguete que usaba de niño. Ponías un dedo dentro de cada extremo de este tubo hecho de hierba de cesto. Cuanto más intentabas separar los dedos, más se apretaba. No había escapatoria hasta que relajabas los dedos y empujabas en vez de tirar.

Estaba a punto de entrar en pánico cuando sintió una mano en su tobillo derecho y alguien le sacaba del túnel hacia atrás y muy deprisa. Sus ojos se abrieron de golpe y vio la bonita cara de Sara. Llevaba uniforme. La enfermera la había dejado entrar. Su mirada de preocupación se convirtió en una sonrisa cuando él abrió los ojos. Le soltó el tobillo y apoyó la mano en la barandilla de la cama.

"Hola guapa. Me alegro de verte". Carl sonrió soñoliento y suspiró aliviado por haber salido de la trampa.

Sara frunció las cejas, preocupada. Preguntó: "¿Has tenido pesadillas?". "¡Sí!", dijo él usando la esquina de la sábana para secarse la frente sudorosa. "De hecho, es la tercera vez que me rescatas de un mal sueño. Incluyendo la vez en el parque. Eso también fue una pesadilla. Muchas gracias". Dijo con voz aturdida. "¡Esta sí que fue una pesadilla!" Pensar rápido era uno de los talentos de Sara. Intentando ser alegre dijo. "¡Vale! Esta es la tercera vez. Debe estar encantado porque mira lo que vino con él. Sólo la mejor pizza para llevar de la ciudad". Dijo mientras rodaba la mesa hacia la cama. Abrió la tapa y mostró una pizza con todo menos anchoas. Tenía servilletas y pequeños platos de papel. "Todo lo que necesitamos ahora es una jarra de cerveza fría, pero eso no es una buena idea con sus medicamentos.

Cogí un par de refrescos de la máquina al entrar. "¡Hombre! Eres un ángel" Quería abrazarla. "La comida aquí no está mal, pero esto es comida de *verdad*. Lo básico para sobrevivir". Dijo sonriendo de oreja a oreja. "¡Gracias! Esto es genial". Dijo levantándose de la cama y poniéndose una bata. "Pongamos la mesa aquí y sentémonos en las sillas, las camas me están empezando a molestar."

"Le pregunté a Doc si esta idea estaría bien". Sara dijo. "Me dijo que tenía la sensación de que lo apreciarías. También me dijo que enviaría tu bandeja de comida habitual a la zona de urgencias. Suele haber alguien en la sala de espera que agradecería algo de comer". Dijo cogiendo un trozo y poniéndolo en un plato, entregándoselo a Carl. "Estoy en el descanso para comer, así que vamos a comer. Tengo hambre. He estado oliendo esta pizza todo el camino hasta aquí. Espero que no se haya enfriado demasiado". Se sirvió y le dio un buen bocado.

"No pasa nada. La pizza está buena recién sacada de la nevera a la mañana siguiente, con café caliente para ayudarte a masticar el queso duro". Dijo con la boca llena. Ella se rió y se alegró de oírle hablar de cosas triviales.

Era una forma de conocerle mejor. "Creo que mañana me toca hacer guardia delante de tu puerta", le dijo sonriendo.

"Oh bien, tal vez podamos jugar a las cartas o algo", dijo encantado. "No se puede. - El servicio de guardia significa que tengo que vigilar a los malos. Alguien intentó matarte, cosa que *no* recuerdas. Nos lo tomamos muy en serio. Es posible que vengan a buscarte. No sabemos si saben que tienes amnesia. Es más que probable que piensen que puedes identificarlos. Quizá intenten detenerte como sea". Dijo Sara seriamente. "Puede ser que estén intentando averiguar si estás viva. Deben de haber visto la ambulancia parando después de salir del parque". "Hemos mantenido esto fuera de los periódicos, hasta ahora. La prensa nos ha estado molestando sobre ti. 'Quién, qué y dónde', estamos considerando un comunicado de prensa, que diga 'hombre desconocido sobrevive a accidente de autopista y tiene memoria severa...'.

pérdida, se cree que es permanente debido al *dain bramage*".

Se dijo a sí misma. ¡*OOPS*! pensó. *Lo he vuelto a hacer. ¿Por qué no puedo hablar con este tipo? Déjalo estar. No vuelvas para arreglarlo.* Se reprendió a sí misma por sonrojarse.

Jugueteando con la caja de pizza, dijo. "Tampoco creemos que sea buena idea. Es posible, no saben dónde estás, o tal vez piensan que estás muerto". Les sirvió a cada uno otro trozo de la pizza. "Si lo supiéramos, la prensa les diría exactamente dónde estás. Los estamos reteniendo hasta que podamos saber más en la investigación". Dijo Sara con preocupación.

"¡Mmm! Algo huele bien aquí". Dijo Kathy al entrar en la habitación. "¡Pizza, oh Dios! Es un buen almuerzo temprano".

"*Está* bueno. ¿Quieres un trozo?" Sara se ofreció.

"¡No, gracias! Acabo de desayunar hace poco. Te pondré las sobras en la nevera si quieres". Kathy se ofreció.

Sara y Carl se miraron sonrientes y ambos pensaron: "¡El desayuno!". Kathy enderezó la habitación y la cama, y luego se marchó con lo que quedaba de Pizza.

Carl se sentó y se relajó después de que Sara volviera al trabajo. Volvió a leer la lista de su cuaderno y añadió.

Furgoneta blanca - no un recuerdo - se dijo.

Mejores preguntas. ¿Quién me quiere muerto?

¡Y POR QUÉ!

Carl volvió a meter el libro bajo el colchón. Justo cuando sacó la mano, la carne de gallina volvió a sus brazos. Tembló, se metió en la cama y se tapó para protegerse del frío que sentía.

LA CASA DE SCOTT

Nadie se droga ni se emborracha hasta que averigüemos cómo deshacernos de la chica". Scott dijo. "¿Quién tiene un plan?" Se recostó en la silla de la cocina con los codos levantados y los dedos cerrados detrás de la cabeza.

Rosco dijo "No importa lo que hagamos, tiene que ser lejos de este lugar. Tenemos que dejarla muy lejos", dijo mientras mojaba su taza en la cafetera para tomar más café. Estaba muy fuerte. Alguien había puesto casi la mitad de la jarra de instantáneo.

Grego rebuscaba en el escritorio del rincón de la habitación de invitados. Encontró algunas viejas revistas de piel, y algunos interesantes juguetes para adultos. "¡Hey! Scott mira esto." Gritó desde la otra habitación.

Cuando Scott entró en la habitación, supo exactamente lo que Grego había encontrado. Después de todo, ésta era *su* habitación de verano. Había pensado que sus abuelos ya se habrían deshecho de esas cosas. *Tontos sentimentales. Al menos podrían haber puesto estas cosas en el sótano, o algo así. Me pregunto qué más habrán dejado por ahí. se preguntó en silencio. Tendré que revisar el lugar.*

Pensando rápidamente, dijo en voz alta: "Debe pertenecer al tipo al que solían alquilar esta habitación". Scott miró a su alrededor e intentó, con moderado éxito, alejar los viejos recuerdos que amenazaban con inundarlo.

"Guárdalo por ahora, tenemos un gran problema. Tenemos que deshacernos de la chica lo antes posible". Volvió a mirar el escritorio- "Mira en esos cajones. Puede que haya algún mapa antiguo. A ver si encuentras uno de esta zona. La costa de Oregón servirá", dijo saliendo de la habitación. "Tráelo a la cocina cuando lo encuentres", gritó Scott por encima del hombro. "¡Y date prisa!", terminó.

Cuando Scott llegó a la cocina Tuc dijo "Antes de hacer nada hay que limpiarla, se está poniendo madura. También hay que sentarla. Pronto se pondrá rígida y será más fácil transportar el cuerpo si está sentada en vez de de pie o tumbada. Hablaba por experiencia.

Si supieras por qué Tuc estaba en la cárcel entenderías por qué Scott estaba impresionado con él. Con sólo mirar a este afroamericano de piel clara, uno no pensaría que tenía mucha inteligencia. Tenía una frente gruesa, ancha y plana sobre unos ojos ligeramente cruzados y muy separados. Una boca grande y triste llena de dientes torcidos, excepto los dos dientes frontales superiores. Parecían esos cuadrados blancos de chicle recubiertos de caramelo. Sus labios no se cerraban en el centro sin esfuerzo debido a sus dos dientes frontales que siempre estaban expuestos. Con frecuencia se pasaba la lengua por los dientes delanteros para evitar que se le pegaran los labios, sobre todo cuando hablaba. Había adquirido la costumbre de hacerlo incluso cuando no hablaba. Sus labios parecían estar siempre ligeramente agrietados. Debido a su tamaño y a que tenía la boca abierta todo el tiempo, su respiración sonaba pesada y entrecortada. La gente se sentía incómoda a su alrededor en espacios reducidos como ascensores y en habitaciones abarrotadas. Normalmente le dejaban su propio espacio. Físicamente era más corpulento que Scott, que medía cinco pies y once pulgadas y pesaba doscientas quince libras. Tuc pesaba trescientas veinticinco libras y medía seis pies y cuatro pulgadas. Había nacido hacía veintiocho años, tenía el pelo castaño y los ojos de color marrón amarillento casi dorado. Muy atractivos. Te atraen, si miras en su dirección demasiado tiempo. Un niño le dijo una vez que tenía ojos de robot hechos de metal dorado. Esto le hizo reír, y cuando le sonrió enseñándole todos los dientes, el niño salió corriendo, demasiado aterrorizado para llorar.

Sus víctimas de violación quedaban en posiciones tan diversas que parecía que estaban leyendo un libro *en la biblioteca*. Una joven pareja estaba sentada en el *autocine*, mirando la película con ojos que no veían. Ambos habían sido violados. Una estaba sentada en un rincón al fondo *de un restaurante* con gafas de sol y una comida a medio comer delante de ella. Aquí es donde estaba la mente de Tucs. Sus amiguitos. Siempre había roto sus juguetes de niño. Nunca entendió lo fuerte que era. También había roto a sus amigos. Se había vuelto muy bueno armando sus juguetes. Por alguna razón que no podía entender. No funcionaba así con los amigos con los que jugaba a veces. Hacía lo mejor que podía para recomponerlos. Luego los dejaba en un lugar donde otro pudiera encontrarlos y arreglarlos mejor. *No tan gentil este gigante*.

Scott dijo. "Esa es una buena idea, Tuc. Podríamos llevarla a algún bar o algo así por la puerta de atrás. Aparcarla en un rincón oscuro y luego marcharnos.

Grego entró en la cocina. "Scott." Espera a que Scott le mire y extiende el brazo. "Aquí está tu mapa."

"Gracias.

"Iba a dejar una en la sala de descanso, sentada en el trono, pero me metieron en la cárcel antes de que pudiera arreglarla. Quizá podríamos hacer eso". sugirió Tuc, y luego apremió a los demás. "Tenemos que darnos prisa o se pondrá demasiado rígida para trabajar con ella".

Rosco entró en la habitación después de escuchar desde la puerta. "El olor es bastante malo. Sale por debajo de la puerta. Alguien más tiene que hacer la limpieza. Soy guardaespaldas, ¿recuerdas? Además, no estaba en la fiesta cuando hicisteis el desastre". Se dio la vuelta y salió al porche a tomar un poco de aire fresco, dejando la puerta principal abierta porque toda la casa necesitaba un poco de aire fresco.

"Vale, hagámoslo los tres". Grego dijo tratando de, *"acabar de una vez"*. "Irá mucho más rápido, luego podremos pasar a las cosas serias de la fiesta". Dijo esto mientras ladeaba la cabeza en dirección al botín de la droguería. "Quizá deberíamos llevarnos algo, así podremos irnos de fiesta después de deshacernos de la chica". Grego había conocido las drogas en la cárcel. Ahora le gustaban mucho. Se levantaron todos a la vez y entraron en el dormitorio. Tuc cogió una silla de cocina de respaldo alto y se la llevó. Contuvieron la respiración y se apresuraron a abrir las ventanas, pero estaban cerradas a cal y canto. El olor era tan fuerte que les hacía llorar los ojos. Scott mandó a Tuc a buscar el viejo ventilador eléctrico de la despensa, pero entonces recordó que no había electricidad.

El agua y el gas ya estaban abiertos, así que pusieron agua caliente en la bañera para lavarle el cuerpo. Mientras Tuc y Grego la secaban, Scott buscó en el armario de su abuela. Encontró un vestido y bufanda que le quedaría bien a Sylvia. Era mejor que intentar volver a meter las piernas en los vaqueros mojados. Seguían enredados en el suelo junto a la cama. Habrá que *tirarlos*.

Tuc les ordenó que la sentaran en la silla y la sujetaran. La rodeó con cordeles y un par de cinturones del abuelo para mantenerla en su sitio mientras trabajaban en ella. La sujetaron y ataron los brazos y las piernas en posiciones informales para que, cuando estuviera completamente rígida, estuviera sentada como una persona viva. Como tenía el cuello roto, le ataron un palo de escoba a la cabeza con un pañuelo. Acabó pareciendo una hippy con una cinta india en la cabeza. Antes de ponerle el vestido, le fijaron el extremo de la escoba a la espalda. Tuc también utilizó parte del maquillaje de la abuela en la cara, los brazos y las piernas porque '*su color no era demasiado bueno*'. Cuando terminó, se quedó mirándola y decidió que, en general, no tenía mal aspecto. Sólo un poco indispuesta.

"Estoy impresionado, otra vez Tuc". Scott dijo. "Caballeros tenemos un hombre de muchos talentos aquí con nosotros". Todos chocaron los cinco con Tuc.

Tuc no podía hacer otra cosa que quedarse allí de pie y sonreír de oreja a oreja. Si te fijabas bien, se sonrojaba un poco. Scott era la única persona, aparte de sus profesores, que había felicitado a Tuc por cosas que había hecho. Ahora le gustaba a todo el mundo. Estaba orgulloso de que les gustara su trabajo. "¡Muy bien! Vamos a ver este mapa y ver dónde estamos." Dijo Rosco. Desplegó y escaneó el mapa, luego lo puso sobre la mesa y señaló. "Estamos en esta zona de aquí, y hay una carretera principal a unas siete millas al sur". Señaló de nuevo, y marcó la ruta del mapa con un lápiz de color azul que había encontrado en el cajón con el mapa. "Podemos tomar la autopista directamente a la costa. "Deberíamos poder encontrar algún área de descanso apartada o algo para depositar nuestro pequeño paquete". Es la ruta más rápida para salir de aquí y llegar a

volver. ¿Qué te parece?"

"A mí me parece bastante bien". Scott dijo y nadie se opuso. "Coged lo que queráis para la fiesta y pongámonos en marcha". Scott llenó un puñado de jeringuillas con varios medicamentos que había en la caja de envío. No reconoció algunos de los nombres de los frascos. Cogió algunas de las pastillas para sí mismo. Las que sabía que podría vender en algún callejón si necesitaba dinero por alguna razón. Sólo le quedaban trescientos setenta y siete dólares de la farmacia y del depósito del ejército. Eso no iba a durar mucho al ritmo que iban. Había cuatro

gente que alimentar, además de gasolina y aceite para el camión.

El abuelo había cuidado muy bien de la camioneta y siempre le había dicho a Scott que algún día sería suya. Scott la había encontrado bajo una lona en el garaje cuando llegaron aquí. Habían salido a dar una vuelta en ella y luego decidieron que necesitaban otra ropa. Durante el paseo, uno de los chicos condujo el camión que habían robado no muy lejos de la cárcel de la que acababan de fugarse. Habían tirado la ropa de la cárcel en el asiento trasero junto con la que habían cogido de tendederos y lavanderías.

Empujaron el camión fuera de la carretera hasta un descampado lleno de chatarra y cubierto de maleza lo suficientemente alta como para ocultarlo. Esto fue después de que asaltaran un depósito de excedentes del ejército. Sólo había un hombre en todo el lugar. Se llevaron ropa, zapatos, armas, munición y, por supuesto, cada uno necesitaba un cuchillo de lujo. No había más que cuarenta dólares en todo el lugar.

Necesitaban más dinero, así que asaltaron una droguería para comprar los artículos de la fiesta y acabaron consiguiendo algo que hacía mucho tiempo que no tenían. Una mujer. Qué delicia sería. Lástima que fuera tan frágil. Podrían haberse divertido mucho. Ahora, como no podía darse un buen revolcón, estaban buscando un sitio donde meterla. *Esto es tan inconveniente. ¡¡¡Mujeres!!!*

BAR, ASADOR Y PISCINA DE TANNER

Una hora más tarde: Estaban casi en la playa. "¿Hueles el océano?" Tuc preguntaba. "No sé a vosotros, pero a mí me está entrando hambre...".Hay un cartel que dice que tienen los mejores bocadillos de filete de la costa oeste. También tienen marisco".

Entraron a toda velocidad en un aparcamiento de grava y frenaron de golpe, levantando una nube de polvo tan grande que era difícil leer el cartel que ponía "TANNERS BAR, GRILL and POOL". Se detuvieron junto a la puerta principal, donde Tuc y Grego saltaron de la parte trasera de la camioneta. "Entra ahí y pide cinco bocadillos de carne y cinco latas de cerveza. Luego nos buscas un sitio para sentarnos junto a la mesa de billar". Scott dijo. "Estaré allí en un minuto. Vamos a aparcar detrás. Y no te olvides de abre la puerta trasera".

Estaba muy oscuro después de haber estado al sol. Tuvieron que hacer una pausa para que sus ojos se adaptaran. Al cabo de unos segundos, pasaron junto a la máquina de discos y se dirigieron a la barra. Ambos se sentaron en unos taburetes que necesitaban un nuevo tapizado. Grego hizo su pedido. Miraron a su alrededor y vieron las mesas de billar (había dos) en una sala más pequeña al fondo del bar. Grego preguntó al camarero si estaba bien llevar comida a la sala de billar.

"Sólo mantén la comida fuera de las mesas de billar. Es todo lo que pedimos". Respondió el hombre de detrás de la barra. "¿Quieres que te los traiga?" Preguntó.

"¡No! Iremos a por ellos nosotros mismos". Grego se burló del acento del camarero y sonrió. *Más que un acento, era una forma de hablar propia de la jerga.* Era algo que Grego hacía automáticamente. Ocurría sin siquiera intentarlo. Se fijó en un gran tarro de tres galones al final de la barra medio lleno de huevos en escabeche. "¿Por qué no pones unos cinco de esos huevos en un cuenco y me los llevo con las cervezas?". Grego añadió y entregó al hombre dos billetes de cincuenta dólares. "Guárdalo hasta que vea si queremos algo más. Oye", dijo curvando el dedo para acercar al hombre y como susurrando. "Tenemos una camioneta muy lujosa que estacionamos atrás, para que no nos la roben ni se metan con ella. ¿Me entiende? ¡Señor! ¿Le importa si dejo entrar a mis amigos por la puerta trasera? ¡Señor! ¿Sólo son tres?" Susurró con los ojos muy abiertos y mirada inocente, como si no quisiera que nadie más en el restaurante lo oyera.

"¡Claro que sí! Pero tendrás que abrirles la puerta. Sólo se abre desde el interior. *Puerta de incendios*, ¿sabes? Apagaré la alarma". Mientras el camarero tuviera los dos billetes de cincuenta dólares en la mano, esos tipos podrían hacer lo que quisieran. Accionó un interruptor bajo el mostrador, junto a la caja registradora, y desactivó la alarma. También lo hacía cada vez que había una entrega de suministros. ¡Demonios! No era su Bar & Grill. Sólo trabajaba aquí el tiempo suficiente para hacer dinero trav'lin. Ha estado durmiendo y viajando en la pequeña caravana que tiene aparcada detrás.

El jefe le llamaba "Buddy" y a él le parecía bien. El jefe no volvería hasta dentro de tres horas. ¿Y si Buddy se saltaba algunas normas? ¿Quién lo diría? Ahora se esforzaba por hacer los bocadillos de carne más especiales, con la esperanza de conseguir una buena propina. Estos tipos tenían dinero, camión de lujo... Todos llevaban ropa militar. Probablemente de permiso o algo así, viajando juntos.

Pusieron a Sylvia en una silla y la sostuvieron con una mesita empujada hacia un rincón, donde Tuc estuvo jugueteando con ella. Consiguió que se sentara derecha. La habían atado al respaldo de la silla con cuerdas elásticas y le habían abrochado la chaqueta para ocultarlas. Empezaron una partida de billar.

Buddy les llamó: "Su pedido está listo".

Lo trajeron y pusieron uno delante de Sylvia. Tuc se comió la mitad de su bocadillo y puso la otra mitad en las manos de ella, que estaban apoyadas en la mesa. Luego, abrió otro bocadillo, le puso mostaza y empezó a comer. Disfrutaron de la comida e incluso brindaron con la lata de cerveza de Sylvia, que antes era de Tucs, hasta que él cambió la suya por la de él.

Terminaron las cervezas y pidieron más comida, cerveza y aros de cebolla. "El cartel de fuera decía la verdad, porque estos son los mejores que he probado". Le dijeron al camarero que la comida militar *no era nada* comparada con esto. "¿Estaba seguro de que no había trabajado en un restaurante de lujo antes de venir aquí?"

Había un motorista de pelo largo apoyado en la puerta, mirando el partido y bebiendo una cerveza. Sonrió cuando Scott le miró. "¡Hola! ¿Te importa si juego contra el ganador?" Le preguntó a Scott.

"¡En absoluto! Sólo pon tu dinero en la esquina de la mesa allí". Scott dijo señalando con su palo de billar. "Me llamo Harry. Este es Rocko, él es Greg, ese es Tank y su chica Linda, está un poco agotada de la fiesta de anoche. Estamos intentando que coma antes de llevarla a casa. Estará bien.

"Soy Carl Bridgeman", dijo el motorista estrechando la mano de Harry y saludando a los demás con la cabeza. Preguntó. "¿Estáis en el servicio?"

"¡Sí! Estamos de vacaciones un par de semanas. Desde Camp Pendleton, luego nos dirigimos al sur, a Carolina del Norte". Respondió Harry y luego preguntó. ¿Y tú?"

"Me acaban de despedir después de 11 años en la empresa. Lo llaman 'reducción de plantilla'. JA!" exclamó. "Han reducido mi vida, así que me voy de viaje a la costa para reflexionar". explicó Carl.

"Suena como un plan. Ahora solo dejas caer tus monedas en la mesa y juegas al siguiente ganador". Harry dijo y pensó para sí mismo ¡Sin ataduras! Esto es bueno.

Cuando llegó el turno de Carl, ganó fácilmente. Los chicos se aseguraron de ello. Lo habían discutido entre ellos mientras le tocaba disparar a Carl. Todos habían acordado que iban a *engañar a* este tipo. *Dejarle ganar un par, luego apostar fuerte y asegurarse de que perdiera. Apuesto a que tiene dinero trav'lin en él.*

SIGNOS

Carl se despertó sobresaltado. Se dirigió al cuarto de baño y se echó agua fría en la cara. Intentaba quitarse la sensación de miedo que le recorría el cuerpo cada vez más rápido. De poco le sirvió el zumbido en los oídos. Su corazón se aceleraba latiendo cada vez más rápido cuanto más se acercaba al baño. Había puntos negros en su visión y se multiplicaron hasta que hubo un túnel oscuro alrededor de todo lo que tenía delante. Y lo que *podía* ver, estaba muy lejos. Su visión desapareció por completo. Se agarró al borde del lavabo y-.

"¿Carl? ¡Carl!"

Estaba en la cama, con un esfigmomanómetro en el brazo y alguien le limpiaba la cara con un paño frío. "Carl gimió.

"Su presión arterial está bajando Doc."

Carl alargó el brazo y agarró la mano con el paño. "Por favor, no me muevas la cabeza. Deja que se quede quieta. Gracias". Asomó un ojo. Luego el otro. "¡Eh! ¡Doctor! ¿Qué está pasando?"

"La enfermera jefe te encontró en el suelo del baño, cuando estaba enseñando el lugar a la chica nueva. Había bastante desorden, agua por todas partes. El lavabo estaba lleno y desbordándose cuando entraron. Menos mal que cada cuarto de baño tiene su propio desagüe, si no estaríamos recogiendo el agua en el pasillo.

"¿Cuánto tiempo he estado fuera? preguntó Carl.

"Entre cinco y cuarenta y cinco minutos, tal vez una hora. No sabemos cuánto tiempo estuviste en el suelo". contestó Doc, mirando su reloj mientras tomaba el pulso a Carl. "Parece que te estás recuperando bien. ¿Puedes decirme qué ha pasado?"

Carl explicó: "Tuve un sueño, una pesadilla, en la que me sujetaban contra una pared. Estaba fuera y un tipo me apuñalaba en la pierna con una jeringuilla hipodérmica y empujaba el émbolo hasta el fondo. Luego me levantaron... Entonces me desperté y fui a lavarme la cara".

"Haznos un favor a *todos*, hijo." Doc dijo con verdadera preocupación. ¿Qué es eso Doc?" "A partir de ahora, la próxima vez que tengas una pesadilla, pulsa esa llamada botón, ¿quieres?"

Carl suspiró. "De acuerdo, doctor. Intentaré recordarlo, pero estaba asustado. Estaba tan asustado y mi corazón latía tan rápido. No podía pensar con claridad".

Los dos agentes del FBI, algunos miembros del personal del hospital, el médico, la chica nueva y su guardia policial estaban de pie alrededor de su cama.

Carl miró a cada persona durante un segundo y luego dijo. "Esto es embarazoso. ¿Os importa si os pido un poco de intimidad? Me gustaría quitarme esta ropa mojada. Doc, ¿podría quedarse un momento? Por favor".

El médico hizo un gesto con la mano para que salieran todos y le dijo al último que cerrara la puerta tras de sí. Luego se volvió hacia Carl: "¿Qué pasa, hijo?".

"Bueno, Doc. Nunca le he dicho esto a nadie que yo recuerde. No creo que este sentimiento de miedo que tengo sea natural. He tenido miedo antes; sé que lo he tenido. Este miedo no es natural, porque me agarra el corazón y me aprieta hasta que no puedo respirar, como si apretara lo suficiente y me reventara el corazón como un globo con demasiado aire. ¿Tiene eso algún sentido?" "¿Has sentido que tal vez había algo dando vueltas en tu interior tu pecho?" Doc preguntó con preocupación.

"Sí. Como cuando era niño y perseguíamos y atrapábamos gallinas. Les agarrabas de las patas y sus alas batían contra ti. Tengo miedo de este miedo. Siento que quiere matarme. Como si tuviera su propia agenda. ¿Alguna vez ha oído hablar de un miedo tan fuerte antes? ¡Por favor, doctor! Dígame que puede ayudarme". Dijo entre lágrimas, suplicante.

Doc sonrió. "Sí, *puedo* ayudarte. Primero, quiero que se calme. Respira lenta y profundamente. Escúchame. Mírame". Ordenó y esperó a que el joven le mirara a los ojos. "Cierra los ojos si lo necesitas".

"No se llama *miedo*, se llama *ansiedad*". Doc instruyó "No es natural que *alguien* se sienta tan ansioso por la vida. Por eso te asusta a ti, o a cualquiera que la sienta. Tienes razón. No es natural, para alguien que vive una vida normal. Es natural que un corazón reaccione así cuando alguna parte de ti tiene problemas. Es una señal de advertencia. Con tu pérdida de memoria, me sorprende que no hayas mostrado signos de ansiedad antes de esto. De hecho, me alegra ver que finalmente reaccionas así. Me demuestra que tus defensas naturales están entrando en acción. Tu cuerpo te está diciendo que necesita ayuda. Algo va mal.

"Son buenas noticias, doc. No sabía qué pensar al respecto. Tal vez como si algo maligno estuviera dentro de mí. Metido en mi mente", dijo Carl dándose palmaditas en el pecho con la palma abierta.

"Nuestro cuerpo nos dice lo que necesita, si supiéramos escucharlo. Eso es lo que hacen los médicos. Observamos y escuchamos las señales de alarma, y sólo entonces sabemos qué hacer. Cuando tu cuerpo necesita combustible, sientes hambre. Cuando tu cuerpo necesita calor, tienes frío. En tu caso, necesitas recordar algo de tu pasado que es muy importante. Eso aún no ha sucedido, así que tu cuerpo se siente ansioso. Voy a darte un tranquilizante por ahora en lugar del sedante que has estado recibiendo. Si esto es realmente lo que tu cuerpo necesita, debería ayudar a tus dolores de cabeza también. Podrían ser dolores de cabeza por estrés. Enviaré a la enfermera con algo enseguida". Antes de que el Dr. Handle se diera la vuelta para salir de la habitación, preguntó. "¿Hay algo más que pueda hacer por usted en este momento?"

"No. Eso es todo. Gracias. Me siento mucho mejor sólo con hablar de ello". Dijo Carl, mientras se recostaba y cerraba los ojos. "Empezaba a sentir que me estaba volviendo loco. Ayuda mucho saber que alguien más lo entiende. Gracias".

Doc abrió la puerta y salió de la habitación. El guardia de policía y los agentes del FBI se encararon con él. "¿Qué ocurre, doctor? ¿Se va a poner bien?"

"Sí, sí estará bien. Creo que cualquiera de nosotros también tendría ansiedad si no pudiéramos recordar quiénes somos, o por qué acabamos en el hospital. Sólo necesita tiempo, estará bien. Disculpen caballeros". Pasó por delante de sus caras expectantes y se dirigió a la enfermería para pedir la medicación de Carl.

Las gemelas estaban en la comisaría cuando llegó. Crystal dijo: "Nos acaban de informar de que Carl ha tenido un problema hace un rato". Luego preguntó notando la preocupación en el rostro de Doc. "¿Crees que es prudente, seguir adelante con la sesión de esta tarde?"

"Creo que cualquier cosa que hagas le ayudará. Está sufriendo las frustraciones y ansiedades de su pérdida de memoria. Es difícil imaginar su sentimiento de pérdida. Si aprende algo de esta sesión, será beneficioso para él. Me gustaría que esperara por esto. Es un tranquilizante en lugar de su medicación habitual". Dijo Doc y le entregó a Ruby la receta. "Puedes dárselo, antes de empezar. Probablemente ayudará a que las cosas vayan un poco más suave. Lo anotaré en su historia clínica, pero asegúrate de poner tus iniciales cuando termines". Dijo, y luego se excusó.

Las gemelas pasaron por la farmacia del hospital a por el tranquilizante antes de ir a ver a Carl. De camino a su habitación, compartieron pensamientos sobre lo que intentarían hacer hoy. Ambos esperaban buenos resultados. Ambos sabían que Carl era una persona especial. Todos los que estaban en contacto con él respondían positivamente.

Cuando las gemelas se acercaron a la habitación, los dos agentes del FBI se pusieron firmes. Las chicas hacían eso a la gente. Había algo magnético en ellas. Ambas eran hermosas a su manera. La combinación del pelo rubio casi liso y blanco de Cristal, que le llegaba casi hasta la cintura y ondulaba como una cascada al caminar, y el pelo rubio fresa y ondulado de Ruby, que le caía en cascada por la espalda y ondulaba al caminar como si fuera líquido, era impresionante. A menudo la gente dejaba de hablar y a veces incluso de discutir para verlas pasar. Al hombre corriente le asaltaban pensamientos de magia, hechicería y fantasía. Se tropezaban con ellos mismos tratando de ser varoniles y educados. Las gemelas iban hoy de paisano, lo que siempre resultaba mágico para cualquiera que las viera. Ya fuera hombre, mujer o niño. Hay ciertos niños que las llaman 'Las Damas Ángeles'. Sus auras eran espectaculares para cualquiera que pudiera verlas, especialmente cuando las dos estaban juntas, que era la mayor parte del tiempo. Normalmente, cuando trabajaban, llevaban uniforme y el pelo recogido con horquillas, pasadores y gorros de enfermera. Era muy profesional en apariencia, nada fuera de lo común. Sólo dos mujeres muy hermosas.

Soltarse el pelo fuera de los confines artificiales, agrandaba sus auras. Cuando estaban juntos, sus fuerzas y talentos combinados eran impresionantes. Casi como ángeles con alas nadie iría contra ellas. "¡Hola Señoritas! ¿Puedo ayudarlas?" Preguntó uno de los hombres del FBI, de pie frente al otro. El otro dijo mirando por encima del hombro de sus compañeras. "Sí, señoras, ¿en qué podemos ayudarlas?". Mientras esquivaba al otro para ponerse delante de él.

"Bueno, para empezar, podéis haceros a un lado. Ninguno de los dos tiene autoridad para bloquear esta puerta". Dijo Ruby. Uno de sus talentos era poner a cualquiera fuera de lugar, de nuevo en su sitio con poco o ningún esfuerzo. Mientras los agentes se pisaban unos a otros intentando apartarse, las chicas pasaron de largo. Ambas se acercaron al guardia de policía y se turnaron para darle un abrazo y un beso en la mejilla. Crystal le susurró al oído. "Steven, no les digas que somos primos; deja que se quemen". Cuando ella se apartó de él, él le guiñó un ojo y dijo lo bastante alto para que le oyeran: "Ya lo tienes, cariño". Luego le guiñó un ojo a Ruby y ella le dio un beso al aire. Las chicas desaparecieron en la habitación mientras los dos agentes del FBI se quedaban con la boca abierta, lo que automáticamente aumentó el tamaño de la sonrisa de Steven.

Los gemelos cerraron la puerta tras de sí. Carl estaba sentado en una de sus sillas, leyendo su cuaderno. Levantó la vista y sonrió. No podía evitarlo. No le afectaban como a los agentes de la puerta. Eran hermosas, pero también sentía su calidez y compasión. Eran su salvavidas. Sabía que si alguien podía ayudarle, serían ellas. No tuvo dudas. Le transmitieron confianza y no tuvo miedo de *lo que hicieran*.

Ambos le saludaron alternativamente. "Buenos días a los dos".

"Probemos con 'buenas tardes'". Dijo Crystal y Ruby replicó. Es más de la una". Las dos sonrieron y eso le calentó el corazón. Sólo sintió una ligera aprensión, pero más fuerte que eso fue la excitación. Esta tarde había un nuevo sentimiento de confianza que le calentaba. No mucha, pero la sentía cada vez más fuerte. Le resultaba natural ocuparse de las cosas de la mente. Sabía sin preguntar que ese era el camino para encontrar sus respuestas y no cuestionaba nada de lo que hacían. Como si no fuera nada raro: mirar hacia arriba y ver ángeles. "Se supone que ser", se dijo a sí mismo, y le sentó bien pensar así. *Esto es bueno.*

Ruby habló primero. "Me gustaría que estuvieras en la cama para esta sesión. Necesitas estar reclinada y relajada".

"¡Oh, claro!", dijo y se dirigió a la cama, dejando caer el cuaderno sobre la mesa. Vio la pequeña bandeja que contenía la jeringuilla y automáticamente se remangó para la inyección.

Ruby cogió el cuaderno y tocó la tapa.

Carl se subió a la cama, se puso cómodo y utilizó el mando para levantarla un poco.

Crystal inyectó la medicación y dijo: "Antes de pasar al siguiente nivel, Carl cierra los ojos y extiende las manos, con las palmas hacia arriba, las dos juntas, por favor. Voy a ponerte la cartera en las manos. No la abras todavía. Quiero que cierres todos los pensamientos de tu mente, acepta lo que venga a ti a través de tocar tu cartera. Has tenido contacto con ella durante los últimos siete años y medio. Deja que tus dedos viajen por la superficie". Aconsejó Crystal.

"¡Mmm! Hay demasiado aquí. Es confuso". dijo Carl sacudiendo lentamente la cabeza.

Crystal apretó las manos de Carl y la cartera entre las suyas y calmó su ansiedad. Sabemos que esta cartera no estaba contigo cuando perdiste la memoria. Es un hecho. La dejaste en el bar antes de subirte a la moto. Este no es el momento adecuado para explorar la cartera. Por favor, devuélvame la cartera y no piense en ello ahora. Eso vendrá después de que pasemos la barrera química. Estoy seguro de que tendrás muchas historias que contar, después de que el muro caiga". "Estoy listo si tú lo estás". Carl devolvió la cartera a Crystal, y lo puso sobre la mesa, con el cuaderno.

Los gemelos se miraron mientras Ruby le entregaba una nota a Carl. Decía: Escalera mecánica.

"¡No lo olvides! Debes sacar tus pensamientos a la superficie, antes de poder compartirlos. Ahora. Busca lo primero que se dé a conocer". Carl subió a la escalera mecánica y enseguida se encontró con sus amigos, en el lugar donde solía trabajar. "Doy las gracias a Sally, Jerry y Jim por la fiesta de despedida". Carl habló en voz alta, miró en su mano y vio su aviso de despido. "Me han despedido de mi trabajo, después de once años". Dijo con amarga tristeza. Se le formó una lágrima en el rabillo del ojo.

"Mira el papel que tienes en la mano y dime tu nombre y la fecha". Dijo Crystal.

Leyó el formulario. Dijo: "Me llamo Carlton F. Bridgeman, y la fecha es 24 de marzo de 1995".

Ruby preguntó: "¿Cuál es el nombre de la empresa?".

"Howard's Aircraft Company", y en cierto modo me siento aliviado. Era un trabajo 'ir a ninguna parte'. Podría hacer este trabajo durante los próximos veinte o treinta años. Nada cambiaría. Haces lo mismo día tras día, nada. Adiós, gracias de nuevo. Es viernes por la noche y la pandilla quiere llevarme, a mí y a otros cuatro que han sido despedidos, a tomar unas copas. Es la última vez que nos vamos a ver después de todos estos años", dijo saliéndose de contexto le dijo Ruby mientras le devolvía la bola Nerf a la mano. "Aquí tienes el mando de control. Vamos a bajar al siguiente nivel. Recuerda que tiene control de toque de pluma, no tienes que apretarlo muy fuerte.

"¿Dónde estás ahora Carl?" Crystal preguntó. "¿Por qué estás empacando tu ropa? ¿Vas a alguna parte?"

"Acabo de vender mi moto de cross. Conseguí setecientos ochenta dólares. Sólo la monté cuatro veces, pero necesito el dinero para el viaje".

"¿Qué viaje es ese Carl?" Crystal preguntó.

"Necesito alejarme de Los Ángeles. No voy a ninguna parte en este lugar.

Hay demasiada presión para ser como los demás. Es irreal".

"Voy a conducir mi moto por la costa. Necesito *no* pensar en absolutamente *nada* durante un tiempo y luego, con suerte, sabré qué quiero hacer con mi vida. Primero, limpiaré todas las telarañas que se han acumulado desde que empecé ese trabajo". Hizo una pausa de unos segundos. "Una vez que te metes en esa vida, es como si no existiera otro mundo. No puedes sobrevivir sin la empresa. Te hacen dependiente y al principio te gusta. Entra buen dinero y, antes de que te des cuenta, cuando incluso piensas que quieres salir no puedes porque tu estilo de vida exige que ganes el dinero que ganas para mantener el statu quo.

Dirige tu vida, te dice cuándo dormir, qué comer, qué ponerte, y lo peor de todo es que te obligan a estar ahí. Te desangran por todas tus ideas y las reclaman para sí. Te ponen contra una regla y te dicen que no te suben el sueldo si no mejoras continuamente y das, das, das a la empresa por el *bien de todos*. ¡Que sí! Todo el mundo en las oficinas superiores, alias: *Mahogany Row*. Eso es lo que apesta de las grandes empresas. Sobreviven comiéndose el alma de los pequeños". Carl dejó de hablar, sonrió y dijo. "Me largo y gracias. Despedirme fue lo mejor que me pudo pasar. Eso es cosa del pasado. Ya no se van a alimentar de mi alma".

Ruby anotó mentalmente que estos hechos eran muy importantes para él porque mostraba sentimientos muy fuertes. Con la liberación del ancla creada por su antiguo trabajo, realmente estaba sintiendo una libertad recién nacida. Apretó con fuerza la manivela e inmediatamente se encontró en una charcutería. Dijo: "Voy a comprar comida para cuando llegue al camping. Estoy viajando por la costa y voy a parar en zonas de acampada públicas. Nada de hoteles. Cuestan demasiado y hay demasiada gente. Si estás en un motel y quieres cantar o gritar a pleno pulmón, llaman a la policía, *porque debes de estar loco.*

"Tengo todo atado en mi moto, bien apretado con cuerdas elásticas, y estoy de nuevo en la carretera.

Preguntó Crystal. "¿Qué es una cuerda elástica?"

Carl les enseñó las cuerdas elásticas que sujetaban sus pertenencias al respaldo de la moto. A veces se llaman "cuerdas de choque", pero la mayoría de las veces se llaman "cuerdas elásticas". Tienen un gancho en cada extremo. Pueden asegurar casi cualquier cosa, sin necesidad de atar y desatar nudos".

Esta vez apretó suavemente el manillar y condujo su bicicleta por una carretera de curvas perezosas bordeada a ambos lados por pinos, robles y abetos. Había una veintena de buzones en fila, colocados en postes al borde de la carretera. Sin ellos, nunca se sabría que aquí vivía gente. Sus entradas eran pequeños caminos de grava que parecían desaparecer entre los arbustos. Uno podía perdérselos si no sabía cuáles eran o no los buscaba.

"Hay un cartel, pone TANNER'S BAR, GRILL y POOL". Carl señaló el cartel. Sus movimientos hicieron posible que las chicas también lo vieran. Dijo. "Estará bien escuchar algo de música antes de irme a dormir. Mi radio portátil necesita pilas. Son demasiado caras en la tienda. Voy a aparcar atrás para que nadie vea mis cosas y se meta con ellas.

Los gemelos entran con él. Está en el bar. Saca la cartera para no tener que volver a levantarse para sacarla del bolsillo trasero. Deja la cartera y un billete de diez sobre la barra y pide una cerveza. Recoge el cambio y la cerveza, se acerca a la máquina de discos, echa unas monedas y selecciona música. Escucha el chasquido de las bolas en una mesa de billar y se gira para ver la sala de billar. Se acerca para ver la partida. Se apoya en la puerta.

Estos tipos deben estar en el servicio. Todos llevaban ropa de camuflaje militar. Pregunta, tras ser visto en la puerta. "¿Te importa si juego a los ganadores?" Uno de los tipos se acerca tendiendo la mano, muy amistosamente.

De eso nada. Sólo pon tu dinero en la esquina de la mesa, allí". Scott dijo señalando. Me llamo Harry. Este es Rocko. Él es Greg. Ese es Tank y su chica Linda. Está un poco agotada de la fiesta de anoche.

Estamos intentando que coma, se pondrá bien.

"Soy Carl Bridgeman", anunció, extendiendo su propia mano para estrechar la de Harry y saludando a los demás con la cabeza. "Vosotros, los del servicio". Más una afirmación que una pregunta de lo que parecía obvio.

"¡Sí! Estamos de vacaciones un par de semanas. Desde Camp Pendleton, luego nos dirigimos al sur, a Carolina del Norte". Respondió Harry y luego preguntó. ¿Y tú?"

"Me acaban de despedir después de 11 años en la empresa. Lo llaman 'reducción de plantilla'. Han reducido mi vida, así que voy a hacer un viaje a la costa para reflexionar". explica Carl.

"Suena como un plan. Ahora deja caer tus monedas en el borde de la mesa y podrás jugar con el próximo ganador". Dijo Harry volviendo a su juego.

Carl ganó el primer partido, muy fácilmente. Pensó para sí mismo. *Estos tipos no son muy buenos jugadores de billar.* Cuando ganó la segunda partida, el tipo llamado Greg empezó a enfadarse. "¿Qué eres, un tiburón del billar? ¿Por qué nos estafas? ¿Quién te crees que eres?"

Carl miró a su alrededor. El amable Harry no estaba a la vista, supongo que se había llevado a la chica a tomar el aire. Así que tuvo que encargarse él mismo de esos tipos. Tank, el tipo grande con los dientes en mal estado, ¡Hum! Pensé que el servicio tenía un buen plan dental. le estaba echando en cara, lo de hacer trampas, usar trucos. "No puedes engañarme." Tank estaba casi gritando.

El camarero estaba en la puerta y les dijo: "Tendrán que llevar fuera cualquier discusión. Los otros clientes se quejaban del alboroto".

Greg dice: "OK amigo vamos afuera".

Tank agarra a Carl por el brazo y tira de él hacia la puerta trasera, luego lo empuja a través de la puerta hacia el aparcamiento que hay detrás del bar. Lo que vio Carl hizo que el corazón le diera un vuelco. "¡Oh! ¡No, no! Me había olvidado de esto". Se asustó y empezó a respirar con dificultad. Luego su corazón empezó a latir con fuerza dentro de su pecho como si acabara de correr alrededor de la manzana.

Ruby dijo. "Está bien Carl, no pueden hacerte daño. Respira despacio. - Más profundo, eso es - relájate. Respira.

Añadió Crystal. "Este tipo también me da miedo, pero piensa que es como una película que ya hemos visto, y que sólo estamos viendo la repetición para poder recordar lo que pasa. Sólo son recuerdos. Nadie puede hacerte daño. Ruby y yo somos tus guías, te sacaremos del peligro. Ahora vamos a averiguar lo que te pasó. Vuelve a la escalera mecánica justo donde te bajaste. Necesitamos saber qué pasó en el estacionamiento. ¿Lista?" Preguntó.

Con rápidas y cortas caricias, Carl asintió con la cabeza y cerró los ojos. "Vamos.

Estaban de nuevo en el aparcamiento. Ruby le sugirió que mirara lo que le ocurría desde fuera de su cuerpo, como si fuera un espectador.

Al decirlo, su mente se aferró a la idea como a un salvavidas. Los tres miraban juntos.

Carl estaba siendo arrastrado fuera del bar; vieron a Harry comiendo un bocadillo hecho con las cosas que estaban en la bicicleta de Carl. El resto de las cosas de Carl estaban por el suelo. Sus alforjas estaban abiertas, las correas cortadas y los candados seguían sujetos a las correas que colgaban. También vieron a la chica sentada en la bicicleta. Aún llevaba puestas las gafas de sol que había llevado dentro del bar. Carl no había visto hasta ahora que la chica llevaba un palo de escoba atado a la nuca. El pañuelo que llevaba también cubría el palo. Así evitaba que la cabeza le diera vueltas sobre el cuello roto.

Los gemelos no controlaban lo que ocurría. Ruby pidió acercarse más a la chica, y Carl accedió. ¡Alto! dijo Ruby. No te acerques demasiado. He averiguado lo que necesitaba saber. La chica está muerta. La han atado a tu moto con esas cuerdas elásticas tuyas. Están planeando culparte por su muerte. Probablemente pensaban que esas cuerdas se desprenderían durante el accidente, que estabas obligado a tener. Te has estado culpando a ti mismo, ahora sabes que no tienes que hacerlo, preguntó Crystal alejándose un poco de la chica. "Tenemos que concentrarnos en Carl. Mira esto".

Carl estaba siendo empujado contra la pared exterior, junto a la puerta trasera del bar.

Carl dice: "Esta es mi pesadilla".

"Tranquilo" aseguraron los gemelos. "Sólo estamos mirando".

Harry clavó una jeringuilla en el brazo de la chica justo a través de su chaqueta, luego se dirigió hacia Carl, dijo. "No te preocupes, te he guardado ésta". Estaba sacando algo del bolsillo de la chaqueta y utilizó el pulgar para quitar el protector de plástico de la aguja. Era otra jeringuilla, y también tenía líquido. Sin dudarlo, Harry clavó la aguja en la pierna de Carl, justo a través de sus pantalones, y empujó el émbolo hasta el fondo. Harry sonrió a Carl y le dijo. "Si tienes cuidado y eres rápido, hay un hospital a unos cinco kilómetros. Quizá llegues a tiempo de salvaros a los dos.

Carl preguntó: "¿Qué clase de loco bastardo eres?

Harry respondió. "¡Ah! ¡Ah! ¡Ah! No nos vengas con chiquilladas. Estás perdiendo el tiempo. Será mejor que te des prisa. Harry pasó junto a Carl y apretó el botón de arranque, y la moto rugió a la vida. Los dos grandullones levantaron a Carl mientras Greg guiaba las piernas de Carl poniendo una sobre el asiento. Colocaron las manos de Carl en el manillar y empujaron la moto fuera del caballete. Harry apretó la mano de Carl contra el embrague y puso la moto en marcha con el pie. "¡Ahora, chico! Vamos. Aún estás a tiempo".

La moto y los pilotos salieron inseguros del aparcamiento y giraron a la derecha por la carretera. La carretera serpentea salvajemente por las curvas. Una camioneta seguía a la moto. Dos tipos en la cabina y otros dos de pie en la parte trasera, mirando por encima de la cabina, le animaban. "Mejor ve más rápido que no llegarás a tiempo. ¡Más rápido! Más rápido!" se burlaban en voz alta. Había una cuesta empinada que bajaba hacia la carretera principal. Había que girar a la izquierda o a la derecha, porque el océano estaba enfrente, a unos doce metros, al otro lado de la barandilla de madera y al otro lado del acantilado. A medida que Carl se acercaba al pie de la colina, la droga iba haciendo efecto. No tenía mucho control de la moto y se estaba aferrando al viaje de su vida. Todo iba a cámara lenta. Iba demasiado rápido para tomar la curva, pero en su estado mental de drogado pensó que lo conseguiría. Calculó mal el ángulo que necesitaba para inclinar la moto y hacer el giro. Todo estaba mezclado. Su visión era antinatural, nada era lógico ni estaba donde debía estar. Necesitaba llegar al hospital o morirían. Ni siquiera conocía a esta chica. La moto se tumbó en lugar de simplemente inclinarse. La moto estaba ahora tumbada y deslizándose de lado hacia el otro lado de la autopista y la barandilla. Debido a la velocidad de la moto, las partes de la moto que estaban en contacto con el pavimento lanzaban chispas al aire. En cuestión de segundos, se deslizó más allá del pavimento y sobre la tierra. Carl estaba agachado, de pie y montado en la moto como si fuera una tabla de surf. La moto se tambaleó por encima del pequeño guardarraíl y Carl se bajó de la moto mientras ésta seguía avanzando, hacia abajo, hasta perderse de vista.

Sacudió la cabeza y, cuando su visión se aclaró y sus pensamientos volvieron a su cabeza, se encontró mirando su talón izquierdo encaramado al borde de un acantilado.

Su visión se amplió hasta las olas que rompían en las rocas. El corazón le latía con fuerza en el pecho y en los oídos. Cada latido parecía inclinarle ligeramente hacia el precipicio. La respiración se le congeló en los pulmones tan repentinamente que se sintió mareado. Se preguntó: "¿He estado aguantando la respiración?".

La única parte de él que parecía funcionar eran sus párpados. Lo único que podía hacer era cerrarlos y rezar para que aquello fuera un sueño. Mientras la oscuridad se cerraba sobre su visión, dijo en voz alta: "¡Querido Dios, ayúdame, por favor! Por favor, ayúdame". Sintió que el viento frío le acariciaba la espalda.

Temiendo que su corazón y el viento le llevaran al límite, se inclinó hacia atrás en el aire. Sentía como si una almohada gigante tocara cada centímetro de su trasero, amortiguándolo con suavidad. Temía levantar los pies por miedo a que el viento lo levantara y lo lanzara por los aires. Clavó los talones, se inclinó hacia atrás y sintió como si le bajaran suavemente al suelo detrás de él.

Cinco minutos después: Ruby se secaba la cabeza perlada de sudor con un paño frío.

Crystal estaba sentada en una silla junto a la cama. Dijo: "Me siento como en las películas de terror en 3-D". Se levantó y tocó la mano de Carl. "Se acabó. No tienes que hacerlo nunca más".

Carl puso su mano sobre la de ella y miró a Ruby. "La camioneta. La he visto justo delante de esta ventana. Y estoy seguro de reconocer a los pasajeros. Thomas y yo estuvimos viendo a los dos hombres que iban en ella discutiendo ayer mismo. El tipo con la escayola en el brazo dejó caer algo en el pasillo. Luego me saludó con la cabeza de camino a la puerta".

"¡Sí!" Dijo Ruby. "Recuerdo haberle ayudado. Se le cayó su medicación o algún tipo de material médico. Yo se lo recogí. No me dio malas vibraciones. Normalmente me doy cuenta enseguida al tocar algo que la persona tiene en la mano. Quizá no llevaba mucho tiempo en su poder.

LA AVENTURA DE SCOTT

Seguían a la moto por la carretera en curva hacia la costa. El pavimento estaba un poco resbaladizo por la arena que había arrastrado la carretera con las últimas lluvias. Todos gritaban y vociferaban cuando la moto se detuvo y cruzó la carretera, haciendo saltar chispas en todas direcciones.

"¡Yah Hooo! Qué espectáculo", dijo Scott. "Mira esto. ¡Él está montando esa cosa como una tabla de surf maldita, hombre! Parece que nos hemos librado de ese probl... ¡Eh! No se ha pasado. Mira eso. Se está arrastrando lejos del acantilado.

El camión chocó lateralmente contra la barandilla de cuatro por cuatro y Tuc salió despedido por la parte trasera cuando los neumáticos de un lado del camión se hundieron en la tierra. Se inclinó hacia un lado y luego rebotó sobre las cuatro ruedas. "¡Oh! Ahora sí que estamos en la mierda. ¡Mirad! Hay gente parando".

Dijo Rosco desde el asiento del conductor.

Scott saltó del camión y comprobó cómo estaba Tuc. Estaba sucio pero no herido excepto por un par de rasguños. "Vamos, ayúdame a meter a este tipo en el camión."

Había un hombre caminando hacia ellos. "¿Necesitas ayuda? Tengo algunos primeros auxilios en el coche" le gritó Scott, por encima de un leve viento que se había levantado. "No, se pondrá bien. Lo llevaremos al centro médico que está un poco más abajo. Será más rápido. Pero, ¡gracias de todos modos! Es muy amable de su parte". "¿No había alguien en la parte trasera de esa moto?" Preguntó el "buen samaritano".

"¿Qué?" Scott preguntó. Luego se dio cuenta de que el tipo había visto a la chica. Añadió rápidamente. "¡No! Eso era sólo su saco de dormir, saco de dormir y algunas otras cosas. Acaba de salir de nuestra casa. Se va de acampada con su familia". Scott y Tuc metieron a Carl en la parte trasera del camión y subieron con él.

Scott dijo "Grego, siéntate delante y dile a Rosco que nos saque de aquí".

Rosco volvió a subir la colina y pasó por delante del establecimiento "TANNERS' BAR, GRILL AND POOL". Siguió conduciendo durante unos veinte minutos y luego se detuvo a un lado de la carretera. Rosco y Grego salieron del camión y se dirigieron a la parte trasera, se inclinaron sobre el lateral del camión y miraron a Carl. Grego dijo: "¿Cómo es que está hecho un ovillo?

"Probablemente la droga". Scott se ofreció. "No sabemos lo que la mayoría de esas cosas es o lo que va a hacer."

Grego se estaba poniendo muy nervioso y preguntó: "¿Qué te parece, Scott? ¿Tuc? ¿Rosco? ¿Alguien? Vamos, chicos. No podemos quedarnos aquí sentados. ¿Qué vamos a hacer?"

Tuc dijo: "Tenemos que conseguir otro medio de transporte, una furgoneta tal vez. ¿Alguno de vosotros ha visto una señal que indique un pueblo por aquí? Tenemos que encontrar un concesionario de coches".

Nadie preguntó por qué o cómo, simplemente volvieron al camión y condujeron. Carl se cubrió con la lona del camión mientras conducían. Nadie quería que nadie de los vehículos más altos viera el interior de la parte trasera del camión. Se desviaron por la carretera y siguieron las señales hasta un concesionario a unos quince kilómetros de la playa. Scott le dijo a Rosco: "Para media manzana antes de llegar. Intenta encontrar algo detrás de lo que aparcar, como un camión, un arbusto o un árbol. Pero no al aire libre. Cuando nos veas llegar, síguenos, ¿de acuerdo?"

Aparcaron junto a un contenedor de basura que estaba en la acera a la espera de un camión de la basura. Scott y Grego se metieron las camisas por dentro, se enderezaron lo mejor que pudieron, entraron en el aparcamiento del concesionario y empezaron a echar un vistazo a las furgonetas utilitarias. *Simplemente sin ventanas en la parte de atrás*. El vendedor estaba allí, ansioso por hacer una venta. "¿Puedo ayudarles, caballeros?", preguntó.

Scott dijo: "Nunca había conducido una furgoneta. Mi amigo me dijo que no son diferentes de un coche. ¿Es eso cierto?" Antes de que el hombrecillo pudiera contestar Scott dijo: "Verás, quiero trasladar algunas de mis cosas a Texas y prefiero hacerlo yo mismo que pagar a alguien para que lo haga por mí, y-".

Siguiendo el ejemplo de Scott de interrumpir, el vendedor se metió en la conversación y dijo: "Bueno, amigo, hay una forma de averiguarlo. Déjame ir a buscar las llaves y podemos dar una vuelta. "Ahora vuelvo.

Grego gritó tras él. "Gracias, eres muy amable".

Scott dijo. "No seas demasiado agradecido. Puede sonar raro. Se supone que tiene que ir a por las llaves" dijo haciendo un gesto con las manos. "*Está* intentando *vendernos* la furgoneta. ¿Te acuerdas? En fin, supongo que el pequeñajo está nervioso o tal vez ansioso por hacer una venta porque nunca se presentó. La furgoneta es nuestra".

¡Lo siento! LO SIENTO. Yo también estoy un poco nervioso, y todavía estoy conmocionado por lo que pasó hace un rato.

Mientras Scott y Grego cogían la furgoneta, Carl empezó a despertarse.

Gimió y empezó a desenrollarse.

Temiendo que alguien le viera en la parte trasera de la camioneta si se incorporaba, Tuc le golpeó en la cabeza con un trozo de tubería metálica de agua de un palmo de longitud que había rodado por la caja de la camioneta. Bastaron tres o cuatro golpes para que Carl cayera de lado y se quedara inmóvil, *inconsciente de nuevo*. Tuc se preguntó. *Espero no haberle roto. Sólo quería que se callara.*

Rosco gritó a Tuc a través de la ventana. "Espera, ahí vienen". Siguieron a la furgoneta blanca hasta que se detuvo a unos cinco kilómetros. Se había detenido junto a un desguace de coches. De esos en los que "eliges la pieza" que quieres. Te das una vuelta hasta que encuentras lo que quieres, lo sacas del coche destrozado, le enseñas al cajero lo que tienes y lo pagas. La camioneta se quedó en la calle.

La furgoneta dio vueltas por el desguace, '*buscando piezas*'. Cuando llegaron a un lugar que no se veía desde la oficina principal, se detuvo. El vendedor de coches estaba depositado en el maletero de una vieja chatarra de la que nadie recogería piezas, porque había sido destrozada, incluso los tiradores de las puertas estaban doblados. Tardaron entre tres y cuatro minutos en abrir el maletero.

Scott había pedido que Rosco probara la furgoneta, "porque sabe más de furgonetas que yo". El vendedor estaba más que dispuesto a dejar que cualquiera de ellos probara la furgoneta. Sólo quería hacer una venta. Scott había agarrado y tirado del hombrecito justo entre los asientos delanteros. Le metió una jeringuilla en el cuello y lo sujetó hasta que se desmayó. Entonces inyectó al hombre dos veces más con la jeringuilla vacía, inyectando aire directamente en el corazón del hombre, '*sólo para estar seguro*' se dijo a sí mismo. *Porque no sabía lo que era aquello. Podrían ser sólo vitaminas, por el amor de Dios.*

Antes de salir del desguace, abrieron las puertas laterales para mostrar al cajero la furgoneta vacía. No habían robado nada, simplemente no habían encontrado la pieza que buscaban. "Gracias de todos modos". Se dirigieron de nuevo a la carretera, con la camioneta siguiéndoles. Siguiendo las instrucciones de Scott, se dirigieron a la zona industrial que habían visto de camino al concesionario. La furgoneta se detuvo junto a un viejo edificio y abrió las puertas laterales mirando hacia la pared. La camioneta se detuvo entre la pared y la furgoneta, con la caja del camión adyacente a las puertas abiertas de la furgoneta.

Carl seguía hecho un ovillo. Sus músculos estaban duros y tensos, lo que le mantenía en esa posición. "¿Qué le pasa a este tío, que se hace un ovillo así?". preguntó Grego, y añadió: "No es natural, ¿no se te aflojan todos los músculos cuando estás así desmayado? ¿De dónde le viene la sangre de la cabeza? ¿Se la hizo en el accidente de moto?".

Tuc dijo que tuvo que callarlo porque empezó a despertarse. Scott dijo. "Ya te he dicho que probablemente sea la droga. ¿Y yo qué sé?

No soy médico".

Rosco y Tuc tuvieron que coger a Carl y levantarlo para que Scott y Grego pudieran agarrarlo y meterlo en la furgoneta. No había asientos, sólo moqueta en el suelo y paneles en las paredes y la puerta trasera. Era un bulto difícil de manejar. Medía casi lo mismo que Scott, casi dos metros.

Scott se quitó el cinturón, lo pasó por debajo del cinturón de Carl, luego por la rueda de repuesto que estaba montada en la pared lateral junto a las puertas traseras, y lo abrochó. Así evitaba que Carl rodara por la parte trasera de la furgoneta.

"¡Hey! Escuchen." Scott tenía la atención de todos mientras daba instrucciones. "Esto es lo que vamos a hacer. Rosco y yo vamos a seguir a la furgoneta. Grego conducirá, con Tuc en la parte trasera. Grego, necesito que conduzcas hasta allí". Señaló hacia las colinas. "Vamos a seguir en la camioneta". Quiero que subas por las colinas hasta que llegues a un lugar donde puedas empujar a este tipo de aquí, para que ruede por una *larga* colina. Necesitamos que ruede, se deslice o lo que sea, un *largo camino hacia abajo desde* la carretera para que no pueda ser visto muy bien desde la cima si alguien fuera de excursión o caminando. Asegúrate de que sea una colina empinada. ¿DE ACUERDO?"

Tuc y Grego asintieron.

"Puede que no nos veáis justo detrás de vosotros, pero llegaremos un poco más atrás. En caso de problemas, podéis saltar y subir a la camioneta". Tardaron casi una hora en llegar a las colinas. Estaban más lejos,

de lo que habían imaginado al principio. Condujeron por curvas a izquierda y derecha mientras aumentaban su altitud durante unos treinta o cuarenta y cinco minutos más. Grego empezaba a inquietarse por la cantidad de tiempo que estaba tardando. Quería dejar a este tipo en cualquier sitio para deshacerse de él. Además, le estaba entrando hambre otra vez. Tuc había dicho que tenía hambre incluso antes de que comenzaran este viaje encima de la colina, pero Scott nixed eso hasta que el cuerpo se había ido.

"Eh, amigo, ¿sabes que con éste ya son tres cuerpos?". Grego le dijo a Tuc por encima del hombro, levantando tres dedos. "Scott se está volviendo más extraño cada hora. Él mata y nosotros limpiamos, como él nos dice. Esto me da muy mala espina. Nunca me gustó estar cerca de Scott tanto en primer lugar. Hagamos esto ahora y terminemos con esto. Hay una curva adelante con un arcén ancho donde podemos parar. Abre la puerta. Reduciré la velocidad mientras empujas a este tipo. Espera a que me acerque al borde. Diré 'AHORA'. Entonces, empuja. ¿DE ACUERDO?"

"¡Bien! Buen plan, amigo mío. Lo que has estado pensando también es correcto". Tuc dijo mientras cortaba el cinturón que sujetaba a Carl. Le encantaba usar su nuevo cuchillo. Scott podría estar enojado porque ahora no tiene cinturón. ¿Y qué? ¡Mmm! Aquel grueso y pesado cinturón de cuero se cortó como si estuviera hecho de suave mantequilla. Admiró la hoja mientras cerraba la navaja y luego la deslizó en su bolsillo. Tuc abrió la puerta y se apoyó en los codos, dobló las rodillas, puso los dos pies sobre Carl y esperó la señal de Grego.

Grego salió de la carretera al arcén, levantando una nube de polvo al pisar el freno. La furgoneta se desvió un poco y Grego gritó: "¡AHORA! EMPUJA AHORA".

Tuc empujó con fuerza enderezando las piernas rápidamente. Tuvo que agarrarse al marco de la puerta para mantenerse dentro de la furgoneta. Grego hizo girar los neumáticos en la grava y luego se clavaron en el pavimento. Tuc consiguió con cierta dificultad deslizar la puerta lateral hasta cerrarla y luego se dirigió al asiento delantero. Dijo mirando por el espejo retrovisor del lado del pasajero. "Hay otro vehículo detrás de nosotros".

Mientras Grego se dirigía a la carretera, miró por el retrovisor del lado del conductor. "¡Maldita sea! Hay una ambulancia detrás de nosotros y está parando. ¡Maldita sea! ¡Maldita sea! ¡Maldita sea! De toda la suerte", dijo golpeando el volante con el puño. "Scott se va a cabrear ahora. Odio cuando se vuelve loco. ¡Joder! Maldita sea!", gritó por encima del motor de la furgoneta.

Justo en ese momento, la camioneta los adelantó en su propia nube de polvo. Scott agitaba el brazo por la ventanilla, en una señal que significaba "¡Seguid! - Deprisa". Cuando Grego miró el velocímetro, sólo iba a veinticinco kilómetros por hora. Pisó el acelerador y alcanzó al camión. Lo siguieron hasta un punto ancho de la carretera donde se detuvo. Aparcaron detrás. Scott saltó y se acercó a la furgoneta por el lado del pasajero. Tenía una vena azul dilatada y palpitante en medio de la frente. Se agachó, se apoyó en el marco de la ventanilla y dijo. "Tenemos que deshacernos de esta furgoneta. Tenemos que salir de esta zona, sígueme". Giró sobre un pie y regresó a la camioneta, pero antes de entrar, se volvió y miró a Grego.

"¡Maldita sea! ¿Has visto cómo me ha mirado?". Tuc asintió con la cabeza, se miraron y siguieron a la camioneta en silencio. Sin hablar, sin radio. Se adentraron en las colinas hasta que encontraron una señal de autopista. Se dirigieron hacia el oeste y antes de llegar a la autopista, vieron una señal que decía.

COCHE COMPARTIDO - APARCA Y CONDUCE EN LAS DOS SALIDAS SIGUIENTES LLAME AL 1-800-NO-STRESS

Siguieron a la furgoneta hasta el aparcamiento. Había una zona de aparcamiento semanal/mensual donde se detuvo la furgoneta, entre otras dos furgonetas.

Scott les indicó que subieran a la parte trasera de la camioneta sin hablar.

Tuc y Grego se dirigieron en silencio a la parte trasera del camión.

Rosco condujo el camión de vuelta a casa, mientras Scott echaba humo en el asiento del copiloto. Cuando llegaron a casa, Scott estaba más tranquilo, pero seguía callado. Fue al dormitorio, quitó las sábanas de la cama, dio la vuelta al colchón sucio, se tumbó boca abajo y se quedó allí. Al cabo de unos quince minutos Rosco llamó a la puerta y entró sin esperar respuesta. "Vamos a por hamburguesas; ¿te traemos algo?". "¿Qué pasa con lo que sobra? No nos lo comimos *todo* anoche. ¿Ah, sí?" dijo Scott girando sobre un codo con la palma de la mano en un lado de la cabeza.

Respondió Rosco. "No hay electricidad, algunos se echaron a perder y las ratas llegaron a la mayor parte del resto.

¿"Ratas"? ¡Maldita sea! Vamos a tener que hacer otro *préstamo* pronto". Dijo Scott buscando en su cartera. Sacó tres billetes de veinte y se los dio a Rosco. "Tomaré un par de hamburguesas con queso, un pedido grande de aros de cebolla, dos patatas fritas y dos batidos de chocolate. Llévate a Grego, aún no estoy preparado para hablar con él. Mira a ver si encuentras un 7-Eleven, una tienda o algo y coge papel higiénico extra y bolsas de basura de las negras. Consigue suficiente para cubrir todas las ventanas por dentro, y un par de rollos de cinta adhesiva de tres pulgadas. Algunas cervezas frías y patatas fritas para más tarde, tal vez un poco de salsa también, frijoles, salsa, - lo que sea ".

Rosco hizo una lista para no olvidarse de nada. Después de que Rosco se fue, Scott limpió todo el desorden que Sammy había hecho. Siempre limpiaba después de Sammy. No le importaba, porque él y Sammy siempre se hacían sentir bien el uno al otro. El amaba a Sammy, aunque tuviera mal carácter y lastimara a otras personas. Scott llevó el retrato de sus abuelos al baño para limpiarlo. Antes había usado papel higiénico y agua. Después de veinte minutos finalmente quedó limpio. *Tengo que hacerlo antes de que se seque*, se recordó a sí mismo. La pintura se estaba secando de tanto limpiarla. Volvió a clavar el clavo en el agujero y colgó el retrato en la pared.

Alguien llamó y dijo a través de la puerta. "Comidas aquí."

Scott gritó. "Ahora voy". Se dirigió a la cocina y encontró que el grupo ya había desempacado las bolsas de comida. "¡Qué bien! Me muero de hambre. Gracias por venir".

Rosco había puesto toda la comida de Scott al final de la mesa, incluidos dos de los batidos de chocolate. Cogió su propia comida y se fue al salón. Encendió su televisor portátil. Lo había cogido de la mesa de seguridad del depósito militar. Estaba en la mesa de los guardias hablando sola. El hombre ya no lo necesitaría. Scott se había encargado de ello en cuanto cruzaron la puerta. Si sólo hubiera esperado, el guardia podría haberles dicho que había una caja fuerte en el piso con más de siete mil dólares dentro. Scott estaba sobre el tipo y le había roto el cuello antes de que pudiera hablar. Siempre había sido el tipo de hombre que se lanzaba con los dos pies antes de descubrir la profundidad. El abuelo le dijo muchas veces: *"Piensa primero en lo que haces, hijo, o algún día acabarás muy malherido". Scott siempre se lo tomaba como una charla de viejo, ¿qué iba a saber él?*

El televisor estaba apoyado en su soporte, sobre la mesita. Tenía una pantalla de tres pulgadas con imagen en color. A los cinco minutos, los demás chicos estaban inclinados hacia el televisor, mirando la pequeña pantalla. Rosco hojeaba los canales en busca de las noticias locales. El televisor captaba unos cinco canales lo bastante bien como para ver y oír bien. No había nada sobre Carl ni sobre el vendedor, ni siquiera sobre la furgoneta desaparecida. Rosco apagó el televisor, volvió a guardarlo en el bolsillo de la chaqueta y dijo: "Volveré a intentarlo más tarde para ver las noticias". Lo siento, tengo que guardar las pilas hasta que pueda conseguir más. La radio portátil que nos dio el motorista también necesita pilas". Rosco sorbió lo que le quedaba de coca mientras le decía a Scott que las otras cosas estaban en el dormitorio.

"¡Bien! Gracias". Dijo Scott y les dijo a todos: "Vamos a tener que abrir las bolsas de basura y pegarlas a las ventanas. No quiero que entre luz por las ventanas mientras estemos aquí. Podría verse desde la carretera".

Tuc dijo: "No hay electricidad, Scott. ¿Cómo se supone que la luz brille a través de las ventanas?"

le indicó Scott. "Habrá luz si entráis en el cobertizo de atrás. Encontrarás velas y linternas. ¿Por qué no haces eso? Hay una llave en el cajón de los trastos, junto a la puerta de la cocina. Tiene pintura marrón que hace juego con el cobertizo". Esto era algo que hacía su abuela para enseñarle cuando era pequeño. La llave de la puerta principal tenía pintura verde que hacía juego con los escalones del porche delantero. "Grego mira a ver si puedes ayudarle. ¿VALE?"

"¡Claro! Tus abuelos estaban preparados para cualquier cosa, como emergencias y esas cosas, ¿no? Son bastante listos. Probablemente de ahí sacaste tu inteligencia, ¿eh Scott?

Scott miró fijamente al hombrecillo hasta que Grego bajó los ojos. Sabía que Grego sólo intentaba apaciguarle, con lo que se creía que era un cumplido. Scott contuvo a Sammy diciéndole que no se enfadara con Grego, que él - Scott, se ocuparía del hombrecito mañana. Le dijo a Grego: "Te sorprenderían las cosas para las que estaban preparados. Ahora, ve con Tuc y asegúrate de que pueda encontrar lo que necesitamos". Scott dijo amablemente.

Después de que Grego saliera de la habitación se estremeció físicamente con una piel de gallina que le erizó el vello de la nuca. Cuando Tuc y él llegaron al cobertizo, le dijo al grandullón que tenía miedo. Sólo por la mirada del hombre sabía que Scott tenía planeado un castigo para él porque hoy la había cagado delante de la ambulancia. No había visto el vehículo hasta que fue demasiado tarde.

Tuc sacó un mechero y lo encendió para que pudieran buscar una vela. Estaba oscuro en el cobertizo.

Grego cogió una de las velas y la colocó en un cenicero vacío que había en una de las estanterías. Mientras buscaban y encontraban lo que necesitaban, Grego le dijo a Tuc que no le gustaba la mirada de Scott y que estaba muy asustado *"porque ya sabes cómo se pone"*. Antes de volverse loco, se pone muy simpático y amable. Ambos lo hemos visto así antes. Está loco de la cabeza. Ahora está cabreado conmigo".

Tuc alargó el brazo para rodear a Grego y consolarlo. Debido a la altura de Tucs, su brazo sólo rodeó la cabeza de Grego. Lo atrajo hacia su pecho y le dijo: "No te preocupes amiguito, no dejaré que te mate...". Apartó al hombrecillo para que pudiera verle la cara y, con una sonrisa burlona, dijo: "¡Mucho!". Se agachó y abrazó al hombrecillo, como si fuera un muñeco, levantando los pies de Grego del suelo mientras se enderezaba hasta quedar de pie. "Puedes dormir a mi lado esta noche si estás preocupado. ¿De acuerdo?", dijo de forma protectora, acariciando el trasero de Grego y soltándolo suavemente en el suelo sujetando uno de los brazos del hombrecito hasta que estuvo firme sobre ambos pies.

"Gracias, Tuc, te lo agradezco mucho. Será mejor que volvamos a la casa antes de que algo pueda salir mal. Mantengámoslo contento esta noche, tal vez puede tener una buena noche de sueño. Gracias, mi buen amigo. ¡Ahora! Por favor, ayúdame a llevar estas cosas a la casa".

A la mañana siguiente todos estaban bien descansados. Rosco se levantó temprano y fue a un Seven-Eleven a comprar cosas para el desayuno de todos. Magdalenas de huevo con salchicha, bagels, queso crema, mermelada de fresa y un poco más de café instantáneo. Antes de irse, puso una olla grande de agua a hervir. Cuando volvió estaba hirviendo. Hizo café y llamó a todos a desayunar. De nuevo, miró las noticias. Seguía sin haber nada que les preocupara. Ni siquiera la fuga. Algo extraño estaba pasando.

Después de que todos hubieran comido y estuvieran reunidos en el salón Scott dijo. "Tenemos que averiguar si Carl sobrevivió *y* si puede hablar. ¿Alguien tiene alguna idea? Vamos a escuchar lo que ustedes han estado pensando acerca de nuestra situación aquí. Sé que ha estado en la mente de todos, estamos juntos en esto. ¿Tengo que pensar yo?"

Todos sabían que Scott ya había decidido lo que iban a hacer, pero él sólo quería decirles que sus ideas no funcionarían después de decir lo que pensaban. Todos pensaban que era su manera de decirse a si mismo que era mejor que el resto. En realidad era Sammy el que necesitaba que le subieran el ego, pero nadie sabía nada de Sammy. Para mantener a Scott de buen humor, todos le decían que *su* idea era la mejor de todas y que harían lo que él dijera. "Esa es la *mejor* idea, Scott, tú siempre tienes las *mejores ideas*, no sé por qué nos molestamos en decirte nada que se nos haya ocurrido a nosotros. Eres el tío más listo que hay".

Esta vez, sin embargo, Scott no les había dicho cuáles eran sus planes, Sammy tenía sus propias ideas.

A Scott siempre le subía el ego cuando los chicos le mostraban su apoyo.

Sammy se estaba volviendo más fuerte, como antes de ir a la cárcel. Así que por un corto tiempo tendría que dejar que Sammy se hiciera cargo. A Scott siempre le dolía mucho la cabeza cuando trataba de mantener callado a Sammy. Cuando estaba en la cárcel, ellos tenía pastillas para el dolor. No podía llevarlas consigo porque sólo le dejaban tomar una cada vez, y guardaban el frasco en la enfermería. Además, siempre se aseguraban de que se lo tragara. No había nada que pudiera usar en el material que robaron de la farmacia. Ni siquiera pensó en buscar lo *que necesitaba* mientras estaban allí. Sammy había mantenido su mente ocupada haciendo otras cosas. Scott no cree que a Sammy le guste la medicación, porque se niega a hablar con Scott después de tomarla.

Había que reprender a Grego por su estupidez de ayer. Scott no era mucho para repartir los castigos. Así que sacaría a Grego fuera y dejaría que Sammy se ocupara de él. Luego tendría que asegurarse de que Sammy descansara un rato. Sammy siempre se cansa fácilmente. Estar enfadado le consume mucha energía.

"Grego, necesito ayuda con la camioneta". Scott le dijo. "Ven afuera, te mostraré qué hacer...

"De acuerdo, jefe". Grego se encogió y miró a Tuc mientras la carne de gallina le subía por los brazos.

dijo Tuc en voz baja. "Anda. Yo vigilaré desde la ventana. Si intenta ponerse brusco, saldré en un santiamén. Vete ahora, antes de que se enfade".

Grego siguió a Scott al exterior.

Scott apoyó la cadera en el guardabarros trasero de la camioneta. Adoptando un tono paternal dijo. "Sabes que la cagaste ayer, ¿verdad? ¿Qué crees que debería hacer al respecto? ¿Qué?

"He estado pensando en eso Scott". Grego comenzó. "No creo que fuera culpa mía. Con todas esas curvas, la ambulancia estaba en un punto ciego cuando me detuve para dejar al tipo. Era perfecto, un buen lugar, colina empinada, todo lo que me pediste que buscara. Las cosas salieron mal, eso es todo".

"¡Bueno! Puede que no sea culpa tuya, *pero* hiciste... hiciste el trabajo. No salió demasiado bien. Ahora depende de *ti* hacer algo para arreglarlo". Dijo Scott abriendo la puerta del coche. Sin previo aviso agarró la muñeca de Grego y cerró la puerta de golpe sobre dos de los dedos de Grego.

Grego estaba tan aturdido y el dolor era tan fuerte que era incapaz de emitir sonido alguno. Miró la cara de Scott y quedó aterrorizado por lo que vio. Se desmayó con la mano aún cerrada en la puerta.

Scott vio que el hombrecillo empezaba a caer. Abrió la puerta y bajó al suelo con la muñeca que aún tenía agarrada. Sintió el chasquido y el estallido de los huesos de la muñeca mientras trataba de evitar que cayera.

Cuando vio a su amigo caer al suelo, Tuc salió por la puerta más rápido de lo que se había movido en mucho tiempo. "¿Qué ha pasado?" rugió al acercarse al camión, con los ojos desorbitados por el asombro. Se arrodilló y levantó al hombrecillo. - Miró fijamente al hombre dentro de los ojos de Scott. No conocía al hombre que estaba mirando. La maldad que vio le hizo callar.

Grego acababa de salir de su desmayo. Tenía dos dedos rotos. Gritó y se llevó la mano al pecho.

Tuc llevó a su amigo a la casa, lo dejó en la encimera de la cocina y acercó suavemente la mano de Grego al grifo. Le echó agua fría y le limpió la sangre. Era evidente que dos de los dedos estaban rotos. Ambos estaban doblados en el mismo ángulo extraño. Le pidió a Rosco que le trajera una toalla. ¿Quedaba hielo en la nevera?

Scott le dio un trozo de papel a Rosco y le dijo: "Ése es el nombre del pueblo de donde venía la ambulancia". Llévalo a ese lugar de Farewell, Oregón, y que le arreglen la mano. Grego, diles que necesitas caridad porque eres transitorio y no tienes dinero. Dile que estabas mendigando dinero y que te cerraron la puerta del coche en los dedos como pago. Rosco tu puedes ser el buen samaritano que lo llevo al hospital. Mientras estés allí Grego, puedes hacer un montón de preguntas como si fueras de los que hablan mucho porque tienes dolor o simplemente estás nervioso. Como, - '¿Va a entrar mucha gente esta noche? No querría quitarte tiempo si tienes que atender a alguien importante. ¿Algún accidente grave últimamente?" Scott recitó. "Tienes que averiguar si ese tipo está ahí. ¿Estaba malherido? ¿Ha muerto alguien? Averigua lo que puedas antes de irte".

"¿Y si está ahí, qué?" preguntó Tuc.

"Luego nos traen esas noticias aquí". Miró con desprecio a Tuc y luego retrocedió ante lo que vio en el rostro del gran hombre.

"Ponte en marcha" ahora, tardaremos un rato en llegar". Dijo presagiando con preocupación paternal. "Tal vez veinte millas. ¿Quieres una pastilla para el dolor, Grego? ¡No! Lo siento, *sonríe un poco*, tal vez no, si te dan algo podría sobredosificarte".

Grego no miró a Scott, mantuvo los ojos cerrados contra el dolor. Puso su brazo bueno alrededor del hombro de Tucs mientras el hombre grande lo levantaba y lo llevaba al camión.

Tuc volvió a la casa y descubrió que Scott se había encerrado en el dormitorio. Golpeó la puerta pero no obtuvo respuesta. *Probablemente se esconde porque Rosco no está aquí*, pensó mientras escuchaba atentamente la puerta y no oía absolutamente nada. Pensó que habría oído respiración o movimiento. *Tal vez estaba conteniendo la respiración o algo así*. Eso le parecía bien, no estaba seguro de lo que le haría al hombre. Tan pronto como Grego regresara iba a hablar con él acerca de salir por su cuenta. Había algo muy malo con Scott. Hizo Tuc muy incómodo. No era como el tipo que conoció en prisión. Era otra persona dentro del cuerpo de Scott. Tuc podía sentirlo. Tuc no sabía que Scott necesitaba medicación para *algo. ¿Y quién es ese Sammy con el que le oigo hablar cuando cree que está solo o cuando duerme?* Se preguntó a sí mismo.

ROSCO

Tardamos cerca de una hora en llegar al Hospital Dune Pines de Farewell, Oregón. Rosco había pasado por la tienda de camino para comprar una pequeña nevera de seis bolsas, una bolsa de hielo, bocadillos preparados, refrescos y algo de gasolina y aceite para el camión. Se ocupó del camión y dio la vuelta a la parte trasera de la estación. Echó el hielo en la nevera y puso la bolsa vacía sobre la mano de Grego. Había que mantenerla seca, la hemorragia había cesado. Colocó la mano izquierda de Grego, con bolsa y todo, en la nevera y puso un poco de hielo encima. "Sujeta la nevera en el asiento de al lado, puede que sea más fácil mantener la mano dentro. Toma -dijo abriendo el paquete-, deja que te ponga uno de estos bocadillos en la otra mano. Te dará algo más en lo que pensar. Además, los dos necesitamos comer". Rosco abrió un refresco para cada uno y puso uno de ellos en la nevera para que Grego pudiera alcanzarlo.

"¿Por qué eres tan amable conmigo? No lo entiendo". Grego pregunta. "Le debo la vida a Scott, tú mejor que nadie deberías saberlo. A veces es difícil. No puedo decirle al hombre cómo vivir su vida. No puedo decirle 'no hagas esto o no hagas aquello'. ¿Ahora puedo?"

"Sí, lo sé". dice Grego mientras salen del aparcamiento y se dirigen a la carretera.

"Es diferente ahora que estamos fuera. He jurado protegerle, no actuar como él, hacer las cosas que hace o incluso animarle cuando lo hace… Créeme, no apruebo lo que te ha hecho". "Mi mano está empezando a entumecerse en el hielo. Gracias por hacer esto". Dijo Grego. "Ya no me duele tanto".

"Sé mucho sobre el dolor y cómo controlarlo. Yo también he sufrido mucho. Pero no hablaré de ello. Así que no preguntes". advirtió Rosco.

"¡Vale, tío! Sé lo que quieres decir con que es diferente. Justo antes de que me rompiera los dedos. Podría jurar que había alguien más o algo malvado detrás de sus ojos". Dijo con los ojos abiertos de alguien que recuerda una visión de algo realmente maligno. Su voz se convirtió en un susurro cascajoso. "No se parece a nada que haya visto en toda mi vida. No estoy seguro de haber visto antes la locura, pero si alguien me pidiera que le dijera qué aspecto tiene, tendría que decirle que mirara a Scott a los ojos cuando está enfadado. ¿Por qué proteges a este hombre? Ya no es la misma persona. No le debes nada a este loco".

"Todavía le debo la vida a Scott. Si pudiera sacar a este ser maligno de él sin lastimar a Scott. Podría matar al mal y salvar a Scott, entonces mi deuda estaría pagada".

"Pero hay que ser sacerdote o algo así para librarse de un ser maligno". intentó explicar Rosco. "No creo que sea un *ser maligno*. Es más bien un ser imaginario. Ya sabes, como cuando a alguien le pasa algo realmente malo, extraño o incluso raro y es demasiado para su mente. Otra personalidad se hace cargo de ellos. El cuerpo todavía necesita funcionar, como comer, dormir y demás, aunque su mente no pueda manejar lo que está pasando -".

Grego intervino y habló como si estuviera empezando a entender. "¡Maldita sea!" Dijo sorprendiéndose a sí mismo. "Seguro que es bipolar. Sé lo que quieres decir. Algo *realmente* retorcido debe haberle pasado a Scott porque se necesita algo *realmente* retorcido para manejar lo que haya sido. No es normal que alguien actúe como él. Está protegiendo a Scott del shock de una experiencia que tuvo, como si su realidad no estuviera anclada en el aquí y ahora. Su yo espiritual está perdiendo el control de su yo físico".

Rosco miró a Grego y se preguntó cuánto de lo que decía podía ser cierto. Pero tenía sentido. *Grego, hijo mío. Eres más profundo de lo que pensaba.* "Eso no *nos* ayuda *en absoluto* ahora mismo. Ahora son dedos rotos, pero qué sigue. Ya hay tres personas muertas. Tal vez cuatro si el motociclista no lo logró. ¿Viste la forma en que sonrió cuando te dijo que no podías tener nada para el dolor?"

"¡Hombre Haw! No podía mirarle a la cara. Creo que también disfrutó *con* eso, además de romperme los dedos. Me asusta la forma en que parece disfrutar del dolor ajeno".

"Como si pudiera fácilmente causar más sólo para obtener el placer". Rosco añadió. "Estoy casi seguro de que fue él quien mató a Sylvia, la forma en que estaba tirando la cabeza por el pelo cuando la cogía por detrás. Tenía el cuello roto, ¿recuerdas?"

"Sí, tienes razón. Siento mucho lo que pasó". Rosco confesó. "Me gustaba un poco con todo ese desparpajo. Si no se la hubiera llevado, me habría matado".

"¡Sí! Pero tú eres más grande que él. ¿Cómo pudo hacer eso?" preguntó Grego.

"Debes entender". Rosco instruyó. "Fui educado con una ideología muy estricta en lo que respecta a la religión y al comportamiento humano. Mis padres me educaron en dos religiones. Una, mi madre era india americana y la otra, mi padre era japonés tradicional. Combinaron lo que consideraban lo mejor de ambas y acabaron coincidiendo en ciertos aspectos de cada una, con los que me criaron. Fue un estilo de vida inusual y unas normas estrictas para vivir", añade, y añade: "Ese hombre me salvó la vida. Estoy ligado a él por el honor hasta que pueda salvarle *la* vida o él *me la quite*. Me devolvió la vida cuando me la salvó y puede quitármela si cree que le he hecho daño. Así son las cosas. Así será siempre". recitó Rosco.

"¡Maldita sea! Qué manera tan dura de vivir". Dijo Grego asombrado. "Eres muy fuerte para ceñirte a las reglas tú solo. Si fuera yo, y nadie estuviera cerca para controlarme, la tentación de romper las reglas sería muy fuerte. No creo que pudiera hacerlo sola. Lo que está pasando ahora *no* está nada bien".

"Estaría muerto si no fuera por la intervención de Scott. Soy una persona que tiene profundas raíces en mi fe. Nunca estoy totalmente solo, amigo mío. Nadie lo está. En primer lugar, Dios siempre está con nosotros. No importa lo que hagamos en nuestras vidas, Él siempre está ahí. Aprendemos de las cosas buenas y de las cosas malas que nos suceden. Son pruebas. Cada prueba por la que pasemos, tanto si la superamos como si fracasamos, nos dará conocimiento y fuerza para manejar lo que venga después."

Condujeron en silencio durante un rato, ambos sumidos en sus pensamientos. "*Nunca fallamos en nada*". continuó diciendo Rosco. "No seas la persona que se para al margen y dice: "Yo nunca podría hacer eso" o "Ojalá pudiera hacer eso". Una persona nunca sabe realmente lo que puede hacer hasta que lo intenta. Puede o no puede hacer cualquier cosa. Es sólo una forma de descubrir para qué estamos mejor preparados. No todo el mundo puede hacer todo de la misma manera que los demás. No todos somos médicos, escritores de libros, pilotos o atletas".

"Vendido americano". dijo Grego, y apoyó la cabeza contra la ventanilla con los ojos cerrados.

"Lo siento si estoy sermoneando, pero tengo sentimientos muy fuertes. Incluso esta situación en la que estamos ahora nos da una lección que nos ayudará en el futuro." Continuaron en silencio durante un rato, entonces Grego rompió el silencio diciendo: "Así que si Tuc o yo intentáramos matar a Scott. Tú nos matarías, y entonces

estaría libre de Scott. ¿Es eso cierto?"

"Sí, estaría libre de Scott, pero no tendría que matarte. Sólo tendría que evitar que lo mataras". instruyó Rosco.

Estuvieron callados el resto del viaje.

Grego estaba pensando, *tengo que contarle esto a Tuc.*

Rosco habló mientras entraban en el aparcamiento de emergencia. "¡Maldita sea! Deberían arreglar este bache. ¿Quieres entrar solo?"

"La verdad es que no. ¿Te importa?" "Me parece bien. Entraré contigo".

"Estoy un poco nerviosa. Nunca me han gustado los médicos y nunca he tenido que pedir caridad".

"OK. Vamos."

"Te lo agradezco. Soy un gallina cuando se trata de dolor". dijo Grego agradecido.

Rosco se sacó el pelo largo, negro y liso de la coleta que llevaba en la nuca antes de rodear el camión para ayudar a Grego. En la cárcel le permitían llevar el pelo largo. Alegó un privilegio religioso. Todas las fotos que le hicieron cuando le detuvieron llevaban el pelo recogido. Necesitaba un disfraz. Esto tendría que bastar por ahora. Rosco le abrió la puerta a Grego y medio lo llevó a la sala de urgencias. "Tú coge una silla, agárrate a la nevera y mantén la mano ahí. Yo hablaré".

En urgencias, Rosco ayudó a Grego a sentarse en una silla y fue a hablar con la enfermera. Mirando la etiqueta con su nombre, Rosco dijo: "Perdone, ¿Carmine?". Con el encanto que normalmente le conseguía cualquier mujer que quisiera. "Este tipo tiene un par de dedos rotos. Estaba metiendo la compra en el coche de esta gente por calderilla. En vez de pagarle, le cerraron la puerta en la mano. Abrieron la puerta para que sacara la mano y se fueron riéndose. ¿Te lo puedes creer? Intenté ayudarle todo lo que pude, pero está bastante mal. No podía dejarle allí, así que le traje aquí con la esperanza de que usted pudiera ayudarle". Mostró sus hermosos dientes al sonreír. "Tengo unos treinta dólares, si eso sirve de ayuda". Dijo Rosco, con los ojos muy abiertos y honesto como un buen samaritano. Era realmente encantador, y giraba la cabeza para que su pelo cayera en cascada sobre su hombro mientras hablaba. A las mujeres les encantaba su pelo.

Carmine sonrió y dijo: "¿Por qué no espera aquí un minuto y veré qué puedo hacer por usted? Pensando para sí misma con deleite, *Qué caballero tan encantador. Y, se detuvo a ayudar a una perfecta desconocida.* Ella fue a la sala de partos para encontrar al doctor a cargo. "¡Ahh!" Dijo cuando el Dr. Handle entró por la puerta. "Hay un caballero que trajo a un transeúnte con un par de dedos rotos. ¿Quiere echarle un vistazo?"

"¡Sí! Por supuesto. Ahora estoy de buen humor. Acabo de dar a luz a una niña preciosa y sana. Ya sabes lo que eso significa". Dijo el médico. "Primero me cambiaré y me limpiaré. Llévalo a la zona de exploración. Enseguida voy".

Cuando Carmine Ruiz entró en la sala de espera, vio que aquel hombre tan encantador estaba consolando al herido. Qué considerado. se dijo. Luego dijo en voz alta. "El médico se ocupará de él ahora. Tiene mucha suerte. El médico está de buen humor. Acaba de dar a luz a una niña sana. "Qué maravilla". Dijo Rosco, mientras ayudaba a Grego a entrar en la sala de exploración. "Apuesto a que es algo alegre de presenciar. Un nuevo ser humano".

Grego se desmayó del dolor al mover la mano. Rosco no dejó que cayera al suelo, simplemente lo cogió en brazos. Lo llevó a la zona de reconocimiento y lo tumbó en la camilla sin pensárselo dos veces. Con toda naturalidad. Volvió a sonreírle.

Esto realmente encantó a Carmine más allá de las palabras y se sonrojó de color rosa en las mejillas. Además de su hermoso pelo y su encanto, era alto, amable y muy fuerte. ¡Mmmm! Dónde ha estado este tipo toda mi vida. Creo que me tiemblan las rodillas. Aclarándose la garganta, dijo. "Asegúrate de que no se caiga de la mesa. Ahora vuelvo".

Cuando llegó al otro lado de la cortina, apoyó una mano en la pared y la otra en el corazón. Permaneció allí en silencio un unos segundos hasta que sus rodillas se estabilizaron. Respiró hondo, tragó saliva y siguió su camino.

Cuando volvió, Doc Handle estaba justo detrás de ella.

Dijo. "Veamos lo que tenemos aquí. ¡Mmmm! Alguien hizo un buen trabajo aquí. Envasándolo en hielo y manteniéndolo seco". Dijo y miró a Rosco.

Grego recobró el conocimiento y gimió de dolor.

"Tranquilo, tranquilo", dijo el médico. Dio instrucciones a la enfermera y volvió a mirar a Rosco. "Esto me facilita el trabajo. Gracias. ¿Tienes entrenamiento?"

Rosco sonrió tímidamente. "Aprendí mucho de mi hermana, es LVN [Licensed Vocational Nurse], y misionera itinerante".

"Mi madre era enfermera en la reserva donde vivíamos como misioneros. Se aseguraba de que todos, incluidas mi hermana y yo, tuviéramos conocimientos básicos de primeros auxilios". recitó Rosco, de las muchas veces que había utilizado esta historia para evitar preguntas sobre su vida real.

Carmine volvió con la medicación y el material que le había pedido el médico. Hizo un frotis en el brazo de Grego, le dio morfina para el dolor y preguntó a Rosco. "¿Vas a esperarle?

"Iba a llevarlo a un refugio. ¿Podría decirme dónde encontrar uno?". Rosco tenía su juventud y una combinación de sangre india y oriental. Esto le hacía parecer misterioso y sabio: la gente creía todo lo que decía y no cuestionaba más. La gente tomaba todo lo que decía como un hecho. En parte por eso estaba en la cárcel. Su boca cautivó a demasiadas damas para sacarles su dinero. Eso estuvo bien hasta que uno de los ex maridos perdió la vida cuando desafió a Rosco. Los celos latentes le hicieron creer que Rosco era su amante. Que lo era hasta que se quedó sin dinero. Esa es otra historia. Doc Handle le dijo a Rosco que tendría que esperar fuera, en el vestíbulo.

Rosco inclinó majestuosamente la cabeza y sonrió a Carmine mientras retrocedía, al otro lado de la zona de cortinas. Se dirigió a la sala de espera y se puso a leer revistas.

Rosco se había recostado en su silla tan cómodamente que casi estaba dormido. Estaba tan sumido en sus pensamientos que se sobresaltó cuando descubrió a Carmine tocándole el hombro. Se sentó de golpe. "¡Oh! ¡Lo siento! Señor. El caballero que ha traído está listo para irse. Le hemos dado unas pastillas para el dolor. Pastillas de codeína. ¿Podría decirle a la gente del albergue que el doctor quiere volver a verlo en tres días, o si el vendaje se ensucia que venga antes? Debe mantenerse limpio y seco para evitar infecciones".

"El médico estaría aquí para contártelo, pero la señora que tuvo al bebé, está dando a luz a otro ahora mismo. Eso hace que sean gemelos. Una doble bendición. Con tres horas y media de diferencia. Eso no sucede a menudo. Creo que podría ser un récord para este hospital. Tendré que buscarlo". Carmine dijo todo burbujeante y lleno de sonrisas.

"Vaya, no me había dado cuenta de que llevaba aquí tanto tiempo. ¿Encontraste un refugio al que pueda llevarlo?"

"Algo igual de bueno".

"Realmente aprecio todo lo que has hecho. Estoy seguro de que Gary también". "¿A quién?

Nos dio su nombre como Charlie Cotton", dijo Carmine.

"Pensé que su nombre era Gary. Me equivoqué. Debo haberlo entendido mal. Supongo que le dolía mucho cuando intentó decírmelo antes. Tengo que ponerme en marcha. Me dirijo a Canadá. Mi hermana está trabajando con unos indios franceses allá, pensé en ayudar un poco".

Carmine le dijo a Rosco que la ciudad no era lo bastante grande como para tener un edificio destinado a refugio, pero que había una pensión que estaba dispuesta a acogerle un par de días sin coste alguno. Muy posiblemente podría quedarse y trabajar a cambio de alojamiento y comida. Podría rastrillar hojas, pintar los escalones del porche o incluso limpiar las mosquiteras de las ventanas. Verían lo que podría hacer a medida que su mano mejorara. Siempre estaba la hija del sheriff, Jill. Ella está en una silla de ruedas, y podría necesitar algunas cosas cuidado alrededor de su casa ".

Rosco la interrumpió antes de que la conversación pudiera alargarse. Estaba muy cansado y ella parecía tener mucho que decir. "¡Ya sabes! He estado pensando. Podría parar en casa de mis primos, no muy lejos de aquí. Podría llevar a Charlie allí y traerlo de vuelta para que lo vea el médico. Estoy pensando que mi primo podría tener un trabajo permanente para él si lo quiere. Después de todo, estaba mendigando dinero cuando se lastimó. ¿No es cierto? Al menos intentaba *trabajar* por dinero".

"¡Sí! Es muy amable de tu parte. Ni siquiera conoces a este tipo y estás dispuesto a alterar tus planes de viaje para ayudarle. Sólo espero que si alguna vez estoy en problemas, pueda encontrarme con un amable extraño como tú". alabó Carmine.

"¡Oh, por favor! Me estás haciendo sonrojar. Sólo estoy tratando a otro ser humano como me gustaría que me trataran a mí si nos intercambiáramos. Tal vez Charlie transmita mi amabilidad a otra persona necesitada. dijo Rosco despreocupadamente. "Será mejor que coja a Charlie y me ponga en marcha. Intentaré convencerle de que venga conmigo *después* de meterle en el coche. Gracias por todo. Dile al doctor que enhorabuena por el doble nacimiento, y gracias por ver a este chico 'Charlie'".

Carmine dijo. "Iré a buscar a Charlie ahora. Si usted trae su coche alrededor de la puerta de entrada. Lo sacaré en una silla de ruedas. Todavía está bastante atontado con la medicación que le dimos. No dejes que tome codeína durante al menos cuatro horas, acaba de recibir otra inyección de morfina hace unos treinta minutos.

"Vale. Puedo encargarme de eso. Y gracias de nuevo. Estaré fuera en un par de minutos". Dijo Rosco mientras salía por la puerta.

Carmine ayudó a Rosco a meter a "Charlie" en la camioneta. Parecía más cómodo para Charlie tumbarse de lado en el asiento que sentarse. Salieron del aparcamiento junto a un coche del sheriff. El agente hablaba por la radio. Mientras Rosco se dirigía hacia la salida, el coche patrulla pasó por detrás de ellos. Eso fue suficiente para que el corazón de Rosco se pusiera en marcha. Puso su mano derecha sobre Grego y le dijo que no se moviera hasta que él dijera que estaba bien. La camioneta se detuvo en la entrada de la carretera principal y giró a la izquierda. Mirando por el retrovisor, Rosco vio que el coche de policía giraba a la derecha en dirección contraria. Soltó un suspiro que no sabía que estaba conteniendo. "De acuerdo, puedes instalarte cuando quieras".

Grego dijo grogui: "¿Qué ha sido todo eso?".

"El coche de policía estaba justo detrás de nosotros, pero giró hacia el otro lado". Rosco aseguró a Grego. Se dirigieron a casa de Scott.

"¿Rosco?" Grego dijo después de un rato. "¿Sí? ¡Oh! *Estás* despierto".

"Me preguntaba qué le voy a decir a Scott. Me dejaron inconsciente ahí dentro, cuando me operaron la mano. Deberías ver las radiografías. Tengo dos dedos rotos por cinco sitios. También tengo un esguince de muñeca. Scott esperaba que le hiciera muchas preguntas. No podía pensar en otra cosa que no fuera el dolor. ¿Qué voy a hacer, Rosco? No estoy seguro de que Scott lo entienda, si el *maligno* aún tiene el control sobre él".

"Déjame pensar un rato. Tú descansa. ¿DE ACUERDO?" Cabalgaron un rato en silencio. "¿Grego? ¿Estás despierto?"

"¡Sí! Esta mano empieza a doler. ¡Mmmm! Siento como si mi corazón latiera dentro de ella". se quejó Grego.

"Necesitas sostenerlo por encima de tu corazón. Tus dedos lesionados son un punto débil y demasiada sangre intenta ir a esa zona. Es la naturaleza. Cuando nos lastimamos, la sangre corre hacia allí. Esa sensación debería desaparecer en unos tres días". instruyó Rosco.

"¿Cómo sabes tanto?"

"Sólo experiencia. He estado allí. Hecho eso". Rosco dijo rápidamente para evitar cualquier elogio. "¡Escucha! Lo que quería decir es esto". Dijo llamando la atención. "Cuando lleguemos, voy a llevarte a la casa. Vas a quedar inconsciente". Rosco esperó a que aceptaran.

"¡Vale! Hasta ahora. Puedo hacerlo. dijo Grego. "Déjame decirte de antemano 'gracias' ¿de acuerdo?"

"Claro, pero escucha. Le diré a Scott que ninguno de nosotros pudo hacer preguntas. También le diré que lo intenté pero no pude conseguir que nadie hablara conmigo porque tuvieron una gran emergencia y nadie tenía tiempo para hablar. Además, tienes que volver dentro de tres días. Le diré que entonces haremos nuestras preguntas. ¿Qué le parece?"

"¡Vale! Pero, ¿cómo sabes que aceptará lo que le digas. ¿Cómo hacemos que se quede quieto durante tres días?"

"¿Sabes? Realmente creo que él creería casi cualquier cosa que le diga, ya que me salvó la vida. En realidad no es tan inteligente. Es sólo un matón que se enoja para cubrir su ignorancia. Como su acto de salvarme la vida, me hizo totalmente honesta y fiel a él. Prometí no decirle a nadie *cómo* me salvó la vida. De alguna manera él cree que ese hecho, significa que yo tampoco le *mentiría*. Lo cual está lejos de la verdad porque él *sólo* tiene derecho a recuperar mi vida si cree que le he hecho daño. No dudaría un ápice en mentir si eso evitara que me matara. No soy tonta. Deseo mucho conservar mi vida. Dejémoslo así. ¿DE ACUERDO?" Rosco terminó. "OK. Confiaré en ti en esto. Creo que quieres vivir tanto como yo".

Estuvieron en silencio el resto del viaje hasta casa de Scott.

Cuando llegaron, ya era tarde y tanto Scott como Tuc dormían en habitaciones separadas. Rosco y Grego entraron sin hacer ruido. Rosco probó en silencio la puerta de Scott: estaba cerrada. Volvió al salón para dormir en el sofá plegable.

Grego fue a la habitación de invitados a ver a Tuc. El hombretón se despertó en cuanto oyó abrirse la puerta. Se sentó en el borde de la cama y habló en voz baja. "¡Grego! ¿Cómo estás, amigo mío?" Dijo señalando la cama de al lado. Luego frunció el ceño al ver las vendas. El ceño fue sustituido por la ira. "Si ese cabrón no se hubiera encerrado en su habitación cuando os fuisteis, estoy seguro de que le habría dado una buena paliza. Entonces lo habría matado -. Sabes que hay algo muy, muy malo con Scott. Es un poco espeluznante. Vi - como si se estuviera volviendo malvado - algo en sus ojos.

Grego se sentó en el borde de la cama y se apoyó en Tuc, que puso su gigantesca mano en el hombro del pequeño. "¿Sabes qué?" preguntó Grego.

"No. ¿Qué?"

"Estoy un poco atontado ahora mismo. Pero, cuando tengamos algo de tiempo para nosotros, te explicaré lo que he aprendido esta noche. Por cierto, Rosco no es nuestro enemigo", bostezó. "Ese hecho me da comprensión y esperanza. Se levantó, caminó hasta el otro lado de la cama, se tumbó y cayó en un sueño inmediatamente inducido por las drogas.

Tuc se tumbó en su lado de la cama y pensó en su amigo. Maldito seas Scott. *Maldito seas por herir al pequeño Grego. No volverás a tocarle.* Al cabo de una hora seguía tan alterado que no podía dormir, así que se levantó de la cama y salió de la habitación en silencio. En la cocina encontró un poco de café frío en la sartén y lo calentó. También había media bolsa de patatas fritas. Encontró un poco de salsa en la nevera. Se sentó a la mesa y esperó a que se calentara el café. Rosco asomó la cabeza por la puerta. "¿Te importa si me uno a ti?", preguntó en voz baja.

Tuc le hizo pasar silenciosamente deslizándose, levantando una silla de la mesa sin hacer ruido.

Se entendió que ninguno de los dos quería que Scott se despertara.

Se sonrieron y se sentaron en silencio a esperar el café.

Rosco se levantó en silencio y salió de la cocina. Cuando regresó, cerró la puerta de la cocina tras de sí, puso el televisor portátil sobre la mesa y lo encendió a un volumen bajo. Susurró. "Todavía no hay noticias, pero he pensado que podríamos ver si ponen alguna película. ¿DE ACUERDO?"

Tuc asintió con la cabeza y le dedicó una gran sonrisa a Rosco.

EL MURO

Carl volvió a leer la lista, y después se quedó sentado en silencio intentando recordar cosas, lugares, personas o cualquier otra cosa que hubiera olvidado. Volvió a dormirse y se dio cuenta de que había chocado con una pared que parecía hecha de cristales multicolores de colores pastel con una superficie lisa, plana, como una escama. Era como la mica y muy grande, un cristal era tan grande como una tapa de alcantarilla. No tuvo que tirar muy fuerte para que uno de los cristales más grandes se desprendiera de la pared. Se desprendió en su mano, dejando al descubierto un gran agujero en la pared. Debido al grosor de la pared y a la curvatura del pasadizo interior, no podía ver a través de él. Era más bien un pequeño túnel. ¡Sí! se dijo a sí mismo. "Este es el muro que recuerdo haber visto desde la colina. Otra salida", dijo, y luego preguntó: "¿De dónde? De donde estaba antes o de detrás de este muro". No obtuvo respuesta. A medida que se adentraba en el túnel, éste se curvaba y estrechaba. Estaba a pocos centímetros de la capa exterior de la pared y de su salida. Estiró los brazos, pero no pudo entrar en contacto con el otro lado. Le detuvo el tamaño cada vez menor del túnel que tenía delante y una capa de cristales como la que acababa de arrancar del otro lado de la pared para entrar. Necesitaba volver a por algunas herramientas, para poder ampliar esta zona y derribar las escamas del otro lado. Necesitaba ayuda.

Tenía los brazos estirados por encima de la cabeza en un esfuerzo por alcanzar el otro lado del muro desde el interior. Se había introducido con las piernas en el túnel que se estrechaba y había quedado fuertemente encajado. Estaba atrapado. Pataleó, se retorció, intentó todo lo que se le ocurrió, pero no había mano ni punto de apoyo contra el que empujar o tirar. "Dios mío, ¿qué hacer ahora?" Parecía que cuanto más lo intentaba, más atrapado estaba y más le costaba respirar.

"Carl, soy Crystal, este sueño te ha asustado tanto que estás proyectando pensamientos muy fuertes. ¿Puedo quedarme contigo en este lugar?"

"Por favor, hazlo. Estoy muy confuso y asustado. He llegado a un punto muerto. Siento como si la pared se hubiera enrollado alrededor de mi cintura. Me sujeta. No puedo avanzar ni retroceder. Por favor, ayúdame". suplicó Carl. Crystal le explicó. "En primer lugar, necesitas relajarte para que entiendas qué es lo que le está pasando a tu cuerpo. Tu cerebro, hará un circuito de derivación a través de una zona no utilizada de tu materia gris y cuando la sustancia química deje de bloquear tus recuerdos se disipará por falta de función. Atrae energía y crea un vínculo contigo. Necesitas construir un puente *sobre* él, no un túnel a través de él. Sólo puede permanecer activo mientras estés en contacto con él. Si no funciona, se disolverá. Este muro con el que estás en contacto está hecho de cristales. La pared de cristales representa la droga que te dieron. Tienes que atravesar este muro. Atravesar la pared invita al contacto, y energiza la droga y el vínculo se hace más fuerte. No estamos preparados para hacer esto ahora. Voy a retirarme ahora". Ella colocó su mano en el hombro de él.

"¡Espera!" Carl abrió los ojos. Estaba sudando y ella comprobó que su tensión estaba por encima de lo normal. "Creo que acabo de descubrir algo", dijo asombrado.

"¿Qué es eso?" Crystal miró en su dirección.

"Cuando estoy en modo sueño. Salgo de él cuando alguien me toca". relató.

"Así es, y puede que tengamos que poner un cartel encima de tu cama, 'NO TOCAR SI DUERMES' ¿Qué te parece? Lo digo en serio".

"Mmm, no lo sé. ¿Y si... estoy teniendo una pesadilla? Como ahora, que necesitaba que alguien me tocara. Tendré que pensármelo", dijo Carl sopesando la posibilidad.

"Sólo una oferta, no estoy presionando. Necesitas ser consciente de tus opciones, eso es todo. Por favor, Carl, nunca confundas lo que digo con una orden. Lo que te diga siempre es una opción. Más bien como trozos de información o instrucciones que puedes seguir o no. Ni Ruby ni yo podemos obligarte a hacer algo que nunca harías. Sólo somos guías, no líderes. Todo lo que ocurra estará bajo tu control exclusivo. Mi hermana y yo tenemos la capacidad de ayudarte en las áreas difíciles. Podemos enseñarte, ayudándote. En cualquier momento, puede detener parte o la totalidad de un procedimiento por cualquier motivo, no es necesario decir una palabra. *Retirarse* es sencillo y puede hacerse sin ayuda. Sólo recuerde que usted tiene el control total en todo momento".

Sentándose y deslizando los pies por el suelo, Carl dijo. "Estoy tan agradecido de estar aquí y no en otra parte. Tiemblo al pensar en pasar por esto sin ti y sin la ayuda de todos. No puedo evitar pensar que estaría totalmente perdido". Se metió los brazos en las mangas de la bata y se ató el cinturón, e invitó a Crystal a tomar un refresco de la máquina expendedora.

Cuando salieron de la habitación de Carl, Steve cerró la puerta y los acompañó por el pasillo.

Mientras caminaban, Crystal mencionó a Steve Smith, el guardia de policía, *como su primo, pero "no se lo digas al* FBI". Steve mide un metro setenta y cinco. Tiene una complexión media un poco redonda en los bordes que no han sido endurecidos por la vida o la madurez. Su pelo es rubio blanquecino como el de Crystals con los ojos verde bosque más pálidos que nadie haya visto jamás.

Carl dijo: "Probablemente ya lo saben".

Steve caminaba detrás de Crystal y Carl mientras hablaban entre ellos.

Crystal le dijo a Carl: "El destino interviene en todo. Para algunos, la suerte es el destino. Ella explicó que nuestro futuro ya está determinado. Cómo llegar a él desde aquí depende de nosotros. Podemos hacerlo por el camino difícil, nosotros solos, o por un camino más fácil con la ayuda de amigos y personas de nuestro entorno. Desde el principio, el hombre no fue creado para estar solo. Eva fue creada para Adán, como compañera de ayuda. Si uno no puede compartir las labores y los logros, entonces no hay verdadera alegría en hacer sólo para uno mismo. Sin alegría, ¿qué es la vida? Carl, estás aquí porque hay algo que aprender que te fortalecerá para la vida que te espera. Nadie puede decirte lo que te espera. Las personas con las que entras en contacto a lo largo del camino de tu vida, pueden ayudar o dificultar tu progreso. Tu futuro depende de a quién *permitas* aferrarse a ti. Nadie puede hacerlo solo, y es mejor ser exigente con tus amigos y parejas. Algunas personas se sentirán atraídas por ti debido a la fuerza de tu aura. No puedes cargar con los problemas del mundo. Sólo hay uno de ti y siempre habrá de los que *tengas que desprenderte*, porque están utilizando *tu* suministro de energía. Si encuentras a alguien que es bueno para ti y está dispuesto. Podéis aferraros el uno al otro el tiempo suficiente para superar lo que sea que haya en el camino que ambos tenéis por delante. Las relaciones de pareja tampoco *tienen por* qué ser permanentes. Dependiendo de por *lo que* estés pasando, puede que necesites cambiar de pareja para *sobrevivir a* tu propio futuro. Los amigos y socios de toda la vida necesitan ser polifacéticos y tú también. No tengas miedo de aceptar un reto, es un lugar de aprendizaje. Si el destino de otra persona es morir, no es culpa tuya si no lograste evitarlo. Sigues aquí porque por mucho que esta gente intentara matarte a ti o a tu espíritu, el destino dijo que no era tu turno".

OK, entonces lo haré oficial. Crystal Smith, ¿podrías por favor asociarte conmigo? ¿Podrías decirle a Ruby que me gustaría que hiciera un trío?" Carl suplicó.

"¡Sí! Por supuesto, lo haría." Ruby dijo desde detrás de ellos. "¿Supongo que estamos considerando una asociación?"

A Carl se le iluminó la cara con una sonrisa.

Jugar, como tener unos cinco años. Steve dice: "Yo también quiero jugar, ¿puedo? ¿Eh? Puedo, por favor". Lo que hace reír a todo el mundo, porque lleva el uniforme completo, con pistola y todo. Era un espectáculo verle saltar de un pie a otro.

Ruby dice sonriendo. "Eso depende de Carl". Carl se lleva los dedos a la barbilla: "Humm".

Crystal interviene: "¡Steve es guay! Es uno de los buenos, Carl. Nos ha ayudado antes, y también tiene su propio talento". Elogió.

"Bueno, si tú lo dices. Supongo que estará bien". Carl estuvo de acuerdo.

"¡Oh! Goodie". Steve dijo palmeando sus manos burlonamente. "Pero, ahora en serio 'Gracias, lo haré lo mejor que pueda'. Soy bastante nuevo en esto, pero mis dos primos aquí me mantendrá en el camino correcto ".

"Y ya que estás aquí Steve, déjame decirte algo". Carl dijo "Necesito que tú y el Capitán Kennar hablen con Thomas sobre una camioneta que vimos afuera de mi ventana. Crystal y Ruby la vieron en terapia". Miró a las gemelas e inmediatamente apareció la imagen de la camioneta en su mente. "Vaya."

"Deja de presumir Steve. Este tipo de cosas son nuevas para Carl". Ruby regañó.

"Lo siento, sólo estaba presentando mi talento. Supongo que es un poco fuerte. Soy nuevo compartiéndolo. Es sólo que todos estabais pensando en ello al mismo tiempo". Dijo Steve asombrado. "Vuestras auras combinadas eran muy potentes".

"Antes de descubrir este… *este talento*. pensé que me estaba volviendo loco". Steve le confesó a Carl. "Eso fue hasta que se lo hice a Ruby por accidente. Eso fue antes de aprender a controlarlo.

Mis primos me salvaron del manicomio, enseñándome a entender lo que me pasaba. Puedo manipular pensamientos en una imagen mental para explorar a tu gusto. Intentaré controlarlo. Estaba un poco emocionado por haber sido incluido. Me gustaría volver a intentarlo cuando no esté de servicio. Eso si no te importa, Carl". Steve suplicó.

"Hasta que te conozca un poco mejor, me gustaría que estuviera uno de los gemelos". dijo Carl tratando de no herir los sentimientos del más joven.

"Me parece bien. Me ocuparé de la información de la camioneta. Antes de hacer nada, me pondré en contacto con el Capitán". Dijo Steve.

"Mientras tanto, déjenme decirles, gracias a todos por su amabilidad. Me vuelvo a la cama después de comprar un refresco a mis nuevos compañeros". Carl dijo metiendo un billete de cinco dólares en la máquina expendedora.

Para aliviar la tensión, Steve sonrió y dijo: "¡Bueno! Si no me hubieras ofrecido el refresco habría tenido que echarme atrás en el trato".

Todos dijeron: "Gracias". Los gemelos volvieron al trabajo, mientras Steve y Carl paseaban de vuelta a la habitación. Saludaron con la cabeza al FBI, abrieron la puerta y entraron en la habitación. Steve dijo: "Me quedaré aquí un momento, si les parece bien. Cuando salga de esta habitación, cada uno de los agentes tomará un refresco. Les estoy dando una imagen subliminal de una lata de refresco helada a la que no podrán resistirse. Es inofensivo".

Unos dos minutos después, oyeron el estallido de las tapas de las latas de refresco. "¡Ja! ¡Ja! ¡Ja!" Carl y Steve se echaron a reír. Carl dijo: "Es extraordinario. Gracias de nuevo, lo necesitaba. Creo que no he tenido nada de lo que reírme en… maldita sea, no puedo recordar la última vez que realmente me solté y me reí a carcajadas."

Steve dijo. "De nada. La risa siempre es una buena medicina. A mi manera cursi, intento repartir tanta como puedo".

"Bueno, funcionó. Me siento muy bien ahora. Gracias". Carl dijo - sinceramente.

Steve le dijo. "Fue un ejercicio de modificación del control. Como empezar de pequeño. Mis primos me están enseñando a usar mi talento para el bien y no para el mal".

Permanecieron un momento en silencio.

añadió Steve. "Iba en la dirección equivocada con mis habilidades, antes de aprender lo que me estaba pasando. Primero tuve que aprender que mi talento es un don y que para recibir un don tiene que haber un dador. Estoy eternamente agradecida a Dios por haber sido elegida para recibir este don. Demostraré que su elección fue buena no utilizándolo nunca para el mal". reiteró Steve, antes de salir de la habitación de Carl. "Buenas noches. Estoy afuera si necesitas algo o sólo quieres hablar".

"Gracias, buenas noches Steve". dijo Carl, sonriendo al ver a los agentes, cada uno con un refresco, antes de que Steve cerrara la puerta del todo. Mientras recostaba la cabeza en la almohada, recordó un ejercicio de relajación que solía hacer. Ni siquiera pensó de dónde procedía ese recuerdo. Utilizó los mandos para aplanar la cama. Respiró hondo y tensó todos los músculos del cuerpo, desde el cuero cabelludo y las orejas hasta los tobillos y los dedos de los pies. Soltó todos los músculos tensos a la vez y exhaló muy despacio. Continuó inhalando profundamente y exhalando muy despacio. Cuando exhaló la cuarta vez, ya estaba dormido. Se durmió sin medicación y durmió toda la noche.

LOS MALES DE GREGO

Grego se despertó en mitad de la noche con dolor en la mano. Se alivió, tomó un analgésico y volvió a la cama. Se quedó dormido con la mano colgando hacia el suelo, lo que provocó que la hemorragia continuara.

Una hora más tarde, el analgésico no conseguía aliviar el dolor y el vendaje estaba lleno de sangre. Se sentó en el borde de la cama y empujó suavemente el hombro de Tuc. "¡Tuc!" Susurró y levantó la mano hacia el hombretón. "¡Mira! Ve a buscar a Rosco. Él sabrá qué hacer. ¡Por favor! Necesito un vaso de agua para tomarme una pastilla. ¡Caramba! Esta cosa realmente duele".

Tuc seguía con la ropa de anoche. Se levantó de la cama y fue al salón a despertar a Rosco, pero éste seguía despierto. "Grego necesita tu ayuda Rosco. Le sangra mucho la mano y le duele. No tenemos nada para usar de vendas".

"Hay un armario de ropa blanca en el pasillo. Busca algunas sábanas viejas que podamos romper para hacer vendas. Mira a ver si hay algo como agua oxigenada, tal vez un botiquín de primeros auxilios en alguna parte", instruyó Rosco a Tuc y fue a ver a Grego. "¿Qué tal por aquí?" Preguntó a Grego, mientras entraba sin llamar.

"Parece que tienes una fuga. Déjame ver eso". Rosco cortó suavemente la venda y tiró los trozos a la papelera que había junto a la cama.

Tuc entró con una sábana vieja, un pequeño botiquín y un frasco de agua oxigenada. "Aquí tienes lo que necesitas. Hay esparadrapo en el botiquín".

Rosco le dio las gracias y se puso a trabajar en la mano de Grego.

Tuc no había visto la herida desde que regresaron del hospital, hasta ese mismo momento. Tenía la mano negra, amoratada e hinchada hasta tal punto que los puntos parecían estar muy hundidos en la carne. "¡Dios santo! Ese cabrón casi te corta los dedos, Grego. Lo mataría si no tuviera que pasar por Rosco. Él no tenía que hacer todo eso, sólo para llevarte al hospital a buscar información. ¡Eso está muy por encima de lo necesario! ¡Esto realmente me cabrea ahora! No es más que un animal al que hay que sacrificar antes de que haga más daño". Tuc estaba furioso y se paseaba inquieto por la habitación. No podía evitar que se le humedecieran los ojos mientras Rosco limpiaba y vendaba la mano de Grego.

dijo Rosco. "Esto es sólo temporal. Por la mañana volveré a arreglarlo. Yo mismo no sabía la magnitud del daño hasta que lo he visto ahora. Con esto *no* se juega. Podrías perder uno o los dos dedos. Mantenga su mano por encima de su hombro, que se llevará a algunos de la presión de la misma. Nuestra mayor preocupación es detener la hemorragia. Puedes tener daños que necesiten ser cosidos o cauterizados pero no estoy preparado para hacer eso. Te llevaré de vuelta al hospital mañana si esto no mejora. Puede que necesites al médico otra vez.

"El médico me dijo que debería haber conseguido un número de licencia. Podría demandarle. 'Es una crueldad hacerle esto a otra persona'. No podía imaginar que alguien pudiera tener una excusa que justificara hacer esto'. A él también le molestó mucho". Grego dijo a Tuc y Rosco. "Esas pastillas son bastante buenas. El dolor parece - ¡Mmmm! No tan fuerte como antes. Gracias, Rosco, te lo agradezco. Me habría dolido mucho más sin ti". "Cuando Rosco termine deberías tumbarte de nuevo e intentar dormir. No deberías tomar más pastillas todavía. Acabo de contarlas", dijo levantando el frasco de pastillas. "Falta una. Seguro que ya te la has tomado. Una persona puede matarse tomando demasiada codeína". advirtió Tuc con preocupación paternal.

"Tiene razón Grego. Ya he terminado. Intentemos descansar ahora, porque mañana promete ser un día ajetreado. Tendremos que vender parte de la droga o hacer otro préstamo. Nos estamos quedando sin dinero. Sé que todos queremos seguir comiendo".

"¡Vamos todos a la cama y en silencio, por favor! No despertemos al animal". Dijo Tuc entre dientes antes de ayudar a Grego a volver a meter los pies bajo las sábanas. "Vamos amiguito te ayudaré a acomodarte de nuevo en la cama. Ya es más de medianoche".

Hacia las siete y media de la mañana, Tuc salió del dormitorio sin hacer ruido para que Grego pudiera dormir. *El pobrecito había pasado una noche dura.* Había café caliente y bollos de canela recién sacados del horno. Scott estaba untando el glaseado por encima. Llevaba puesto el delantal B.B.Q. de su abuelo. Lo habían estampado para que pareciera que llevaba esmoquin. Había conducido la camioneta hasta la pequeña tienda de comestibles familiar llamada "Palmer's Catch-all", a unas diecinueve millas de Wide Creek, Oregón. Cuando salió de la tienda, tenía todas las provisiones que necesitarían para al menos dos semanas. Y, todo el dinero que la pareja de ancianos había ganado esta semana. Hoy era día de banco, y ya tenían casi mil dólares empaquetados y embolsados para el camión de Brinks que debía recogerlos a las diez de la mañana. Ni la abuela ni el abuelo le dirían a nadie quién se había llevado los objetos desaparecidos o el dinero. Les habían inyectado burbujas de aire directamente en el corazón. El aire es bueno, se había dicho Scott, "No se puede rastrear el aire como se puede rastrear una bala o una droga". Estaba seguro de que las autoridades ya sabían lo de las drogas. *Tal vez, con suerte, pueda vender algunas de las drogas.* pensó.

"Buenos días a todos". Scott dijo alegremente. "Espero que hayan dormido bien; sé que yo lo hice". Dijo acomodándose en la silla a la cabecera de la mesa. "Cuando bajen el café, hay más comestibles en la camioneta. Una parte está congelada y en las neveras que he recogido, pero hay que resguardarla del sol. Rosco, por favor saca la lona del garaje, y cubre la camioneta cuando esté vacía, ¿quieres? La estacionaste en el patio trasero, ¿no?"

Rosco habló, casi atragantándose con la boca llena de pasteles. Consiguió mantener la calma, se lo tragó con café e hizo un buen trabajo para disimular su sorpresa. "Tú lo condujiste el último, Scott, y sí…" Exageró el esfuerzo de mirar por la ventana de la cocina. "Está en el patio trasero".

"Gracias por calentar estos panecillos y hacer el café, por cierto. Es muy considerado de tu parte Scott. - Vamos Rosco. El camión está listo.

Vamos a por lo demás antes de que se descongele". Dijo Tuc mientras salía por la puerta trasera.

Cuando llegaron al patio trasero, Tuc se volvió para mirar en dirección a la puerta de la cocina y dijo: "¿Se está volviendo loco o está colocado?". Ambos se encogieron de hombros y volvieron al trabajo que tenían entre manos. Llevaron los comestibles a la casa y Scott empezó a guardar las cosas. Había siete neveras llenas de hielo, cenas con TV, cerveza fría y refrescos en la parte trasera del camión. Debía de haber por lo menos veinte bolsas de plástico llenas de alimentos.

objetos. Para cuando trajeron las últimas bolsas, Scott había desaparecido. "¡Noooo!" Grego gritó desde la habitación de invitados.

Para un hombre de su tamaño, se movía muy deprisa. Tuc estaba en el pasillo y en la habitación de invitados antes de que el primer grito de Grego se silenciara. Tuc irrumpió por la puerta y encontró a Scott tirando de las vendas de Grego.

"Déjalo. ¡Por favor! Me duele". gritó Grego.

Tuc agarró a Scott por detrás y lo arrojó de la cama contra la puerta de espejo del armario. El cristal se resquebrajó pero no se rompió, Scott se quedó en el suelo. Tuc se dio la vuelta y vio a Rosco entrando en la habitación. Levantó las manos, con las palmas mirando a Rosco. "Mi lucha no es contigo; estoy protegiendo a mi amigo.

Rosco frenó su entrada y fue a ver cómo estaba Scott. Parecía estar bien. Rosco se volvió para ver a Grego, que se revolvía de un lado a otro llorando de dolor. Había sangre fresca en la venda que le colgaba, medio arrancada de la mano.

"Déjame ver eso Grego". Dijo Rosco, y tomó suavemente la mano entre las suyas. "¿Por qué hizo esto? Esto no tiene sentido".

Grego seguía llorando de dolor.

Tuc no pudo soportarlo más. Se acercó al cuerpo inconsciente de Scott. Con una mano hizo una bola con la parte delantera de la camisa de Scott. Levantó el cuerpo del suelo con una mano y cerró la otra en un puño. Tuc dijo: "Rosco, hay que matar a este animal, y yo soy el indicado para hacerlo". Mirando directamente a Rosco dijo: "Rosco voy a matarlo... ahora mismo".

"No Tuc, no hagas eso. Tendré que detenerte. Baja a Scott." Rosco dio instrucciones.

Para sorpresa de Rosco, Tuc lo soltó y Scott cayó al suelo. Sin dejar de mirar directamente a Rosco, con los ojos sin vacilar, Tuc dijo. "Tu deuda con Scott ha pagado en su totalidad mi amigo, porque lo habría matado si no me hubieras detenido.

"¡BRAVO! Amigos míos". dijo Grego, y entonces sus lágrimas de dolor se mezclaron con lágrimas de alegría. Lloró a carcajadas, rodando y meciéndose de un lado a otro en la cama, hasta que el dolor reclamó su atención.

Scott se revolvió y gimió en el suelo, se incorporó y se agarró el hombro dolorido. "Rosco atrapa a ese bastardo, no debe tocarme de nuevo. Todavía estás comprometido a protegerme".

"¡Lo siento! No puedo hacerlo. Ya te he salvado la vida, o no estarías despertando ahora mismo". Rosco sonrió a Scott. "A partir de ahora no estoy comprometido con nadie más que conmigo mismo y ya era hora. A partir de ahora tendrás que portarte bien o pagar las consecuencias como se espera de cualquiera de nosotros. Aquí nadie es mejor que el otro. Estamos todos juntos en esto ¿lo entiendes?".

"¡Vaya! Si vas a ser así al respecto. Supongo que no tengo elección. Dices que me has salvado la vida y no tengo motivos para no creerte". Scott sonrió y se dirigió a la cocina. "Ahora vamos a comer algo, me muero de hambre", dijo Scott, agarrándose el hombro por el dolor".

Mirando a Tuc, Rosco preguntó "¿Te importaría coger el botiquín y las otras cosas que teníamos anoche? Por favor, necesito vendar la mano de Grego". "Claro Rosco". Cuando Tuc volvió con las cosas que Rosco necesitaba dijo. "¿Crees que podemos confiar en Scott? Tiene todas esas drogas. No voy a comer nada que no haya desenvuelto yo mismo. Me ofrezco voluntario para arreglar la comida de los demás si es necesario.

"¿Cómo te sientes Grego? ¿Qué te estaba haciendo en la mano?" "Dijo que quería ver lo mal que estaba mi mano. Así que agarró mi *muñeca, mi muñeca torcida*, y empezó a quitarme las tiritas. Estaba sonriendo. Quería que me doliera. Sé que quería". explicó Grego mientras le *volvían a* curar la mano. Le dieron otro analgésico. Se sumió en un sueño intranquilo y durmió hasta las once de la mañana del día siguiente.

Cada vez que Rosco y Tuc revisaban a Grego durante la noche había más sangre en sus vendas. Ambos empezaban a preocuparse por la hemorragia y Grego tampoco tenía muy buen aspecto.

Las uñas de su mano herida empezaban a estar azules. Le dejaron durmiendo.

Le dijo Tuc a Rosco. "Yo tengo hambre. ¿Y tú?"

¡Sí! Ahora que lo pienso, me vendría bien comer algo ahora mismo. Vamos a ver qué hay para el brunch.

Scott estaba suplicando agradablemente cuando entraron en la cocina. "¿Puedo prepararles algo de comer?"

"¡No! Yo lo cojo". Dijo Tuc rebuscando entre las cosas que Scott aún no había guardado. "¿Quieren una cerveza fría?

Scott y Rosco aceptaron una cerveza cada uno. Voy a poner un par de cenas de TV en el horno. ¿De qué tipo quieres?

"Lo que esté arriba" dijo Rosco.

"Tomaré una cena de pollo frito". dijo Scott, abriendo la tapa de su lata de cerveza y bebiéndose casi la mitad de un trago. Luego dejó la lata pesadamente (*varonil a la manera de pensar de Scott*) sobre la mesa. Parte del líquido le salpicó la mano y se la lamió con una sonrisa de satisfacción.

Mientras Tuc calentaba las cenas, Scott sacó un fajo de billetes de la bolsa que tenía en el suelo junto a la mesa. "¡Toma! Nos repartimos a partes iguales, ¿no?". Dijo, mientras hacía cuatro montones de dinero. Cuando terminó, había ciento setenta dólares en cada montón. No les habló de los trescientos que había sacado y guardado en su dormitorio antes de llevar la bolsa a la cocina.

Tuc se acercó y cogió dos montones, diciendo que se encargaría de que Grego recibiera el suyo.

Scott recogió su pila de billetes, cogió dos de veinte y se los metió en el bolsillo de la camisa. Le dio el resto de su parte a Tuc y le dijo: "Toma, dale esto a Grego por su dolor y sufrimiento. Me siento muy mal por su mano. No sé qué me pasó para hacer algo así. A veces no soy yo mismo. La medicación que tomaba en el porro, me alejaba de los malos *sentimientos* que tengo a veces". Scott confesó, esperando simpatía. Había funcionado antes; podría intentarlo de nuevo. Estos tipos estaban enojados con él, se daba cuenta. Sammy siempre lo metía en problemas. Si tan solo Sammy se alejara un poco más. Las cosas volverían a estar bien.

Rosco sacó el televisor del bolsillo de la chaqueta y lo puso sobre la mesa. Seguía sin conseguir noticias, ni nada sobre ellos. Había una historia sobre una pareja mayor que tenía y regentaba una pequeña tienda de alimentación y suministros en Wide Creek, Oregón, llamada "Palmer's Catch-All". Un cliente que llamó al departamento de policía los encontró en el suelo. Aparentemente, no hubo lucha. El cliente dijo que "faltaba un montón de comestibles". Se daba cuenta porque los dueños siempre tenían las estanterías y las zonas de congelados llenas. Hicieron un buen negocio aquí. La gente viene de todas partes, porque saben que pueden encontrar lo que necesitan.

La reportera de la cadena de televisión estaba haciendo una entrevista en directo y sostuvo su micrófono delante del conductor del camión de Brinks. Dijo. "Hoy tenía previsto recoger un depósito bancario". Apartando el micrófono del conductor, la reportera dijo. "La cantidad en dólares no se sabrá hasta que se confirme a partir del papeleo que estaba sellado en una bolsa de pruebas, que será revisada por el departamento de policía local. ¿Y cuánto se llevaron?". El conductor de Brinks dijo. "Suelo recoger entre ochocientos y mil dólares cada semana. Esta pequeña tienda hace un buen negocio. Tienen muchos artículos especiales y pedidos a medida". Sonrió a la cámara mientras la voz de la reportera se identificaba, identificaba el canal y prometía volver con más detalles a medida que fueran llegando.

Rosco apagó el televisor portátil. Tuc y él se miraron. Scott dijo con disimulado alivio: "Parece que intenta ser más importante de lo que es. Chicos, habéis visto lo mucho que había aquí en el mesa".

Tuc y Rosco miraron a Scott con sorpresa. Rosco dijo: "¿Tú hiciste esto? - Así que de ahí salió todo esto. Pensaba que habías vendido alguna de esas drogas que recogimos antes".

"¡No!" Scott dijo "Eso está demasiado caliente ahora mismo. Además, no tenemos ninguna conexión aquí que podamos *descargar* las drogas.

"¿Y cómo te has librado de los viejos?" preguntó Tuc.

Scott sonrió para sus adentros al recordar aquello y luego trasladó la sonrisa a su cara. "La vieja se desmayó cuando me vio agarrar a su viejo por detrás y bombearle una jeringuilla llena de aire en el corazón. Se lo hice justo donde estaba tumbada". Sin complicaciones. Creo que ya le había dado un infarto. Recogí la bolsa de dinero de la oficina y me fui de compras. Tenían neveras en oferta y un congelador lleno de hielo. Fue entonces cuando conseguí la idea de cómo llevar todo esto a casa sin que se derrita. También hay helado en una de las neveras. Fue genial tener toda la tienda para mí. ¡Ya veis! Todavía no habían abierto. Sólo la puerta trasera estaba abierta. La cerré detrás de mí al entrar y les regañé como un hijo preocupado por lo peligroso que era ser tan descuidado. Luego les enseñé lo que podía pasarles...". Scott se sentó sonriendo ante el recuerdo, y no dijo nada más.

"Aquí está tu cena", dijo Tuc, acercándosela a Rosco.

Rosco dijo: "Gracias", y entró en el salón con la televisión y la cena. "Gracias por el dinero, Scott". Dijo, desde la puerta. Tuc le dijo a Scott. "Gracias por el dinero". Recogió la cena y se dirigió a la habitación contigua con Rosco. Antes de salir de la cocina, le dijo a Scott. "Tu cena estará lista en unos diez minutos; el pollo tarda más tiempo. Por favor, asegúrese de apagar el horno cuando haya terminado. ¿DE ACUERDO?" "¡Sí, bien! Gracias por cocinármelo".

"De nada". dijo Tuc y desapareció por la esquina, deteniendo cualquier conversación posterior.

Cuando terminó de comer, Rosco fue a ver a Grego. Inmediatamente se dio la vuelta y fue a buscar a Tuc. Ambos volvieron corriendo al dormitorio. Grego estaba sentado en el borde de la cama, levantando la mano herida por encima del hombro. El vendaje estaba casi completamente rojo. La hemorragia no se había detenido.

"¿Por qué no llamaste a alguien?" preguntó Rosco y le habló a Tuc de la pequeña nevera que había usado antes. Estaba en el porche de atrás. ¿Podrías ponerle hielo y traerla aquí con una bolsa de basura?

Tuc llevó la nevera pequeña a la cocina y empezó a llenarla con hielo de una de las neveras grandes. Scott le preguntó qué estaba haciendo. Tuc le contestó entre dientes, haciéndole saber a Scott que no se metiera con él. "La mano que te rompiste no ha dejado de sangrar. Hay que meterla en hielo".

Tuc terminó y se dirigió a la habitación de invitados. Caminando hacia la puerta, se detuvo y miró al hombre al que quería matar. Entrecerró los ojos y, sin dejar de hablar con los dientes apretados, dijo. "Probablemente necesita ir de *vuelta* al hospital. No gracias a ti".

"¡Lo siento! No creía que fuera tan grave". Scott suplicó: "Si no lo creías, ¿por qué no cortaste el vendaje para verlo?". Rosco preguntó desde la puerta.

"No sé, supongo que pensé que saldría bien". Scott respondió. Pensando- ¡Oh! ¡Hombre! Sammy, no necesito a este grandullón cabreado conmigo. Bajemos la voz por un rato. ¿VALE?

Rosco había venido a la cocina para ver por qué tardaban tanto en traer el hielo. Rosco llevó la nevera al fregadero y añadió agua. Abrió la bolsa de basura y la extendió sobre la nevera para que Grego pudiera meter la mano en el agua helada sin mojarse la mano. "Deprisa, Tuc, asegúrate de que su mano está así dentro de la bolsa". Rosco hizo una demostración con su propia mano dentro de la bolsa y metiendo el puño en el agua helada. Sacó la mano seca del hielo y se la enseñó a Tuc. Dijo: "Es muy, muy importante que su mano se mantenga seca. Así no sangrará tanto".

Scott les siguió hasta la habitación de invitados y Grego. Mientras Rosco le vendaba la mano dañada, Scott se sentó al otro lado de la gran cama y se quedó mirando. La mano estaba hinchada y amoratada. Los dedos estaban tan hinchados que los puntos amenazaban con cortar la carne. Scott dijo con lágrimas en los ojos. "¡Ohh! ¡Grego, lo siento taaaanto!"

Respondió Grego. "¡Sí, claro! Para ti es fácil decirlo".

"¡Sinceramente! No tenía ni idea de que acabaría así". Sólo quería una excusa, una *pequeña* excusa, para llevarte al hospital.

Scott extendió la mano para mostrar las cicatrices en tres de sus dedos. "Mi abuelo me cerró los dedos con esa misma puerta una vez, pero sólo tenía magulladuras y algunos cortes en la piel. Sólo tenía quince años". Dijo Scott poniéndose de pie. "Nada como lo que te paso con los huesos rotos. Tiene muy mala pinta. Pense que tendria que cerrar la puerta mas fuerte porque los dedos de los adultos son mas grandes. Te llevaré de vuelta al hospital tan pronto como Rosco termine de curarte."

dijo Grego. "Está bien, Scott. Rosco puede llevarme. Él sabe dónde está. Me dolía demasiado como para recordar cómo llegar. No podía decirte las direcciones". Grego le dijo a Scott y le suplicó con la mirada a Rosco. 'Llévame *tú. ¿Por favor?*

"Puedo llevarlo, Scott no hay problema. De verdad que no me importa". Rosco suplicó, siendo muy informal con su tono de voz.

"¡No! Yo lo llevaré. Después del pequeño paseo de esta mañana. He descubierto que me gusta conducir el viejo camión del abuelo. Necesito salir al aire libre. Esta casa se está convirtiendo en una prisión. Tengo 'Cabin-Fever' por así decirlo". dijo Scott con una sonrisa.

Rosco y Tuc no pudieron hacer otra cosa que mirar a Grego con un "lo siento" en los ojos.

Cuando Scott salió de la habitación, Rosco dijo. "¿Qué podemos hacer? Es su camión". "Lo sé y si no fuera por el dolor, me habría ido con él. Necesito ayuda con esto. Realmente duele mucho. Además parecía que lo sentía de verdad. Creo que las lágrimas eran de verdad". Grego lo dijo esperanzado, con un destello de

duda en el fondo de su mente.

"Si vuelve a hacerte daño, le mataré la próxima vez que le ponga las manos encima. Voy a buscarle ahora mismo y se lo diré". Tuc dijo y salió de la habitación.

Encontró a Scott en la cocina preparando un par de sándwiches para el viaje. "Quiero dejártelo claro ahora mismo". Tuc alzó la voz: "NO le hagas más daño a Grego del que ya le has hecho. Tuve la oportunidad de matarte hoy temprano, pero le dije a Rosco que no lo haría y no lo hice. Si Grego me dice que le has mirado mal, lo arreglaré por mi amigo indefenso y herido. No pienses ni por un minuto que me detendré la próxima vez que te ponga las manos encima. Recuerda esto. Si lastimas a Grego. Me haces daño a mí. Así que, no lo toques". Tuc dijo imponiéndose sobre Scott. "¡Tranquilo! ¡Tranquilo! Abajo grandullón". Scott tenía las manos extendidas frente a él, con las palmas mirando a Tuc. "Entiendo grandullón. Esto no va a ser un problema. Te lo prometo. Siento mucho lo de su mano. Prometo que no haré nada para empeorar su lesión.

Con la voz baja, sólo ligeramente. Tuc dijo: "Su herida o cualquier otra parte de él y recordar mi advertencia. Puedo hacer lo que digo, si me *provocas*. - Haz un bocadillo extra para Grego, no ha comido desde que le heriste la mano. No debería tomar esas pastillas para el dolor con el estómago vacío. Le sentarán mal. Un par de refrescos también". Dijo y salió de la cocina. Se dirigió a la habitación de invitados.

Grego estaba sentado en el borde de la cama con la mano dentro de la bolsa que lo mantenía seco. Estaba sumergida en la nevera. Grego tenía mucho dolor en ese momento. Rosco le decía. "Lo sé, duele mucho la primera vez que la metes en el hielo. El dolor desaparecerá en cuanto el hielo te enfríe la mano lo suficiente. Estará bien fría y el frío ayudará a que baje la hinchazón. Te lo prometo, mantenla ahí un minuto más, ya verás".

Grego dijo "Voy a necesitar ayuda ¡Mmmm! para llegar al camión". Tuc dijo "Pondremos la nevera en tu regazo y yo te llevaré fuera". Rosco dijo: "Hay algunas cosas que tenemos que hablar entre nosotros, pero Scott también necesita oír esto.

Scott asomó la cabeza por la puerta. "¿Está listo Grego?"

"Sí, pero ven aquí primero. Tienes que oír esto". Scott entró y volvió a sentarse en el borde de la cama. Rosco continuó: "Cuando fuimos al hospital antes, Grego se llamaba Charlie Cotton. La historia era, que él estaba ayudando a poner comestibles en un coche para el cambio de repuesto. Estas personas le pagaron cerrando su mano en la puerta del coche. Yo como testigo y buen samaritano, después de intentar ayudarle y descubrir que estaba roto, traje a Charlie al hospital. Les ofrecí treinta dólares pero no los aceptaron. El médico le atendió gratis porque estaba de buen humor. Acababa de dar a luz a un bebé y tenía por costumbre atender gratis al siguiente paciente. Creo que sólo dijeron eso porque pedimos caridad. No querían hacernos sentir mal por no tener dinero. La gente de allí nos trató muy bien. La enfermera de urgencias se llama Carmine Ruiz. Era muy servicial. Sonreía y todo, como si yo fuera un héroe por ayudar a este pobre Charlie. Creo que la encanté con mi pelo. A algunas mujeres les encantan estas cosas y una historia sobre ir a Canadá". Pensó un momento. "¡Oh! ¡Sí! Para ayudar a mi hermana misionera con algunos indios franceses allá arriba. ¡Scott! Tendrás que ser mi primo. Tiene algunas propiedades fuera de la ciudad. No les di un nombre ni una ubicación. Llevé a Charlie con ustedes, mis primos. *Es su casa*. Para que no tuviera que ir a un refugio. Hay una buena posibilidad de que Charlie pueda ir a trabajar para usted después de que su mano se cure. Siempre se puede usar un poco de ayuda extra en el lugar. No les dije qué tipo de lugar tienes. Depende de ti si Carmine pregunta. Tal vez Charlie intentó ayudar demasiado pronto en tu casa. Por eso le duele la mano. Se darán cuenta de que intentamos curarle la mano, por las sábanas viejas que hemos envuelto alrededor de la mano de Charlie".

"¡Bien! ¿Estás listo para dar una vuelta, amiguito?" preguntó Tuc a Grego mientras lo levantaba de la cama como a un animal de peluche. Grego parecía tan frágil, con su pequeño cuerpo de metro setenta cargado por los musculosos brazos de Tuc, un levantador de pesas, y su corpulento cuerpo de metro ochenta.

Sammy se hizo una imagen mental de los dos hombres juntos. Pensaría en esta imagen si empezaba a sentirse enfadado de nuevo. Scott llevaría a Charlie al hospital pacíficamente.

Mientras Tuc ayudaba a Grego a subir al camión, Rosco le mostraba a Scott cómo encontrar el hospital, utilizando el mapa.

Rosco dijo: "Por favor, los dos. No toméis todo lo que ha pasado y le deis la vuelta y lo convirtáis en algo por lo que estar enfadados. Tengamos una reunión de grupo cuando volváis. ¿DE ACUERDO?" Cuando Scott no le miraba, Rosco hizo una leve inclinación de cabeza a Grego y Tuc, que se la devolvieron. "Tenemos que hablar de lo que todos queremos hacer para no ir a la cárcel. ¿Quién quiere hacer qué? ¿Vamos a permanecer juntos? Tomar caminos separados. Lo que sea. Necesitamos un plan. Podemos pensarlo todos hasta que vuelvas".

Scott tocó el claxon amistosamente mientras salían de la calzada. Rosco dijo: "¿Qué otra cosa podíamos hacer? ¿Decirle a Scott que no puedes conducir tu propio camión? No podemos hacer nada porque no tenemos transporte propio". Eso preocupó a ambos. Regresaron en silencio por la puerta de la cocina.

Cuando volvieron a la casa, Tuc dijo: "Quizá podríamos juntar nuestro dinero y comprar un pequeño cacharro. Eso es lo que yo solía hacer. Gastar un par de doscientos o trescientos dólares en algún viejo cacharro que nadie recordara haber visto. Lo conducía hasta que se estropeaba y me compraba otro". Tuc recordó con una sonrisa. "Realmente no me gusta no tener ruedas. Empiezo a sentirme atrapado aquí. Tal y como está actuando Scott, podría hacer alguna estupidez y alguien recordaría haber visto la camioneta. ¿Cómo podría alguien olvidar un clásico como ese? Es hermosa, toda turquesa y blanca. Una verdadera atracción.

El viaje fue bastante tranquilo porque ambos estaban comiendo bocadillos y bebiendo refrescos. Aunque no se sentía bien, no le dolía la mano embalado en el hielo de esa manera. Grego estaba hambriento y deshidratado. En los cuarenta minutos que tardaron en llegar al hospital, Grego había conseguido, él solo, comerse dos bocadillos y beberse tres refrescos. Hicieron un concurso extraoficial de eructos y acabaron riéndose, lo que fue bueno para ambos. Les quitó algo de estrés.

Scott se puso serio cuando llegaron a la zona de aparcamiento para emergencias. Le dijo a Grego. "Entra tú solo. Cuando terminen contigo, sube por uno de los pasillos y sal por las puertas laterales. ¿Ves ahí? " Dijo Scott señalando una puerta en el lateral del edificio. Mira a tu alrededor y en algunas de las habitaciones. Tal vez veas a Carl. No intentes hablar con él, sólo mira dónde está ahí dentro y sal a decírmelo.

El doctor Handle corre la cortina y encuentra a Grego con la mano empapada en una solución desinfectante marrón. La enfermera le había desvestido la mano y se la había limpiado para que el médico pudiera ponerse a trabajar en ella de inmediato. "¡Mmm! ¿Qué has estado haciendo, jovencito? Parece que has estado haciendo de todo y fingiendo que no tienes la mano herida. ¿Estoy en lo cierto?"

"¡Vaya! No he estado haciendo mucho". Dijo Grego con lágrimas en los ojos. "Doctor esto duele mucho". Las lágrimas corrían por su cara mientras cerraba los ojos contra el dolor y los volvía a abrir. "Empezó a sangrar y había que cambiar el vendaje. No tenían, así que rompieron una sábana vieja y volvieron a vendarlo. No paraba de sangrar. Lo cambiaron unas tres veces.

"¡Bien ahora! Tranquilo, hijo. Estas cosas pasan a veces. El buen samaritano hace más mal que bien. Las sábanas viejas y los trapos están bien siempre que no lleven mucho tiempo en el armario". Dijo mientras se ponía a trabajar en la mano de Grego. "Dile a este buen samaritano que la próxima vez que decidan usar sábanas o trapos viejos que no pasa nada, siempre y cuando no huelan a humedad o moho. Aquí está empezando una infección. Más que probablemente de un moho por lo que parece.

"¿Es grave?" preguntó Grego mientras se estremecía por el dolor de la palpación del médico.

"No. No está tan mal. La infección está en el exterior, que es mucho mejor que en el interior. La buena noticia es que vas a vivir, y tener dos buenas manos. La mala noticia es que puede tardar un poco. Le diré a la enfermera que te prepare un botiquín".

"Muchas gracias, doctor. Significa mucho para mí. Es tan amable de ayudarme. ¿Hay alguna *forma* de que pueda recompensarle? Por favor. Cuando se me cure la mano, le devolveré el favor. Soy bueno con mis manos y soy un artista cuando se trata de madera. Soy un tallador. ¡Ya verás! Será una buena terapia, estoy seguro.

"Bueno, sólo si insistes. Si apareces, será una delicia. Si no, que así sea. Pero de cualquier manera, no me debes nada. ¿Sabías que hubo gemelos la otra noche? El segundo niño nacido esa noche cubre este tiempo". dijo Doc Handle.

"Entonces lo decías en serio. Creía que sólo estabas... siendo caritativo". dijo Grego con asombro.

"¡Totalmente en serio, jovencito!"

Poco después:

"Ya está. Los he limpiado y sustituido un par de puntos. Deberías estar bien. Los puntos se disolverán solos".

Carmine le dijo que se quedara en la mesa hasta que ella consiguiera una silla de ruedas. "Carmine te llevará a nuestro taller de carrocería cuando vuelva.

Voy a hacer que el técnico te coloque una escayola desmontable al menos hasta el codo. Tu muñeca sigue con el esguince. Te la quitarán para ducharte en dos semanas y podrás empezar a dormir sin ella en tres semanas. A partir de entonces, puedes ir dejando de llevarla. Pero no te pases, podrías prolongar la cicatrización si no esperas a poner los dedos a trabajar. Te recomiendo que pongas una gasa nueva junto a la piel antes de volver a ponerte la escayola. La piel podría infectarse si la gasa no está limpia". instruyó el doctor.

"Otra vez Doctor. Gracias por su amabilidad. Gemelos, ¿eh?"

"¡Sí! Eso es lo que yo decía. Es increíble lo que se siente con un solo parto, pero con gemelos es como un BONO. Buenas noches Charlie". Dijo pasando a su siguiente paciente sonriendo, recordando.

Al salir, Grego caminó por el pasillo como Scott quería. Miraba por los pasillos y dentro de las habitaciones. De momento nada -*¿Qué es esto, tipos trajeados sentados en sillas junto a esta habitación tres-treinta y tres y un policía hablando con un paciente?* Estuvo a punto de decirlo en voz alta, pero se guardó la sorpresa. *Maldita sea, es Carl. Tranquilízate.* Tanteó y dejó caer el botiquín. Su pie le dio una patada y salió volando contra la pared, a un metro por delante de él.

Una hermosa enfermera pelirroja se lo recogió y sonrió al entregárselo. "Aquí tiene". Ronroneó con simpatía.

"Eres muy amable. Gracias". Reflejó su sonrisa. ¡Grego! Se dijo a sí mismo. *Actúa como si nada. Sólo eres un tipo caminando por el pasillo. Tienes una escayola en la mano. Parece que este sea tu sitio.* Carl le sonrió cuando establecieron contacto visual. Grego sonrió y asintió. Grego pasó de largo y salió por la puerta. Giró a la derecha y subió por la acera hasta la camioneta que esperaba junto al bordillo.

Scott saltó y abrió la puerta a Grego, luego dio la vuelta y se puso al volante. Se giró de lado en el asiento para mirar a Grego. "¡Vaya! ¿Qué te han hecho?

Grego levantó la mano, mostrando la escayola a Scott.

"¡Oh! Tío, nunca quise que pasara esto. Lo siento mucho. Se acercó para acariciar el hombro de Grego.

La mano ilesa de Grego voló hacia la suya para repeler el ataque que no se estaba produciendo.

Scott retira la mano y se da cuenta de *que* el hombrecillo le tenía miedo. "No pasa nada. No voy a hacerte daño. Lo siento. Hice que me tuvieras miedo. A veces no puedo controlarme. Necesito encontrar alguna medicina como la que me daban en la cárcel. Siempre me hacía sentir -mmm, no tan enfadado. Estar enfadado me cansa". Dijo y luego preguntó. "¿Viste algo o a alguien?"

"Vi muchas cosas. Hay federales sentados en el pasillo junto a una de las habitaciones y COPS hablando con los pacientes". Exageró. "Vámonos de aquí". Dijo con un movimiento de su mano buena. Sin saber por qué, le había mentido a Scott sobre haber visto a Carl. Dejándole creer que había más que un policía. ¡Vaya! En realidad no había mentido. Simplemente no le dijo a Scott que había visto al pobre inocente que se enredó en una de sus ilusiones. Grego sabe lo que se siente y no quería cargárselo a otro. Carl no parecía reconocerlo y no merecía que le hicieran pasar más por la mierda de Scott. *Buena suerte a Carl. Gracias a Dios que no había muerto*. Grego había sentido una gran pena al ver a Carl. Pensó que, si hubiera tenido cuerdas en el corazón, podría haber dicho que alguien había tirado de su fibra sensible. Era tan real. Había algo en Carl que no permitía que Grego lo traicionara.

Al fin y al cabo, no era culpable del delito por el que le habían encarcelado. Le encontraron arrodillado junto al cadáver de su novia. Su ex marido, en un ataque de celos, escapó del lugar de los hechos tras cometer él mismo la fechoría. Condujo por la calle y llamó a la policía por unos gritos procedentes de la casa de un vecino.

Viajaron casi siempre en silencio. Ambos pensando en sus propios pensamientos privados sobre policías. Llegaron a casa en menos tiempo del que tardaron en llegar. Tuc estaba fuera de la casa antes de que el camión se detuviera. "Necesitas ayuda

¿Grego?"

"¡No! Estoy bien, pero gracias. El médico me ha dado un botiquín. Dijo que las vendas que me pusimos llevaban demasiado tiempo en el armario. Tenían moho u hongos. Ahora me pondré bien. ¿Quieres firmarme la escayola?" Preguntó sosteniéndolo para que Tuc lo viera. "Vamos dentro. Tengo un poco de frío y hambre".

"¡Grego!" dijo Rosco desde la mesa de la cocina y se levantó. "Habéis vuelto muy rápido".

"El médico dijo que no era demasiado grave. Pero le envió un mensaje a mi encargado de primeros auxilios. Para tu información, la próxima vez que uses vendas caseras, asegúrate de que no huelan a moho. Las que usamos tenían moho y provocaron una infección. Reemplazó dos puntos". Luego susurró. "Scott hizo eso tratando de quitarse las vendas. Se portó 'bien' conmigo, sin maldad ni nada. Tenemos que hablar y no delante de Scott".

"Después de que Scott se vaya a la cama. Por ahora, vamos a jugar a las cartas o algo así. Este no es el momento para esa conversación en particular. Mantengámoslo de buen humor por ahora". Rosco conspiró. "¡Hey! Chicos." Gritó para que todos lo oyeran. "¿Qué tal unas cartas? Si alguien está interesado, nos vemos en la cocina". La primera regla que pusieron fue: "Nada de juegos de azar porque cada uno debe conservar lo que tiene". Había fichas de póquer de plástico en la habitación de invitados.

"¡Sí! Estoy cansado, pero me apuntaré a un par de partidas contigo. Hace tiempo que no juego a las cartas. Podría ser divertido". Scott dijo frotándose las manos, juntó los dedos y los dobló todos hacia atrás a la vez, haciendo estallar varios nudillos al mismo tiempo.

Grego se estremeció por dentro y se sentó a la mesa. "Nada de barajar ni repartir para mí, chicos. Jugaré de *crupier* unas cuantas partidas seguidas cuando mejore mi mano. ¿DE ACUERDO?" Les dedicó una sonrisa exagerada, estirando mucho los labios para mostrar un montón de dientes, sólo para dejar claro su punto de vista, y luego cerrando la boca rápidamente para volver a una sonrisa normal. "Vamos a jugar. ¿Cuál es el juego?"

Tuc dijo. "¿Qué tal Picas o tenemos patatas fritas qué tal Sudor Mexicano o Treinta y Uno?"

Rosco dijo: "Aquí tenéis tres fichas cada uno juguemos al Treinta y Uno, así Grego no tendrá que sujetar tantas cartas".

La velada transcurrió sin sobresaltos. No hubo peleas ni discusiones. En general, se mantuvo una agradable conversación. Todos habían acordado que la reunión del grupo podía esperar hasta la mañana, cuando todos tuvieran la mente despejada y el cuerpo bien descansado. Especialmente tú, Scott. Hoy has tenido que conducir mucho'.

Grego habló de su aventura, adornando su relato. Caminando por el pasillo, mirando en las habitaciones y pasillos para ver lo que podía y había tantos policías. Ahora que lo pensaba, esos tipos sentados en el pasillo eran probablemente los federales. A lo mejor tenían a algún alcalde importante o algo así haciéndose extirpar una verruga.

"¡Ja! ¡Ja!"

LOS SOCIOS

Steve, Crystal, Ruby, Doc y Wayne estaban en el salón de la casa de los gemelos. Hablaban de las circunstancias de Carl. "Siento que corre un gran peligro", advirtió Crystal. Era un consenso con todos ellos. La cuestión era qué hacer.

"Me gustaría proyectar algunas de sus imágenes para que todos estuviéramos en la misma longitud de onda". proclamó Steve, y luego miró a su capitán. "Señor, Carl me pidió que le dijera algo. Creo que, si mis primos de aquí me ayudan. Creo que puedo mostrarnos a todos el vehículo que ha estado molestando a Carl. Cuando lo escaneé, me apareció esta foto".

"Esa es una buena idea si voy a ayudar", dijo Doc. "No soy tan bueno en esto como todos ustedes. Estoy seguro de que si sé lo que estoy buscando ayudaría. Este producto químico que le dieron todavía estaba en fase experimental. Tiene usos muy limitados y sólo en casos severos de trauma psicótico. Estos pacientes son considerados un peligro para sí mismos y para los que les rodean".

Ruby dijo. "OK. ¿Están todos listos? Cristal. Ayudemos a Steve. Ya sabemos lo que parece".

Crystal dice. "OK" y mira a Ruby a los ojos para reforzar la imagen.

Steve los centró en la camioneta turquesa y blanca aparcada junto a la puerta trasera.

El trance se rompió cuando Wayne dijo: "¡Eh! He visto ese camión. Justo fuera del hospital. ¡OOPS! Lo siento".

"¡WHOA!" Dijo Doc. "Qué apuro. Bonito camión sin embargo. Voy a tener que mantener un ojo abierto para él.

"Está bien, señor". Steve dijo. "Aquí hay uno corto que me dio cuando me dijo que te dijera". Le dijo a Wayne. Por favor, todo el mundo toque a la persona a su lado, hace esto más fácil para mí para empezar entonces usted puede dejar ir. Ya estoy cansado del que acabo de hacer. ¿Listos?" Les mostró una foto de dos hombres sentados en una camioneta clásica. Estaba aparcada frente a la ventana de Carl, y los dos hombres parecían estar discutiendo. El hombre grande alcanzando al pequeño. Y el más pequeño levantando la mano para evitar lo que parecía un golpe.

Esta vez le tocó a Doc romper el trance. "Arreglé la mano de ese hombre. Dos veces. Tiene dos dedos rotos y una muñeca torcida. Nos dijo que se llamaba Charlie. Es una lástima. El hombrecito me caía bien. Dijo que era un artista, un tallador de madera. Prometió que me compensaría por ayudarle cuando se le curase la mano. Yo también tenía ganas de volver a verle. Hummm!" Se aclaró la garganta y añadió. "Por lo que vimos, me pregunto si el grandullón tuvo algo que ver con su mano herida. Dijeron que se la había roto con la puerta de un coche".

Wayne dijo: "Voy a doblar la guardia sobre Carl ahora mismo. Probablemente sea un espía que intenta averiguar si Carl está aquí en el hospital. Discúlpame mientras uso el teléfono. Esto tiene que hacerse ayer".

Crystal esperó a que Wayne terminara de hablar por teléfono. Luego le contó lo que le había explicado a Carl sobre la construcción de un puente sobre el muro químico que había encontrado mientras soñaba. Les habló de los problemas que tenía cuando hacía un túnel hacia el muro. Cómo sus esfuerzos reforzaban la sustancia química en su contra. Cómo se disiparía si lo ignoraba. Al fin y al cabo era una sustancia química utilizada para controlar a los pacientes con trastornos psicológicos. Se eliminaría a través de los procesos naturales del cuerpo. Se administrarían dosis repetidas si el paciente mostraba signos de recaer en su antiguo problema. "Sigue siendo un fármaco experimental", añade. "Las dosis normales del fármaco son en cantidades muy pequeñas. Doc, ¿no dijo que se habían encontrado grandes cantidades de este fármaco en su sangre?".

Doc añadió la información que tenía. "Sí. Una cantidad muy grande. Tenemos informes del laboratorio que lo fabrica y de las instalaciones experimentales que lo utilizan. No se han hecho pruebas con dosis mayores de 1,5 cc inyectados. La cantidad que encontramos en la sangre de Carl era nueve veces mayor. La única bendición es que no es tóxico. No causará la muerte por sí mismo. Esto se autentifica sólo por la dosis masiva que recibió Carl". Ruby continuó con la información que tenían. "Sabemos que la lesión en la cabeza causó la amnesia. No se sabe cómo o si, la sustancia química llamada PSY351 está impidiendo que Carl recupere la memoria perdida. PSY351 nunca se ha utilizado en alguien con una lesión física antes. Cualquier resultado que establezcamos debe ser compartido con el laboratorio que lo ha estado desarrollando y experimentando. Puede que quieran enviar a alguien aquí para examinar a nuestro paciente. Tomar algunos fluidos corporales. Hacer algunas preguntas. Esto puede sólo con el permiso de Carl, por supuesto".

Wayne añadió. "Esta no es una droga que esos tipos del gobierno que están en el pasillo necesiten conocer por el momento. Transferiremos nuestra información directamente al laboratorio, y ellos usarán su propio criterio a la hora de divulgar la información que tengan una vez hayan completado sus experimentos. Cualquiera que se presente a examinarlo tendrá que aparentar ser un trabajador social, como por ejemplo averiguar si le están tratando bien y demás". añadió Steve. "Hay gente que, si tiene la oportunidad, se aprovechará de personas con circunstancias desafortunadas. ¿Tiene un lugar donde quedarse cuando salga de aquí?". Hizo una pausa y dijo. "Podría quedarse un tiempo en mi casa. Parece bastante simpático".

Todavía pensando en quién podrían decir que iba a entrevistar a Carl, Wayne añadió. "Posiblemente un representante de su compañía de seguros. Asegurarnos de que no va a demandar por pérdida permanente de memoria. Ya se nos ocurrirá algo. De momento tenemos que andar de puntillas con los federales, se están poniendo muy nerviosos", dijo, y añadió que mantendría a dos policías, o guardaespaldas, de guardia las veinticuatro horas del día.

Crystal se aclaró cortésmente la garganta. "Ruby y yo aún tenemos que hacer al menos una o quizá dos sesiones más de terapia con Carl. Estoy descubriendo que es muy receptivo y que tiene un talento natural. Creo que Ruby y yo leemos sus proyecciones con tanta facilidad por el hecho de que Carl es un gemelo superviviente."

Ruby terminó de compartir sus pensamientos con el grupo. "Su talento latente está muy cerca de la superficie. Aún no sabe que lo tiene. Su hermana gemela Rose y él estaban empezando a explorar su factor gemelo cuando fueron separados por un desafortunado accidente. Es consciente de que tiene un talento, pero su mente se inclina a pensar que se debe a su accidente. Su talento es real. Sus proyecciones son tan fuertes que casi saltan a la vista. Doc, ¿recuerdas haber dicho que había algo en él que hacía que te gustara? ¿No sabías lo que era?"

"Sí, todavía me siento así".

"Bueno, aquí está. Eres sensible con la gente así. También te gustó el hombrecito Charlie, con los dedos rotos. Tal vez no es un mal tipo después de todo. Eres más un sensitivo que un psíquico. Sientes las vibraciones a tu alrededor. Confía siempre en lo que sientes. Presta atención a esa sensación extraña que tienes de vez en cuando. Aprende a confiar en tus sensaciones más de lo que lo haces ahora. Las sensaciones que te produce el nacimiento de un hijo deberían decirte algo sobre cómo reconocer lo que se siente. Ya sabes, ¿esa sensación que te hace atender gratis al siguiente paciente? Bueno, eso es parte de ello". instruyó Crystal.

"Bueno, no me extraña", dijo Lloyd. "He tenido esos sentimientos toda mi vida. Es agradable saber que puedo hablar de ello, después de tantos años de ocultarlo. Nunca hablé de ello en la facultad de medicina. Me habrían encerrado por loco o quizá me habrían estudiado en un laboratorio. También me da mucho miedo, y hay veces que tengo la sensación de que algo va mal. Me da un vuelco el corazón como diciendo 'presta atención'. Me impide hacer ciertas cosas, y más tarde descubro que, sea lo que sea, me habría puesto enfermo o me habría hecho daño". Dijo, sumido en sus pensamientos, pensando hasta que Steve habló.

Ansioso por irse Steve dijo con entusiasmo. "¿Cuándo es un buen momento para reunirnos? Estoy deseando empezar".

"Tal vez por la mañana. Temprano. Justo después de que Carl se despierte sería un momento excelente. Está más receptivo a esa hora del día, todo el mundo lo está. Veamos qué podemos hacer Ruby y yo esta noche". Crystal dijo pensativamente. "Le contaremos nuestro plan para que se prepare mentalmente. Sé que Ruby y yo sentimos urgencia por resolver este asunto. Los federales no van a quedarse de brazos cruzados mucho más tiempo".

"En eso tienes razón", dijo Doc. "Me preguntan a diario cuándo creo que mejorará. Insinúan que tienen tecnología que podría ayudarle a recuperar la memoria, si pudieran llevarlo a sus instalaciones. No soy tonta. Allí, pueden interrogarlo, probarlo y sondearlo sobre la droga que tiene dentro. ¿De dónde vino la droga y cómo la obtuvo? Qué amables y serviciales esos federales. ¿No crees?" Doc añade. "¡Oh! ¡Sí! Dijeron que no debíamos asumir la carga de ayudar a Carl. Signifique eso lo que signifique. Les dije que no era ninguna carga para nosotros, porque la compañía de seguros nos pagaba muy bien. ¡Ja! ¡Ja! Eso echó por tierra sus planes de arrebatárnoslo con toda su tecnología y experiencia".

"Tengo que prepararme para el trabajo." Steve dijo mirando a Wayne su jefe y sonriendo. "No quisiera llegar tarde".

"Así es hijo. No llegues tarde". Wayne dijo con el ceño fruncido y le acompañó a la puerta. "Hasta luego, Steve."

Steve dijo "adiós" y todos respondieron "adiós" mientras cerraba la puerta tras de sí.

Cada uno se fue por su lado, excepto los gemelos. Tenían que prepararse antes del amanecer. En primer lugar, ellos también tenían que prepararse para ir a trabajar. Ambos sentían que les aguardaba algún tipo de peligro. Viendo en el futuro, no lo hicieron como un adivino podría hacer. Los gemelos eran lo que podríamos llamar guías psíquicos. Necesitaban estar contigo en el momento en que te ayudaban. No hay ayuda a distancia. No podían hablarte de un futuro lejano, pero podían guiarte en cualquier cosa que estuviera en tu futuro inmediato y estar contigo. Es decir, pueden ayudarte con las "cosas del ahora que tocan tu futuro" o podríamos decir "cosas del futuro que están conectadas con el ahora". Sintieron una conexión con Carl en cuanto lo vieron por primera vez. Sabían que tenía problemas, por eso le dejaron el cuaderno. Se ofrecieron a ayudarle a abrir algunas de las puertas que se le habían cerrado.

REUNION DE GRUPO

Después de que Scott se fuera a la cama, Grego les contó que había visto a Carl en el hospital. También que Carl no había reconocido a Grego. "Estaba así de cerca de él" dijo levantando la mano buena mostrando unos dieciocho centímetros entre sus dedos y su propia cara. Los tres decidieron que Carl era una víctima inocente y que lo dejaran en paz, sobre todo con todos los policías alrededor y el hecho de que no reconociera a Grego. También les habló de su promesa al médico. Quería mantener su promesa. El doctor es una buena persona. "No quiero que nada le haga daño. Me recuerda a mi padre. Que en paz descanse". Tenía ganas de hablar, y nadie parecía aburrido, así que continuó. Tal vez eran los analgésicos los que le habían soltado la lengua. No le importaba mientras nadie se quejara. Se sentía bien diciendo las cosas que había guardado para sí durante tanto tiempo. "Mi madre murió al dar a luz", continuó. "Me dio su talento. He visto el arte que creó antes de que yo naciera. Nunca llegué a decirle a mi padre cuánto le quería. Discutimos la última vez que le vi. Me dijo que desperdiciaría mi vida intentando ser artista. Lo único que tenía de mi madre era su talento y habilidad. Me encantaba tallar cosas en madera, pero en la cárcel no se permitían cuchillos ni nada afilado. No había dinero en ello, decía mi padre. ¿Cómo se supone que debe mantener una familia? Dale nietos. Ninguna mujer querría a un hombre que no tuviera trabajo". Grego había salido furioso por la puerta y había dejado a su padre llorando.

Durante el primer año que estuvo fuera de casa, Grego había sido detenido y condenado por asesinar a su novia. Él no había cometido el crimen. Su ex marido la había amenazado muchas veces. *Estaba celoso. Nadie podía tenerla si él no podía'*. Grego llegó a casa y la encontró en el suelo. Estaba arrodillado junto a su cuerpo cuando llegó la policía.

Su padre había enfermado después de pasar dos años en la cárcel. Murió de un ataque al corazón. Lo que había dejado a Grego solo. Hubo un breve silencio, mientras todos pensaban.

Todo el mundo había acordado que Scott no debía saber nada de Carl o se pondría a quejarse: "Deberíamos entrar ahí y matar a todo el mundo, incluidos los polis". Lo decidieron antes de irse a la cama. Carl tenía algo especial. Nadie, excepto Scott, quería hacerle más daño del que ya le habían hecho. De hecho, era Scott el que siempre causaba la mayor parte del daño físico dondequiera que fueran o hicieran lo que hicieran. El tipo siempre está a punto de hacer algo radical. Cuanto más tiempo pasaban cerca de él, más incómodos se sentían. Además del hecho de que es un *maniático del control*. No daba tantas órdenes cuando estaban en la cárcel.

La noche había ido bien y ya era de día. Era la hora de la reunión de grupo. Para evitar discusiones antes de empezar, Rosco había dado a todos lápiz y papel. Todo quedaría por escrito. Cada persona debía escribir las cosas que se había estado preguntando. Iban a ser preguntas sobre los cuatro y sobre lo que iban a hacer. Rosco recogería todas las respuestas y luego vería si las respuestas de alguien eran similares. Primero haría una lista de las preguntas más frecuentes. Luego haría que todos escribieran lo que creían que debía ser la respuesta.

Primero, estaba en la lista de *todos*. "¿Qué es lo siguiente?"

Segundo, estaba en tres listas "Vamos a seguir siendo un grupo o separarnos". En tercer lugar, estaba en dos listas "Necesitamos un coche diferente."

Rosco dio comienzo a la sesión. "Ahora voy a leer las preguntas de una en una. Cada uno de ustedes escribirá lo que cree que debería hacersepara resolver el problema. Puedes escribir lo que quieras. Nadie puede decirte que estás equivocado. Todos tenían lo mismo en su lista: '¿Qué es lo siguiente? Escribid vuestras respuestas". Y así transcurrió la reunión. Una pregunta cada vez y muchas conversaciones después de que todo terminara. Todo el mundo estaba contento y entusiasmado por dejarlo todo decidido. Las decisiones finales fueron las siguientes. El grupo permanecería unido hasta el fin de semana, para el que faltaban dos días. Para entonces Tuc y Grego podrían conseguir un coche juntando su dinero, y aún les sobraría algo para gasolina y demás. Rosco se iría por su cuenta. No tendría problemas para encontrar una dama. Tal vez Tuc y Grego podrían dejarlo en alguna ciudad. Scott ya tenía un lugar donde vivir, así que se quedaría allí. Los víveres se repartirían equitativamente. Cada uno se llevaría un par de neveras. Se decidió hacer una pequeña fiesta este fin de semana para celebrar su nueva independencia.

Sammy y Scott estaban felices de tener por fin toda la casa para ellos solos. *Libertad en sólo dos días.* Scott estaba un poco inquieto por vivir solo y tener que cuidar de Sammy, pero quería a Sammy y siempre cuidaría de él. Después de que todos se fueran, tendrían que hablar de compartir las tareas de la casa. Sammy le dijo a Scott que no le importaba asumir algunas de las responsabilidades. Después de todo él amaba a Scott. ¿No es cierto?

INFORMES

Entonces Wayne se puso manos a la obra, había una pila de papeles esperando. Formularios de aprobación, informes por revisar y un paquete aún sellado. El paquete estaba marcado Attn: Capitán Wayne Kennar, E.O. Solo Ojos.

Esto es lo que hicieron para mantener a otras agencias como el FBI o la CIA, etc., fuera de juego el mayor tiempo posible. No es que quisiera mantener la información lejos de ellos o ser el primero en resolver el caso. Es sólo que si compartiera la información *como ha hecho en el pasado*, llevaría más tiempo hacer las cosas. Sea lo que sea lo que les dé, quieren que demuestre que no es falso o como ellos dicen educadamente "información errónea". Mientras buscas pruebas de los hechos que sabes que son ciertos, los malos se escapan. Sólo ensucian las cosas. Demasiada gente caminando unos sobre otros, intentando hacer el mismo trabajo antes que los demás. Por supuesto, los federales llevan sus propias investigaciones y no comparten información.

Los paquetes "E.O." se empezaron a utilizar justo después de que descubrieran que un periodista de investigación independiente estaba interceptando informes en la sala de correos, donde se hacía pasar por empleado. Ahora los sobres eran a prueba de manipulaciones y estaban hechos de un material que capta fácilmente las huellas dactilares. Wayne abrió el sobre y encontró algunas de las cosas que había solicitado.

En primer lugar, cuatro fotos de los fugados de la cárcel. En segundo lugar, un informe sobre una furgoneta blanca abandonada en un aparcamiento de Park and Ride. Las huellas de dentro coincidían con las de tres de los hombres de las fotos que tenía. Además, encontraron en la furgoneta un cinturón nuevo que aún estaba abrochado. Había sido cortado con algo muy afilado. Las huellas dentro de la hebilla coincidían con las de Scott Glover, convicto fugado. El tercero fue un informe sobre un cuerpo encontrado en el maletero de un coche en un desguace. El cuerpo resultó ser el de un vendedor de coches, cuyas huellas también estaban dentro de la furgoneta. La droga encontrada en su sangre y alrededor de la herida punzante en su garganta y pecho era Insulina. Lo que significa problemas instantáneos para una persona que no tiene Diabetes.

Mientras el capitán revisaba el resto de la documentación, le llamó la atención un informe sobre un robo/asesinato ocurrido ayer por la mañana. "Los dos propietarios estaban muertos, y habían desaparecido gran cantidad de artículos de estantería y cenas congeladas, junto con unas seis u ocho neveras con todo el hielo de uno de los congeladores. Más detalles próximamente cuando se complete el informe de la autopsia."

Por fin las cosas iban bien. Esto le quitaba algo de presión. Los agentes del FBI no iban a demorarse mucho más. Estaba seguro de que sabían tanto como él. Presionarían de todos modos. Tampoco tenían a Carlton Bridgeman bajo custodia.

Había otros detalles que necesitaba para empezar a hacerse una idea más completa. Sacó su cuaderno. Ahora tenía suficiente para empezar su propia lista. Empezó esta nueva sección justo debajo de la información procedente de la lista que Carl le había dejado copiar.

Carlton Frederick Bridgeman - Víctima de los fugados: brn/grn 5'10" - 31 años - 175 lbs - blanco

Amnesia [golpe en la cabeza] A George le gusta. Drogas extrañas en el sistema coinciden con drogas de robo. Propietario de motocicleta [500 Honda] - Motocicleta por acantilado en la costa, rasgo prom: pelo largo castaño / ojos verdes Tatuaje "Rosa" / Factor gemelo fallecido

Cuatro fugados de Ore. State.

Scott Glover 1,78 m - 33 años - 68 kg
lt.brn/lt.blu - psy. drogas req. - blanco prom feature: lt. ojos azules casi incoloros, blanco No fam. Asesinato de esposa. [Durante el sexo, calientebaño de barro de manantial]. Necesita medicación (¿de qué tipo?)

Rosco Wingshadow 1,90 m - 41 años - 85 kg Indio/Japonés. negro/negro. rasgo prom: Pelo negro largo = símbolo religioso Hermana sólo fam. Canadá
Asesinato de grl'frnd. ex-husb. - Gigoló X 7

Simon Tucker 1,90 m - 28 años - 325 lbs
AKA Tuc brn/lt. brn - lt. skin = African Amer.
rasgo pro: 2 dientes frontales lg/cuadrados frontales superiores/ otros torcidos Asesinato en serie - dejó a 5 víctimas posando en público.

Gregory Stone 5'7" - 30 años - 143 lbs AKA Grego prem. Calvo pelirrojo/azul. C
aracterística profesional: Pelirroja calva con pecas. Asesinato de un hermano mayor: inocente/inculpado.

Furgoneta blanca - encontrada en park and ride cerca de la costa. las huellas coinciden con 3 fugados. - cinturón cortado, trozos en furgoneta vendedor encontrada en desguace [maletero]

Sylvia Tempest víctima de violación - drogas ingeridas a través del estómago y una inyectada después de la muerte en el brazo. Esto lo sabían porque no se disolvió en el torrente sanguíneo. *Coincide con la droga de Carl Bridgeman.* Muere *antes de ser atada* a la bicicleta de Bridgman / encontrada en un derrumbe en la costa. Rastros de barro en varias grietas del cuerpo + pelo no del lugar del accidente. 3 arañazos profundos brazo derecho, espina de mora incrustada en el pecho. La zona de Cloverton/ coincide con el suelo y los arañazos con las plantas de dicha zona].

Estaba haciendo su lista, cuando llegó otro paquete E.O. Contenía información que había introducido por Prioridad - Petición Especial. Contaba información personal sobre los fugados. Cosas que normalmente no estaban en su expediente personal. Esta información era cortesía de un amigo suyo en el capitolio del estado. ¡'Hmm! Parece que el Sr. Glover debe estar medicado y tiene parientes no muy lejos de aquí. Abuelos. Tendré que hacer un pequeño viaje. Tal vez llevar a Steve Smith o Thomas Walters conmigo. Tal vez a los dos. Podríamos hacer un día de eso. Me gustan esos chicos. Si hubiera tenido hijos... bueno, de todos modos'. El capitán se dijo a sí mismo, tengo *que enseñarle estas fotos a Carl, y...*

Doc tiene que ver esto. ¿En qué estoy pensando? Ya vimos a estos tipos esta mañana en la visión de Carl. Recogiendo la foto de Gregory Stones, *me pregunto si este es el tipo de los dedos rotos. Se parece al tipo del que Lloyd hablaba esta mañana. Si lo es, tal vez deberíamos mover a Carl por su propia seguridad. ¿Dónde podemos ponerlo o está más seguro donde está? Al menos los federales ayudarían a protegerlo. No se quedarían de brazos cruzados si alguien fuera tras Carl. Ya están hablando como si les perteneciera después de que recupere la memoria. Podría ser el momento de hacerles saber lo que tengo. No entregarlo, pero compartir información. Ojalá tuviera pruebas sustanciales para alejarlos de Carl. Sabré mucho más mañana cuando hable con los abuelos de Scott Glover.*

TERAPIA

Los "socios" estaban en la habitación de Carl esta mañana. Carl acababa de hacer sus necesidades, lavarse la cara y los dientes, y se había metido en la cama para ponerse cómodo justo antes de que llegaran. Todos entraron en la habitación con pocos minutos de diferencia.

Wayne Kennar estaba allí. "Siento interrumpir, pero antes de empezar, Carl necesita ver esto, ¿reconoce a alguien?". Las extendió sobre la mesita que estaba sobre las piernas de Carl. "Bueno hijo ¿alguna de estas fotos te suena?"

"He visto a estos tipos en mis visiones y también a los gemelos". Carl dijo.

Los gemelos asintieron en silencio.

Doc dijo. "Ese es Charlie Cotton. Puse sus dedos rotos. ¡Hombre! A mí también me caía bien el pequeñajo. No me parecía un criminal".

"Le vi en el pasillo, justo fuera de esta habitación. Nos saludamos con la cabeza. Estaba fuera de mi ventana, discutiendo con un hombre. ¡Dios mío! El tipo con el que discutía es este de aquí", dijo Carl señalando la foto de Scott. Iban en una camioneta de color turquesa con blanco.

"Su nombre es Gregory Stone" Wayne dijo "Él es una parte de este grupo que saltó la cárcel en la capital. También vi el camión fuera de este edificio.

Carl añadió: "No puedo decir que recuerde haberlos conocido. Sé que me hicieron estas cosas sólo por mis visiones y sueños".

A petición de los gemelos, todos se cogieron de la mano el tiempo suficiente para establecer una conexión. Cualquier otro contacto no sería necesario ni siquiera dentro de unos días. El grupo estaba formado por Carl, Crystal, Ruby, Steve, Doc y Wayne. Juntos tenían una conexión única y estaban preparados para acompañar a Carl en todo aquello.

Crystal habló primero. "¿Estás cómodo Carl?"

"Sí, mucho. Gracias". Contestó, y se acomodó más en su almohada. Se subió la manta al cuello y mantuvo las manos fuera en la barandilla de la cama. No agarrando sólo en contacto para el apoyo moral.

Ruby le dio una tarjeta. Escalera mecánica.

Todo lo que necesitó fue la conexión de cinco mentes adicionales que le dieron la fuerza que necesitaba. Carl estaba de nuevo en la colina mirando hacia el muro. Estaba un poco por encima del nivel de los ojos con la parte superior de la pared. La distancia entre él y el muro era mayor de lo que recordaba. Tenía una vista más amplia del muro, que se extendía hasta el infinito por ambos extremos. Ni siquiera podía ver los extremos. Tal vez no había ninguno. ¡Ah, sí! Había estado aquí antes. Tenía el mismo aspecto. Una vez más, como guiados por una petición silenciosa, el grupo de los cinco entró en contacto con Carl sin tocarlo (*eso lo despertaría*). Como si se tratara de una coreografía, todos pusieron las manos sobre el aura que emanaba de la cabeza de Carl. Debido a su herida y a la sustancia química, había una zona en su aura justo encima de la cabeza que era verdosa y enfermiza. La fuerza combinada de los cinco era como una transfusión. El cuerpo de Carl sintió inmediatamente el aumento de energía adicional. El aumento fue suficiente para crear el puente que necesitaba.

Carl ni siquiera tuvo que subir a la escalera mecánica. Todos sus recuerdos volvieron a él. No se trataba de pequeños detalles, sino de grandes acontecimientos, tal y como eran en realidad en su mente. La pierna rota, el nuevo instituto, la primera novia y hasta el despido. El viaje en bicicleta por la costa, la primera vez que realmente se independizó. Esto le daba miedo, y entonces, antes de decidir realmente nada sobre su futuro, o sobre lo que quería hacer con su vida, conoce a Harry y emprende un viaje por la costa intentando salvar la vida de este desconocido y la suya propia.

Steve proyectó los recuerdos de Carl a los demás en la sala. No pudo evitarlo. Las proyecciones de Carl eran tan fuertes que exigían atención y esto era más fácil que explicar lo que estaba viendo en voz alta. Todos jadearon cuando la moto casi se lleva a Carl por el borde del acantilado con él.

Todos se agarraron a la barandilla de la cama. Y suspiraron aliviados cuando Carl tuvo la sangre fría de bajarse de la moto deslizante. Carl pensó que estaba en la parte trasera de una furgoneta bajo una especie de cubierta e intentaba mover los músculos agarrotados. Luego hubo tres o cuatro destellos de luz, pequeños pero brillantes. Y luego nada, hasta que George lo despertó en Sapphire Park. Todos empezaron a reírse y Steve rompió a sonreír. A todos les costaba concentrarse con George sonriéndole.

Wayne le habló a Steve de su excursión de esta mañana. "Dile a Thomas que lo siento. Sé que es su día libre, pero necesitamos que venga con nosotros. Nos vemos para almorzar en mi casa a eso de las once y media. Compraremos comida para llevar y estaremos allí en una hora. No quiero a nadie de uniforme. Lleven chaquetas y chalecos porque cargaremos cosas pesadas. Estos tipos podrían estar allí. No se sabe lo que está pasando ahí fuera. El número de teléfono fue cambiado a un número no listado, hace como un año. Podría ser, ya no querían a su dulce Scott llamando a cobro revertido desde la cárcel".

LIBERACIÓ

Tuc y Grego estaban muy entusiasmados con el coche que habían ido a buscar ayer. Como no querían que se viera desde la carretera, lo aparcaron detrás de la camioneta. Anoche, cuando estaba anocheciendo, lo limpiaron con la manguera. Había estado en la patio trasero del tipo que se lo vendió. Habían respondido a un anuncio en el periódico. "DEBE VENDER, VA EN EL SERVICIO $350.00 OBO". Le dieron trescientos y le desearon suerte en el servicio. "Estás tomando la decisión correcta, entrando en el servicio. Nos encanta el Ejército. Hemos estado viajando desde que salimos del campo de entrenamiento. Hemos visto mucho. Hicimos mucho. No se puede hablar de ello, los servicios especiales ya sabes. Todo lo que tenemos son trescientos. Tenemos prisa. ¿Tienes la carta de despido?"

Llevaban levantados desde el amanecer quitando el polvo, limpiando y empaquetando. Habían gastado parte de su dinero en ropa de paisano en la tienda Goodwill.

Tuc llevaba zapatillas de correr, unos Levi's con un parche en una rodilla y una camisa de cuadros con las mangas largas remangadas y estiradas sobre sus grandes músculos. Un cinturón dejaba ver su estrecha cintura. Sin duda tenía madera de guardaespaldas. Intentó muchas veces conseguir un trabajo, pero nadie le contrataba. Con la combinación de su gran frente y sus dientes torcidos, asustaba a la gente. También tenía la mala suerte de parecer poco inteligente y lo sabía. Había sacado notas medias de notable y sobresaliente durante todo el instituto.

Evitaba los espejos siempre que podía. Con los años había aprendido a "dejar el cerebro en blanco" cuando se afeitaba o se lavaba los dientes. Lo que más deseaba era arreglarse los dientes para caerle bien a la gente, pero no tenía dinero.

Grego encontró un abrigo deportivo bastante a la moda, un polo y unos vaqueros Levi's lavados a la piedra. También unas zapatillas de correr negras.

Su coche también era bonito. Era un buen trato, trescientos por una camioneta Oldsmobile básica.

"¿De qué año es?" preguntó Rosco.

"Probablemente entre setenta y setenta y cuatro. Qué más da". Tuc respondió. "Mi abuelo, dijo que si las luces traseras son originales, la fecha está en la lente". Scott dijo agachándose y mirándolo más de cerca dijo. "La ponen cuando moldean estas tapas de las luces. Es un setenta y cinco. Es un pequeño y bonito vagón. Todo lo que tiene más de diez años lo convierte en un clásico. Este sólo tiene cuarenta y siete mil millas".

"Era de la abuela de los niños". se jactaba Grego. "Lleva en el patio trasero desde que murió su abuelo, hace casi diez años. Durante años sólo lo llevaban a la iglesia y a la tienda. El chico va a entrar en el servicio, necesitaba algo de dinero. No le dije que tenía un clásico. En estas condiciones podría haber conseguido al menos cinco mil, tal vez más. Podemos ganar dinero si lo cambiamos aunque no funcione. Con un kilometraje como ese, sólo se está estropeando. Tuc, vamos a la gasolinera. Quiero comprobar el aceite, la batería, la transmisión y los frenos, y echar gasolina. No queremos que este pequeño bebé se averíe en la carretera cuando nos vayamos de aquí".

"¡No! Prefiero quedarme y preparar las cosas, así cuando vuelvas sólo tenemos que irnos. ¿Crees que puedes conducir con esa escayola?

"¡Sí, claro! Tiene transmisión automática y dirección asistida. No hay problema. Soy diestro y la palanca de cambios está en el lado derecho. "De acuerdo entonces, estaré listo cuando vuelvas". Tuc dijo y volvió a la casa.

La camioneta arrancó sin problemas. Grego estaba pensando *Esta pequeña belleza está realmente ronroneando. Ahora que lo han limpiado un poco parece bastante bonito, y respetuoso. Tuc tenía razón con lo de conseguir un coche usado, este no va a llamar la atención. Es oscuro, pintura azul marino y poco o nada de cromo. Tenemos un aspecto bastante corriente.* Grego sonrió satisfecho y siguió conduciendo.

De vuelta en la casa, Tuc ayudó a Rosco a reunir lo que se iba a llevar y lo colocó en el porche trasero. Le iban a llevar a una habitación y comida en la siguiente ciudad de buen tamaño a la que llegaran. Cuando llegaban a la ciudad, cogían el periódico. Normalmente había un par de sitios en los anuncios clasificados. Siempre había alguien dispuesto a alquilar una habitación por dinero extra.

Scott estaba recostado en su mecedora. Tenía los pies sobre la mesita y los codos apuntando al aire con los dedos juntos detrás de la cabeza. Hoy era un observador. Este era su cojín y no tenía que hacer nada si no quería. Estaba deseando ser libre. En el fondo Scott iba a echar de menos a estos chicos. Despues de todo habian estado juntos por un tiempo, mas de un par de años incluyendo el tiempo en la carcel. Sammy estaba saltando arriba y abajo; apenas podía controlarse. *Sólo un poco más. Esto va a ser genial. ¡Mmm! Las cosas que podemos hacer. El mundo es nuestro. Vamos Scott. Levántate camina, esto es excitante'*. Scott se estaba asustando, sentía que se perdía ante los caprichos de Sammy. Estaba llegando al punto, donde Scott no podía controlar a Sammy todo el tiempo. Sammy era cada vez más fuerte. Scott se levanta de un salto y dice: "¿Tienen todo listo?"

"¡Sí! Eso fue lo último". Tuc dijo.

"¡Genial! ¿Quieres jugar a las cartas o algo, como una partida de despedida? A Grego le va a llevar un rato acabar con el coche". explicó Scott. Rosco y Tuc se miraron y decidieron ¿Por qué no? Así el tiempo pasará más rápido. Siempre se tarda más cuando estás mirando el reloj y esperando". Todos fueron a la cocina. Rosco dice "Entonces Scott, ¿vas a estar bien aquí? ¿Cuáles son tus planes?"

"Bueno, voy a descansar un tiempo, y luego probablemente conseguiré un trabajo o algo así." Tengo que pensarlo un poco antes... aún no sé nada seguro, tío. Hay tantas opciones".

Habían pasado veinte minutos de la partida de picas y la cosa se estaba poniendo intensa. Scott estaba poniendo mucha energía física en tirar las cartas sobre la mesa. Su trasero se levantaba de la silla, cada vez más alto con cada carta. Al poco tiempo Scott estaba de pie y jugando a las cartas. Su silla se desplazó bruscamente hacia atrás contra el fregadero. Era su turno de repartir las cartas. Sentado de nuevo, barajó la baraja con brío y la ofreció para que la cortaran.

Mientras repartía las cartas, recuperó la energía y volvió a ponerse de pie.

Las cartas volaban por todas partes. Parecía como si una de sus manos intentara agarrar a la otra y ésta se enfrentara a la mano que la capturaba. Tuc y Rosco se levantaron lentamente y retrocedieron hacia la puerta. Rosco retrocedió bajo el brazo de Tucs mientras éste le abría la puerta. Tuc no preguntó. Se limitó a empujar a Rosco por debajo de la axila y detrás de él con la mano encima de la cabeza del otro hombre. Tuc cerró la puerta de la cocina tras ellos. Caminaron hacia donde estaban alejados pero aún podían ver la puerta trasera, en caso de persecución.

No pudieron hacer otra cosa que quedarse de pie en el patio con la boca exageradamente abierta por la incredulidad. Era la única manera de expresar sus sentimientos. Se quedaron boquiabiertos. Sin palabras, incrédulos ante lo que acababan de presenciar. No había palabras, pero lo que se comunicaban a través de sus ojos era exacto y se entendía hasta el más mínimo detalle. *Había dos personas allí, dentro de Scott, pero no hablaremos de ello, nunca, no sea que nos metan en el manicomio. Ni una palabra, ni siquiera entre nosotros, podrían oírnos. Sabemos lo que pasó. Es suficiente. Es suficiente saber, que alguien más lo vio también. Sabemos que no estamos viendo cosas que no existen, porque ambos vimos lo mismo.* "¿Y ahora qué?" Tuc preguntó mirando la puerta trasera, con la cocina escena todavía en su mente.

"¡Bueno! Grego debería llegar pronto". Dijo Rosco. "Cargaremos y nos iremos. Cuando nos alejemos de aquí, deberíamos llamar y contárselo a alguien antes de que se mate o mate a alguien".

Tuc sonrió, todavía bastante desconcertado.

No sabían que Sammy se había escapado de casa esta mañana sobre la una de la madrugada. Había ido a un restaurante abierto toda la noche y se había atiborrado de alimentos que no había probado en meses. También había conducido de ida y vuelta al hospital. Lo único que vio fue a un hombre vestido de azul oscuro corriendo por el parque. ¿Quién iba a correr a las tres de la mañana? Debía de ser un loco. No quiso hablar con nadie, así que condujo de vuelta a casa.

Cuando regresó a la casa, entró en la calzada con las luces apagadas, metió el camión en el garaje y cerró las puertas de estilo granero sin hacer ruido. Utilizando sólo una linterna, atravesó el suelo de tierra hasta la esquina y se agachó para abrir una trampilla. Descendió, dos tramos de escaleras que conducían a una sala de al menos seis por seis metros. Tocó con un mechero tres de las antorchas que estaban en soportes chamuscados montados en las paredes. Se quedó en silencio y recordó la primera vez que lo habían traído aquí. Y cómo siempre le hacía ilusión volver. A veces incluso lo visitaba en vacaciones. Siempre había algún tipo de ritual, con todo el mundo vestido con túnicas que cubrían sus cuerpos desnudos. ¡Mmm! Las chicas y mujeres que había tenido mientras los demás miraban. Él era la *estrella* del espectáculo.

No podía esperar a que esa gente se fuera de su casa. Pensando en lo bonita que iba a ser su próxima fiesta de *verdad*, subió otro tramo de escaleras por el lado opuesto de la habitación. Cuando llegó al final de las escaleras, estaba en el armario de la habitación de sus abuelos.

La casa había sido abandonada y estaba a la espera de que el nieto terminara su condena y reclamara la propiedad. Había una disposición especial en su testamento para que la propiedad no fuera confiscada por el gobierno debido al delito de su nieto. A pesar de que hereda todo. Algo sobre que fue una muerte accidental. Un poco de exceso de celo sexual con su esposa, que el juez sin duda podría entender aunque el jurado no se lo creyera. Un juez influyente y amigo íntimo de Leonard y Ellen Glover firmó este documento. Después de todo, este juez también había disfrutado de sus fiestas. El chico siempre era bienvenido en sus funciones. Los tres eran muy populares en las fiestas privadas, con sus togas con capucha. El joven Sammy siempre era bien recibido por los miembros más jóvenes. Cuando no había asistido, los miembros más jóvenes se habían unido a los mayores en sus cánticos para hacerle sentir su cariño, aunque no pudiera acudir a ellos. Debe ser muy frustrante para él no estar entre los suyos. "¡Pronto, amigos míos! ¡Pronto!" Gritó. Pronto tendría que empezar a hacer los preparativos para su fiesta de presentación.

Necesito a las únicas personas que me quedan. Conocen de verdad mis necesidades y nunca han dudado en ayudarme.

MENSAJE

La habitación de los gemelos era muy especial. Ambas tenían su propia habitación sin pared de por medio. En lugar de la pared había una cortina hecha con nueve capas de tul (material para velos de novia) que se metían y doblaban juntas. Cada capa era de un tono diferente de azul más pálido que el ojo pueda concebir. Disponían de total intimidad siempre que lo deseaban. Con sólo encender una de las tres luces direccionales, tenían una pared instantánea y, si lo deseaban, una cascada ondulante ayudada por un diminuto ventilador ajustado para mover el material a la perfección. Cuando todas las luces estaban apagadas por la noche, la pared de tela era casi transparente. Para cualquiera que no lo supiera. Parecía una bruma o niebla pálida. Las chicas caminaban de un lado a otro como si no existiera. Si no te metes entre las capas de tela justo en el ángulo correcto, te atrapan sin remedio. Ya atrapó a un ladrón que lloraba desconsolado tras quedar atrapado allí un fin de semana en que las gemelas no estaban. Los rumores dicen que está encantada. Cuando los gemelos se despertaron a las 3 de la madrugada, supieron simultáneamente que el otro estaba despierto. Ambos se incorporaron y se miraron a través de la pared.

Sonó el teléfono, Ruby contestó. "Sí, Steve- Es sólo una advertencia. Tranquilízate. - Sí, pondré café, dudo que alguno de nosotros pueda dormir ahora. - Unos donuts estarían bien. - Nos vemos en unos minutos.

"Ahora se muestra receptivo más rápidamente".

"Las cosas más cercanas al corazón proyectan sentimientos más fuertes". le recordó Ruby con una sonrisa soñolienta.

Crystal lo comprendió, pero no le importó que se lo repitieran porque siempre ayudaba decir y oír ciertas cosas en voz alta.

Ambos salieron de la cama y se vistieron para el día. Por ahora vestían informal. La jornada laboral no empezaba hasta las tres y media de la tarde. Cuando llegaron a la cocina, el teléfono estaba sonando de nuevo. Crystal cogió el auricular y dijo: "Buenos días, Carl. ¿En qué puedo ayudarle? - Sí, te aseguro que es sólo un aviso. Estaremos allí dentro de unas dos horas. ¿Wayne acaba de llegar? ¡Vaya! No dejes que se vaya hasta que lleguemos. Por favor, ponlo al teléfono".

"Este es Wayne." I -"

"Crystal aquí, Wayne." Ella interrumpió. "¿Por qué estás ahí a las cuatro de la mañana? ¿Pasó algo?"

"Carl me llamó. Dijo que la camioneta estaba dando vueltas por el miniparque. Uno de los guardias salió para obtener el número de licencia. Lo estamos comprobando ahora. Tenemos todos los números menos los dos últimos. No debería ser muy difícil conseguir una ubicación. No hay muchos por aquí".

"Esperemos que sea rápido. Todo está saliendo muy rápido. Todavía no tenemos todas las piezas con las que tapar los agujeros". advirtió Crystal.

Wayne dio la espalda a todos y bajó la voz. "¡Oye! Marqué tu número para Carl. No sabe lo que es".

"Gracias, Wayne. Te lo agradecemos".

"¿Qué hacéis levantadas tan temprano?"

"Ruby y yo fuimos agitados por una visión. Necesitamos verte en persona. Por favor, no te vayas hasta que lleguemos. Pase lo que pase. No dejes el hospital. Prométeme Wayne."

"¡Está bien! Lo tienes cariño. Te lo prometo." "¿Está Sara de servicio esta noche?"

"¡Sí! Está aquí mismo. Déjame ponértela". "Sara aquí. - ¿Cristal? ¿Qué pasa?"

"Escúchame con atención, *mi buen amigo*. Tú eres la clave para salvar la vida de Wayne. No le digas esto, y no te asustes. El simple hecho de estar donde estás, en este momento, hará, sin ninguna acción especial, el truco. En primer lugar, no dejes que Wayne salga de la ciudad mañana o más bien esta mañana sin ti. Debes estar a su lado hasta última hora de la tarde". ¿Puedes prometérmelo?

"Sí, por supuesto. No hay problema".

"Ahora dale el teléfono, por favor. Buenas noches."

"Wayne otra vez... Sí, es posible. -- La tendré conmigo, la protegeré sin que ella lo sepa". Dijo en voz baja, detrás de su mano.

"Ella debe estar contigo mañana."

Crystal, Ruby y Steve sabían que era imperativo, que Wayne y Sara creyeran que estaban protegiendo al otro, sin que éste lo supiera. La visión que agitó a Steve y a los gemelos tenía muchos detalles. Wayne y Sara debían detenerse, girarse y mirarse el uno al otro el tiempo suficiente para no ser alcanzados por un objeto volador que, sin duda, les habría quitado la vida a ambos al instante si hubiera entrado en contacto con ellos. Quién sabía cuándo y dónde ocurriría esto. Era importante mantenerlos juntos. Ninguno de los dos sabía lo que iba a ocurrir, sólo que era importante que estuvieran juntos.

Eran las siete y media cuando llegó la bandeja del desayuno de Carl y rompió el hechizo de intensidad. El compañero de guardia de Sara mantuvo la puerta abierta mientras los guardias diurnos llegaban detrás de la bandeja de comida. Los donuts de Steve desaparecieron poco después de que llegaran. Se decidió que irían todos juntos a desayunar a la cafetería. Tenían mucho trabajo que hacer en las próximas horas. Harían planes durante el desayuno. Todos se disculparon y se despidieron de Carl.

Mientras estaban en la cafetería, Wayne recibió una llamada. Se dirigió al teléfono de la pared y obtuvo la dirección de la camioneta del agente que estaba rastreando el número de matrícula. Había tres vehículos y cinco direcciones, pero sólo una era la que él quería. La dirección de Cloverton, Oregón, era la misma a la que iban a ir esta mañana. Ahora tenía dos confirmaciones del mismo lugar. Estaba registrado a nombre de Leonard y Ellen Glover. El vehículo llevaba unos ocho meses y medio de retraso en la matriculación. El agente también comprobó que ambos propietarios habían fallecido.

Wayne había informado al FBI de las acciones que iban a tener lugar hoy en Cloverton. Si querían servir de apoyo, le parecía bien. El caso seguía bajo su jurisdicción por órdenes firmadas por su propio juez en la capital del estado. El tipo principal que perseguían era una lata de gusanos que no había tenido su medicación en más de una semana. Scott Glover es un loco certificado. Debería haber estado en una institución, pero algún juez había firmado una renuncia que lo mantendría fuera. La medicación que tomaba sería suficiente para controlarlo. Sólo asegúrense de que la tome dos veces al día. La renuncia decía que tenía un trastorno convulsivo. No se mencionaba ninguna enfermedad mental en su historial".

Entre los otros tres fugados, ninguno fue considerado radicalmente peligroso. Sus nombres son:

Simon Tucker, alias Tuc, (rima con chuck) edad 28 años, 325 libras, 6'4", pelo castaño, ojos castaño claro. Afr. Amer. Asesino en serie, siete víctimas. Socialmente no agresivo.

Rosco Wingshadow, alias none, edad 41 años, 305 libras, 6'3", pelo largo negro, ojos marrón oscuro. Jap/Amer. Gigoló indio. Socialmente no agresivo. Gregory Stone alias Grego 30 años, 165 libras, 5'7" pelo rojo calvo, ojos azules, grandes pecas. Asesinó a su novia, dice ser inocente, su ex marido le tendió una trampa.

A las diez y cuarenta y cinco de esa mañana, una caravana de cinco coches salió de la ciudad, en dirección a Cloverton, Oregón. Dos eran del grupo de Wayne y tres de los federales. Sin luces ni sirenas. Una hora más tarde, al llegar al camino de entrada, vieron a dos hombres en el patio trasero. Parecían inmóviles, pues ninguno de los dos se movió de su sitio. Se limitaron a levantar las manos y mirar fijamente a la casa. Cuando Steve y Thomas se acercaron a los dos hombres, su atención se dirigió también a la casa. Alguien discutía con otro en la cocina. Parecían dos hombres, y estaban destrozando el lugar.

El negro y el indio murmuraban al mismo tiempo. "Sólo hay un tipo ahí dentro. Sólo hay un tipo ahí". Eso es todo lo que podían decir, una y otra vez. Fueron esposados, llevados a dos coches diferentes sin resistencia, puestos en los asientos traseros. Había un agente federal con cada uno, haciendo preguntas.

Obviamente había dos o más tipos en la casa. Se les oía. Estaban satisfechos de tener a los cuatro hombres, así que no se dieron cuenta de la furgoneta azul oscuro que aminoró la marcha y siguió conduciendo. Dio la vuelta y aparcó a un lado de la carretera.

Desde donde Tuc estaba sentado, podía ver a Grego por encima del hombro del agente que le hablaba. En ningún momento dejó traslucir que sus ojos estaban fijos en otra cosa que no fuera el hombro del agente. Grego le saludó con el yeso, se puso la otra mano sobre el corazón y luego le sopló un beso con un gesto y un saludo.

Rosco, al ver esto, cerró los ojos y una sola lágrima resbaló por su rostro.

Sabían que nunca volverían a verse.

Cuando Thomas y Steve se acercaron de nuevo a la casa, Wayne les hizo un gesto para que se dirigieran a la parte delantera de la casa. Mientras les indicaban su objetivo, la casa quedó totalmente en silencio.

Sara y Wayne se acercaron cautelosamente a la puerta trasera. Sara olió a gas. En silencio, le indicó a Wayne que se detuviera mostrándole la palma de la mano y haciendo un gesto que indicaba que olía a gas. Estaba a unos dos metros a su izquierda. Él se detuvo y la miró, y en ese momento ambos supieron por qué ambos supieron por qué estaban juntos y cayeron al suelo boca abajo. Ni dos segundos después, la cocina entera explotó. La puerta del horno atravesó la puerta trasera y se interpuso entre ellos, a escasos centímetros por encima de sus cabezas. También voló una gran parte de la pared exterior y la mitad del contenido de la cocina, incluidos cuchillos, vajilla, platos y muebles. Si Sara no le hubiera hecho una señal a Wayne y no se hubieran parado a mirarse, habrían estado en línea directa con la puerta voladora del horno. Ambos vieron en los segundos que siguieron que Steve era incapaz de detenerse. Él y Thomas estaban al lado de la casa y no se habían tirado al suelo. Les mostró su visión de la explosión y toda la pared exterior de la cocina en trayectoria horizontal sobre sus cabezas. La pared voladora y los proyectiles no les alcanzaron por centímetros.

Cuando los otros del grupo vieron a Sara y Wayne caer al suelo hicieron lo mismo. Fue una reacción aprendida en el entrenamiento, tanto para los federales como para los demás agentes. Dos de los cristales de los coches de los federales y de las furgonetas patrulla quedaron destrozados, pero nadie resultó herido de gravedad. Más tarde se produjo un descubrimiento que dejó atónito al grupo. El árbol situado justo detrás de Wayne y Sara tenía una hoja de nueve pulgadas sin mango que solía ser un cuchillo de carnicero, incrustada tres pulgadas y media en su tronco.

Sorprendentemente no se produjo ningún gran incendio. Las pequeñas llamas de la cocina fueron extinguidas por uno de los federales, que cerró el gas. En el contador situado al lado de la casa. Thomas y Steve corrieron a ayudar a Sara y Wayne.

Había mucha basura y escombros que retirar para llegar hasta ellos. Tras unos tres minutos de trabajo, se descubrió que ambos tenían el pelo y la ropa chamuscados. Ambos tenían pequeños cortes por objetos voladores, incluidos fragmentos de cristal de las ventanas y platos, pero por lo demás estaban bien. El equipo médico los había revisado. Los paramédicos y los bomberos habían respondido a los informes de una explosión en la zona.

Rosco y Tuc sufrieron cortes leves por cristales rotos y fueron atendidos en el acto. Por lo demás, estaban bien.

Los bomberos y los agentes federales buscaban entre los escombros dos cadáveres, cuando descubrieron una trampilla en el armario de uno de los dormitorios. Estaba abierta, pero los escombros ahogaban el hueco de la escalera. Uno de los hombres oyó ruidos de movimiento en la zona inferior. Empezaron a sacar escombros del hueco de la escalera para rescatar a quien pudiera estar atrapado allí abajo.

Thomas y Steve estaban en el patio cuando les llamó la atención el garaje. Uno de los bomberos corría hacia el garaje. Había humo saliendo por la parte superior y los lados de la puerta del garaje, también por la pequeña ventana del lateral del edificio. Steve grita. "Bomberos deténganse donde están". En ese momento la camioneta irrumpió a través de la vieja madera que formaba la puerta del garaje. Estaba retrocediendo hacia la entrada. Luego se tambaleó hacia delante y dio la vuelta a la parte trasera del garaje. Siguió avanzando, dando una vuelta completa alrededor del límite de la propiedad. No había forma de salir por la entrada principal.

Un misterioso buen samaritano que conducía una ranchera se lo impidió. El hombre se había quedado el tiempo suficiente para hacer que el conductor de la camioneta se bajara de ella porque no iba a poder pasar con la camioneta por delante de él. Scott intentó salir corriendo y no se detuvo hasta que oyó la orden. "¡Alto ahí! ¡Federales!

Queda detenido". El disparo de advertencia le hizo detenerse por completo. Entonces el conductor de la Station wagon se marchó.

Sammy no podía escapar, así que se metió en su escondite y dejó que Scott saliera del camión con las manos en alto. Siempre dejaba que Scott cargara con la culpa de las cosas que hacía y limpiara los desastres. Pero se querían, y Scott nunca traicionaría a su amante.

Para sorpresa de todos, minutos después los bomberos y los federales salieron del garaje por la trampilla. "Hay una cámara bajo tierra. Parece que había algún tipo de actividad de culto ahí abajo. Toda la propiedad está precintada hasta que podamos investigar más a fondo". El agente del FBI miró a Wayne y dijo: "Capitán Kennar nos haremos cargo de este caso a partir de ahora".

"Eso no es problema. Terminaré el papeleo y te daré lo que tengo. ¿Te parece bien?" Dijo Wayne.

Ruby, Crystal y Doc estaban todos juntos en la habitación de Carl. No habían experimentado ninguno de los sucesos, pero sentían que todo estaba bien ahora. Todos dejaron escapar el aliento emocional que habían estado conteniendo. Todo iba a salir bien.

Carl encendió la televisión por primera vez en dos días. Había una noticia de última hora. "Esto acaba de llegar: Se informa de misteriosas explosiones cerca de Cloverton, Oregón, sin detalles aún. Permanezcan sintonizados y les daremos actualizaciones a medida que lleguen".

Veinte minutos después. "Este informe acaba de llegar. Con la cooperación del departamento del sheriff del área local, el Gobierno Federal ha arrestado a tres de los hombres que escaparon de la Prisión Estatal de Oregón hace menos de dos semanas. Nuestras fuentes nos dicen que estos hombres son responsables del robo y secuestro en la Farmacia Carson en Middleton, Oregon." Jasper Carson el dueño de la farmacia sigue en el hospital bajo cuidado vigilado. La señora de Jasper Carson dice que su marido se siente responsable del secuestro de su nieta. Siente que debería haber hecho más para detenerlos. "Sigo diciéndole que le superaban tres a uno. No podía haber hecho nada. Estuvo demasiado cerca de morir. Los dos queremos a nuestra nieta. También vamos a echar de menos a nuestra buena amiga Maggie Penworthy. Ella era la cajera que fue asesinada durante el robo. La conocemos desde hace más de treinta años". No pudo decir más. Se limitó a inclinar su cabeza mientras las lágrimas rodaban por su rostro.

Según el periodista, la madre de la víctima está desolada por la pérdida de su hija. Tuvo que ser hospitalizada tras desmayarse al enterarse de la noticia. Los informes que tenemos dicen que la nieta fue drogada y violada en la casa que fue destruida en la explosión aquí en Cloverton, Oregon. El cuerpo de Sylvia fue encontrado atado a una motocicleta que se estrelló en un deslizamiento de tierra en la costa. Se había roto el cuello horas antes del accidente. El estado de su cuerpo, su ropa y su maquillaje encajan con la descripción de las víctimas anteriores del asesino en serie Simon Tucker, que fue detenido por agentes federales justo antes de la explosión. Los agentes también nos dicen que Carl Bridgeman, el propietario de la motocicleta, era, según todas las pruebas, una víctima inocente del intento de las bandas de culpar a otra persona de la muerte de la chica. No se presentarán cargos contra el Sr. Bridgeman. Utilizarán una declaración del Capitán Wayne Kennar para confirmar su no implicación. Estén atentos a nuestro informativo habitual de las seis de esta tarde para más detalles.

Todos los presentes aplaudieron y se abrazaron, mientras las lágrimas corrían libremente. Nadie en la sala tuvo miedo de mostrar sus sentimientos y, cuando las lágrimas se secaron, todos se sintieron más fuertes por la experiencia.

EPÍLOGO

TRES MESES DESPUÉS

Carl tiene su propio apartamento. Resulta que es un chef muy bueno. No sólo un cocinero. Un *chef*. Invitó a todos a una comida excelente. Todos lo estaban pasando de maravilla. Chasqueando su cuchara contra su vaso Carl se levanta y saluda a cada uno tocando su vaso con el de ellos y diciendo su nombre. "Crystal, Ruby, Doc, Wayne, Steve y Sara" Dijo sin vergüenza, con lágrimas "Las palabras no pueden decir lo que siento por cada uno de vosotros. Ahora sois y siempre seréis parte de mi vida, me queráis o no. Estáis atrapados. Yo estoy aquí. No me voy a ninguna parte y os lo agradezco de corazón".

Todos animaron, rieron, abrazaron y hablaron hasta altas horas de la madrugada.

Carl hizo que le arreglaran la moto a través de su seguro, y con las liquidaciones de su póliza de accidentes y de su seguro de moto, acabó teniendo unos nueve mil dólares. Pagó la entrada de un pequeño restaurante junto a la autopista.

Con la ayuda de todos y un poco de esfuerzo, Carl abrió el negocio en menos de tres semanas. Wayne le había ayudado a acelerar las licencias comerciales que necesitaba. Se corrió la voz y en las dos primeras semanas era evidente que le iba a ir bien. Incluso tenía reservas para dentro de cinco semanas. Había empezado a regalar una comida si un cliente habitual traía al menos a dos personas que no hubieran estado allí antes. "CB's Diner" fue un éxito inmediato.

Sara, Carl y George se hicieron muy amigos.

Los Gemelos y Carl exploraron su factor Gemelo y, para su alegría, Rose sigue tan unida a él como siempre. En cuanto a su talento, sigue aprendiendo. Sigue teniendo ese algo especial que hace que la gente le quiera.

EPÍLOGO

SIETE MESES DESPUÉS

Cansado tras un largo día de quirófano, el Dr. Lloyd Handle se deja caer pesadamente en la silla que hay detrás de su cubierta. En el suelo, a su lado, se da cuenta de que ha recibido un paquete por correo. No tenía remitente.

El exterior. Abrió el paquete con cuidado y sacó un objeto de unos treinta centímetros envuelto en un pañuelo de papel.

Cuando retiró el pañuelo, sobre su mesa estaba la cosa más hermosa que había visto en años. Enseguida supo de quién era. Dos manos de tamaño natural talladas en la madera más clara y pulidas hasta el brillo. Ambas manos tenían las palmas hacia arriba, una ahuecada en la otra, y juntas sostenían a dos niños recién nacidos. Los detalles eran exquisitos, hasta los cordones umbilicales atados en el abdomen de los bebés. Al darle la vuelta, los detalles del dorso de las manos mostraban incluso una cicatriz que tenía en el pulgar izquierdo. En la base de la estatua estaba tallada en relieve una palabra "BONUS". La obra de arte no estaba firmada ni había ninguna carta. Lloyd la apretó contra su pecho, rezó una oración silenciosa recordando lo que que los gemelos habían dicho sobre su intuición. Pensando que tal vez había una razón por la que le gustaba Charlie. Esta obra de arte siempre estaría en su escritorio. ¡Siempre! "Que *Dios te acompañe, Charlie Cotton*", susurró.

www.ingramcontent.com/pod-product-compliance
Lightning Source LLC
LaVergne TN
LVHW091543060526
838200LV00036B/688